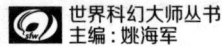

THE STAR DIARIES

星际旅行日记

[波兰] 斯坦尼斯瓦夫·莱姆 著

王 爽 译

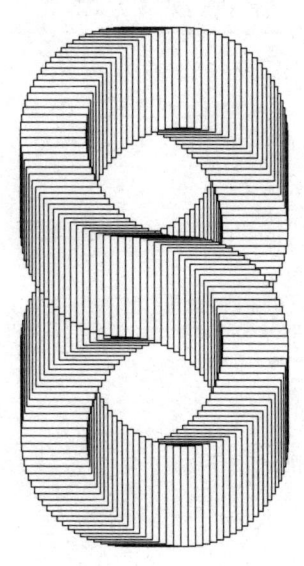

四川科学技术出版社

THE STAR DIARIES By STANISŁAW LEM

Copyright: © 1957,1971 by STANISŁAW LEM

This edition arranged with TOMASZ LEM

Simplified Chinese edition copyright：2022 SCIENCE FICTION WORLD

图书在版编目(CIP)数据

　星际旅行日记 / [波]斯坦尼斯瓦夫·莱姆　著；王　爽　译.
-- 成都：四川科学技术出版社，2021.10
　(世界科幻大师丛书 / 姚海军　主编)
　书名原文：The Star Diaries
　ISBN 978-7-5727-0338-6

　Ⅰ.①星… Ⅱ.①斯… ②王… Ⅲ.①幻想小说 – 波兰 – 现代
Ⅳ.①I513.45

　中国版本图书馆CIP数据核字(2021)第203824号
　图进字：21-2021-52号

世界科幻大师丛书
星际旅行日记

出 品 人	程佳月
丛书主编	姚海军
著　者	[波]斯坦尼斯瓦夫·莱姆
译　者	王　爽
责任编辑	宋 齐　姚海军
特约编辑	孔祥樨
封面设计	甄沛佳
版面设计	甄沛佳
责任出版	欧晓春
出　版	四川科学技术出版社
	四川省成都市槐树街2号出版大厦　邮政编码：610031
开　本	140mm×203mm
印　张	11.25
字　数	200千
插　页	2
印　刷	四川南方印务有限公司
版　次	2022年3月成都第一版
印　次	2022年3月成都第一次印刷
定　价	50.00元

ISBN 978-7-5727-0338-6

致华语读者

2021年波兰"斯坦尼斯瓦夫·莱姆年"暨莱姆诞辰100周年

为什么会有莱姆这样的人呢？毋庸置疑，他的文学才华和智慧令他成为二十世纪波兰最杰出的作家之一，甚至也是最杰出的科幻小说家；但除此之外，他戏剧般的人生也成就了这位奇才。1939年，第二次世界大战的爆发残酷地摧折了他的青春。有着犹太家庭背景的他，被迫隐姓埋名，改变身份，做起了焊工。1945年后，当发现家里已无以为继的时候，他正式踏上了写作的道路。正是在战后的1946年至1949年间，莱姆发表了他人生中的第一部作品。

斯坦尼斯瓦夫·莱姆曾在雅盖隆大学学习医学。尽管没有完成学业，但在与教授和同学的对话中，莱姆提出了最重要的问题，这些问题伴随在他今后的作品当中：人与机器的边界在哪里？人可以"从原子中"构建出来吗？人工智能时代的道德标准究竟在哪里？

I

莱姆在二十世纪六七十年代所做出的各种预测和直觉判断已成为当代现实生活的一部分。然而,他的作品最发人深省的并非是物质与技术层面的想象,而是道德层面上的深刻思考。人的创造力能够达到何种地步? 机器的权限又能达到何种程度? 在一个机器和人类共同存在的世界里,道德的标杆将会是怎样的? 这些都是我们在当今文明技术发展的同时要去寻找的答案。

　　莱姆怀着好奇和从容之心看待未来。作为一名卓越的未来学家,他能够猜想到在不久的将来,等待人类的是什么。这也是他的作品值得一再回味的原因。许多作品尽管写作于几十年前,但在今时今日依然能凸显出它们的时代前瞻性。

赛熙军

（Wojciech Zajączkowski）

波兰共和国驻华大使

2021 年 3 月 9 日于北京

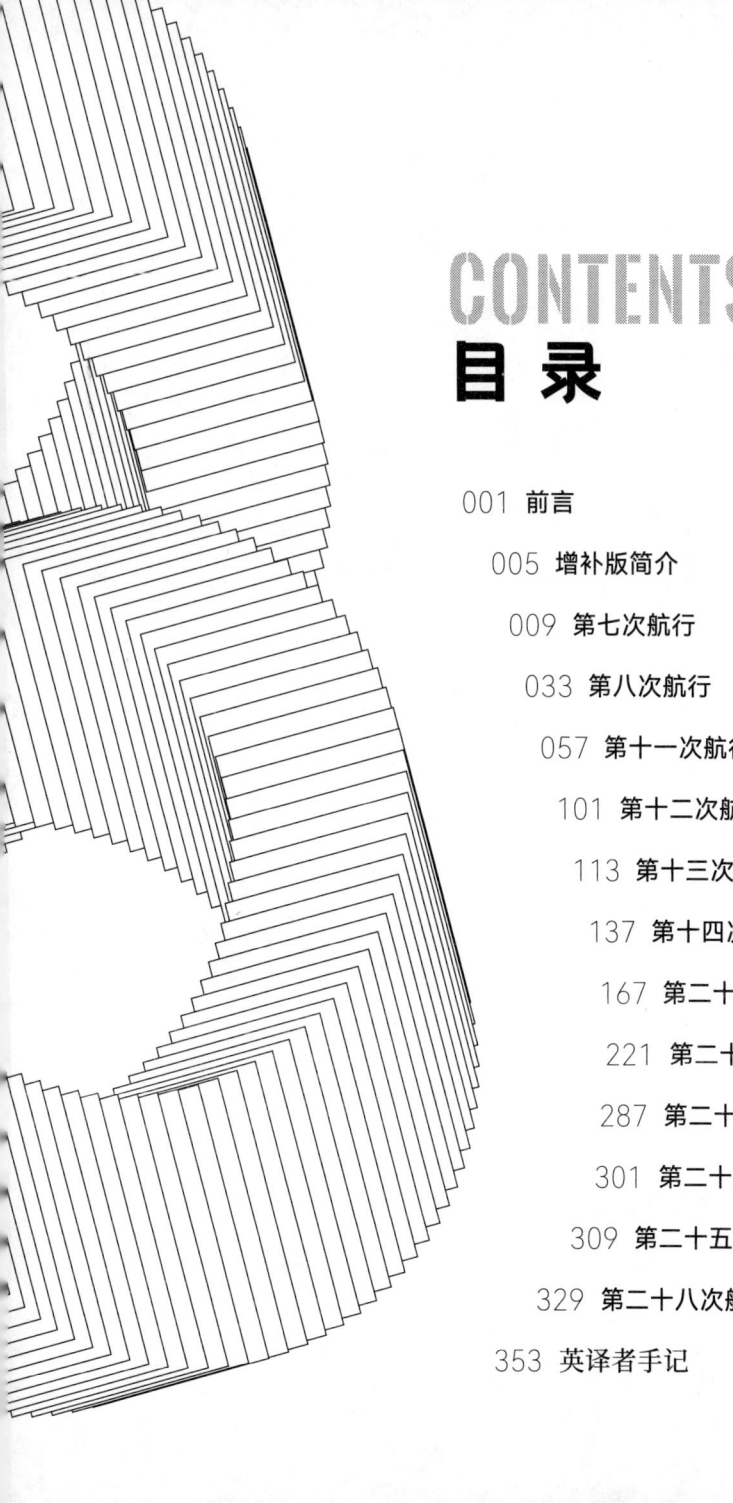

CONTENTS
目 录

001 前言

005 增补版简介

009 第七次航行

033 第八次航行

057 第十一次航行

101 第十二次航行

113 第十三次航行

137 第十四次航行

167 第二十次航行

221 第二十一次航行

287 第二十二次航行

301 第二十三次航行

309 第二十五次航行

329 第二十八次航行

353 英译者手记

前　言[1]

目前这个版本的伊翁·蒂奇作品全集中收录的蒂奇作品,既不是完整版也不是最终版,不过跟之前的版本相比,已经增改了不少,也确实是一个进步。尤其值得注意的是,本书中新增加了蒂奇两段此前不为人所知的航行的记录,即第八次和第二十次[2]。第二十次航行的故事里提到了一些有关蒂奇和他的家人的信息,这些信息不光历史学家会感兴趣,物理学家也会喜欢,因为它涉及一个很久以来我一直在怀疑的理论——亲缘关系中的相互依赖程度与速度相关[3]。

---

① "前言"篇所引文献皆为作者虚构。——编者注。

② E. M. 斯安科,《蒂奇书桌左边抽屉的衬里:一部分未完成的作品》,"蒂奇历史"系列第十六卷,第 1193 - 1195 页。

③ O. J. 巴伯利,《亲缘关系在家庭旅行中是速度的函数》,"蒂奇历史"系列第十七卷,第 232 - 234 页。另见 R.Z. 亨普,《亲缘关系与相对论(复印版,巴西利亚)》,第 482 - 512 页。

关于第八次航行，"蒂奇学"心理分析师团队在本书即将付印前一刻才确定：所有事件都是在蒂奇的梦中发生的[①]。霍普弗斯托瑟博士的著作表明，某些著名人士的梦境会产生实际影响，比如艾萨克·牛顿爵士和波吉亚家族会对蒂奇的梦产生影响；反之亦然。感兴趣的读者可以看看这一课题的相关参考书目。

不过目前本书中没有第二十六次航行，因为那一次的内容最终被认定是伪造的。相关证据来自我们协会的一些工作人员，那些人曾是电子文本分析师[②]。在这里，我要存私心地多说一句，我一直觉得这个所谓的"第二十六次航行"非常可疑，因为那段文本中有很多不准确的描述，比如说，"哎哟"这个词（蒂奇文章里常用的是"哎呀"），另外还有诸如"蜥翼""喵城"以及"低能种"之类的词。

最近出现了不少声音质疑蒂奇作品的真实性。出版社告诉我们，蒂奇有个代笔写手，也可能根本不存在蒂奇这个人，他的作品都是——据说是——由一个名叫"LEM"的装置写出来的。一些极为离奇的传闻甚至说，这个"LEM"竟然是个人。如今但凡对宇宙旅行历史有所了解的人都知道 LEM 其实是"月球短途旅行舱"（Lunar Excursion Module）的简称。这是美国在"阿波罗计划"（第一次登月）中研发的一种太空舱。诚然，无论作为作者还是作为太空旅行者，

[①] S.霍普弗托瑟博士，《从认识论上看，伊翁·蒂奇梦境的不可否认性》，"蒂奇历史"系列（标准版）第六卷，第 67 – 69 页。

[②] E. M. 斯安科、A.海瑟德和 W. U.卡拉马拉毕索瓦，《蒂奇文本中的语言学 β 谱的频率分析》，"蒂奇历史"系列第十八卷。

伊翁·蒂奇都无需任何辩护，但我还是想借此机会一劳永逸地击溃这些荒唐的传言。特别说明：LEM确实安装了一个小型大脑（电子脑），但这个装置只能完成非常有限的航运任务，根本不可能书写出任何连贯的句子。除此之外，我就不知道还有别的什么LEM了。我们在大型电子机械目录（即《纽约基准电子手册》，1976－1979）中没发现相关内容，在《宇宙大百科全书》（1989，伦敦）中也没有。接下来是最为重要的一点，这些流言蜚语与本书的严肃内容完全无关，所以停止搅扰我们的"蒂奇学"学者，他们还需要付出许多努力，花费许多时间，继续完善"伊翁·蒂奇"这部鸿篇巨著。

——A.S.塔朗托加教授

北落师门大学星际比较生物学系

伊翁·蒂奇作品全集出版社编辑委员会代表

"蒂奇学"研究所科学委员会暨《蒂奇季刊》编委会成员

增补版简介

　　能为读者们推出新一版的伊翁·蒂奇作品集，我们非常高兴，也感慨良多，因为这个版本不光包括了全新的三次航行（第十八次、第二十次和第二十一次），书中还有作者亲手绘制的宝贵插图，而且还解答了一些迄今为止令"蒂奇学"学者彻夜难眠的疑问。

　　说到书中的图画，很长时间以来，作者都不肯随文附上这些图。他声称自己的这些恒星–行星图样都是现场绘制的，还称自己保存这些绘画纯粹是出于个人兴趣，其中并无任何艺术或记录方面的价值，毕竟他都是匆匆忙忙画完的。但就算这些图画极为潦草，它们依然可以在阅读艰深晦涩的文本时作为视觉上的补充，这是无法否认的，也是我们团队的第一大乐事——当然也有很多专家认为这些图画并不潦草。

　　此外，这几次新航行的故事也为那些向自身和世界提出非常古老的问题,并且渴望获得答案的读者们带来了极大的慰藉,那些问题包括:究竟是谁建造的宇宙,为什么要造成这样而非其他样子,究竟应该由谁对自然进化和普世历史负责,智力、生命和其他各种重要的东西是如何起源的。得知我们的插图作者在这些充满创造性的事务中扮演着重要角色,甚至可以说是决定性的角色,是不是非常惊喜呢?我们理解他严守着这些图画乃是出于谦逊的品格,但也很高兴终于有人冲破了蒂奇的防御。而且,为什么星际航行的次数不连贯这个问题也有了解答。读者不光会明白为什么伊翁·蒂奇的旅行从来没有第一次,也会明白为什么永远不可能有第一次,只要思考得再深入一些,读者还会意识到,第二十一次航行和第十九次航行其实是同时进行的。当然,初看是察觉不到的,因为作者将所提到的手稿上的最后十几行文字画掉了。为什么呢?当然还是因为他性格无比谦逊。我不能破坏誓言泄露秘密,不过我得到作者的允许可以稍微透露一二。伊翁·蒂奇看出改进史前和历史的尝试会导致怎样的后果,于是利用自己作为现世研究所主管的身份做了些事情,事情的结果就是使得时间交通与传输理论从未被发现。由于他下命令使这一理论从未被发现,所以使用电讯编年程序改进历史的行为也就消失了,现世研究会自然也消失了,而伊翁·蒂奇作为现世研究会的主管,当然也消失了——唉。不过想到现在我们至少不必担心从过去的时间里会冒出什么意外惊险,失去蒂奇之痛也算是得到了一点缓解。因为他根本没有死过,又谈何复生?必须要说,这个情况很复杂,详细的解释我们建议读者在合适的地方查看——也就是说,详见第二十次和第二十一次航行。

结论就是,我必须要说:我们协会建立了特别未来学部门,为了与各时代的精神保持一致,通过使用一种名为"自我认知预测"的技术,让伊翁·蒂奇的星际旅行成为现实——当然,目前他尚未进行任何旅行,也完全没想过要出行。

——A.S.塔朗托加教授

蒂奇学、蒂奇传记、蒂奇经济叙述比较预测学联合研究协会代表

第七次航行

当时是星期一,四月二日——我正在贝特尔居斯附近巡航——一颗仅有青豆大小的陨石击穿了船体,将传动调速器砸坏了,还砸烂了船舵,结果飞船整体失灵了。我穿上宇航服,出舱修理机械故障,却发现要是没有别人帮助的话,我一个人根本拿不到备用的船舵——其实我是颇有先见之明地带着的。但是造飞船的笨蛋偏偏把飞船造成这个样子,必须有一个人用扳手将螺栓固定住,另一个人才能拧紧螺母。一开始我还没明白,花了好几个小时,尝试用脚夹住扳手,用双手转动另外一头的螺母。但是这样做根本不成,还害我错过了午餐时间。最终,在我差点就能成功的时候,扳手从我脚下弹了出去,飞入了太空深处。所以我不光什么都没干成,还弄丢了宝贵的工具。我眼睁睁地看着它飞远,在满是繁星的太空中越变越小。

过了一会儿,扳手沿着拉长的椭圆轨道又飞了回来,但是现在它已经是飞船的一个卫星了,永远在我手够不到的地方飞着。我回到船舱,坐下来简单地吃了点晚餐,思考着怎样才能让自己摆脱这愚蠢的窘境。此时飞船依然在前行,由于我的传动调速器也被陨石砸坏了,所以飞船的速度还在稳步提升。虽然当时航线上并没有任何天体,但也不可能长时间这样盲目地飞行。我暂时控制着自己的脾气,但是没过多久,在洗晚餐餐具的时候,我发现飞船里最好的一块里脊肉被过热的核反应堆烤糊了(那块肉我可是准备留着星期天吃的啊!)。所以我被气昏了头,不禁破口大骂了几句,还顺手砸了几个盘子。砸完之后我确实觉得比较满足,但实际上完全没用。而且,那块被我扔出船舱的里脊肉并没有飘入太空深处,它似乎不想离开飞船,所以就也开始围着飞船绕圈,成了飞船的第二颗人造卫星,而且每隔十一分零四秒钟就会造成一次日食。为了让自己冷静下来,我直到晚上都在计算它的轨道构成,同时还计算了扳手对于里脊肉轨道造成的摄动。我发现,在接下来的六百万年中,这块围着飞船以圆形轨道旋转的里脊肉会逐渐超过扳手,然后再一次从后面超过它。后来我也算累了,就去睡了。在半夜的时候,我觉得有人在摇我的肩膀。睁开眼睛一看,原来是个人站在我床边,他看起来莫名地眼熟,可是我完全不知道这人是谁。

"起来,"他说,"拿上钳子,我们出去把船舱的螺栓拧紧……"

我回答说:"首先,你也太不礼貌了,我们根本不认识。其次,我心里明白,你根本不在这里。这艘飞船上只有我一个人,我在这里待了两年了,嗯,这趟从地球去往公羊星座的航行。所以你只是我做的梦而已。"

可是他继续摇我,不断地说我应该立刻拿上工具跟他出去。

"这也太蠢了。"我觉得很烦,因为在梦里吵架搞不好会把自己吵醒,我深知要是一醒来想再次入睡就很难了。

"你听着,我哪里都不去,去了也没用,在梦里拧紧的螺栓到了白天也是派不上用场的。请不要再烦我了,消失吧,或者用别的方式离开也行,不然我就要醒了。"

"你现在就醒着,真的!"那个幻影顽固地说,"你不认识我吗?看这里!"

他指向自己左边脸颊上两个大如草莓的疣子。我下意识地捂住自己的脸,对,我有两个疣子,就在那个位置。我忽然明白了,这个幻影让我想起一个熟人:他就是我自己那烦人的影子。

"真的够了,走开!"我闭着眼睛喊道,心里急着要保持熟睡状态,"如果你是我,那好,我们也不用讲究什么礼貌了,这说明你根本不存在!"

我说完翻了个身,用被子蒙住头。我听见他说了一些非常莫名其妙的话,我没回答,他就喊道:"你会后悔的,蠢货!等你明白就太晚了,这不是在做梦!"

但是我没动。到了早上,我睁开眼睛,立刻想起夜里发生的怪事。我坐在床上,心想大脑可真是神奇啊,这船上只有我一个人,如今遇到了最紧急的突发事件,我竟然把自己分成了两半来应对眼下的困境。

早餐之后,我发现飞船在夜里又增长了一些加速度,我去了船上的图书馆,想参考书里的意见来摆脱困境。但是什么都没找到。于是我借着附近贝特尔居斯的光线在桌上摊开星图,那块里脊肉不时会遮挡一下光线,但我还是仔细查看了一些太空文明的所在地,他们说不定会来帮我。然而不幸的是,这片区域完全是宇宙中的荒漠,由于十分危险,所以船只全都避开了这个区域。这里有神秘又恐怖的引力旋涡,而且总数有一百四十七个之多,共有六种天体物理学推论来解释这些引力旋涡的成因,每种都不相同。

《太空船员年鉴》提醒大家,穿越旋涡可能带来不可预测的相对论效应——特别是在高速行驶的时候。

那么,我什么都做不了了。根据我的计算,大约在十一点的时候,我就会来到第一个旋涡边缘,所以我必须赶紧准备午饭,可不能饿着肚子面对危机。然而不等我把最后一个盘子擦干,飞船就四下颠簸起来,一切没有完全固定住的东西都像下冰雹一样来回飞舞。我艰难地爬上扶手椅,把自己绑在上头。此时飞船越发剧烈地颠簸,我注意到对面的柜子里冒出一缕淡淡的紫色烟雾,而在烟雾之中,水槽和炉子之间的位置,出现了一个模糊的人形。那人影系着围裙,正把打好的蛋液倒进煎锅里。那个人影饶有兴味地看着我,似乎一点儿也不惊讶,接着它闪了一下就消失了。我揉揉眼睛。这里肯定只有我一个人,刚才的影像肯定是某种暂时的异常。

我继续端坐着——其实说实话,我是跟着扶手椅在一起跳,突然间我明白了,灵光一闪地明白了,那个东西根本不是幻觉。一本题为《广义相对论》的大厚书旋转着从我的椅子旁飞过,在它第四次飞过来的时候,我总算抓住了那书。在这种状况下翻阅厚厚的书页真的很困难——巨大的力量将飞船一会儿推到这边一会儿推到那边,仿佛是喝醉了酒一样——最终我找到了需要的内容。书上说到了"时间循环"现象,也就是说,时间的流向在巨大的引力场中弯曲了,这样的状况有可能会引起时间倒流,形成"现在的副本"。我目前遭遇的这个引力旋涡还不是最强的。我知道,如果我掉转船首,哪怕只稍稍调整一点点,朝着银河极的方向行驶,就能闯进传说中的"平肯巴奇巨引力旋涡",在那个旋涡里,岂止是能出现"现在的副本",连"副本的副本"都会出现。

虽说控制系统失灵了,但我还是去了引擎室,花了很长时间摆弄各种设备,最终总算让飞船掉转了一点方向,朝着银河极的方向去了。我又等了几个小时,结果完全超出我的预期。飞船在午夜时分直接掉进了巨引力旋涡的中心,船上的横梁不断晃动,发出剧烈的声音,我不禁开始担心它的安全了,但飞船还是经受住了此次考验,再一次落入了宇宙寂静荒凉的怀抱中。我离开引擎室,只看到自己在床上睡得香甜。我忽然意识到,那是前一天的我,是星期一夜晚的我。还未来得及对这一奇特事件进行哲学意义上的思考，我便抓住熟睡中的我的肩膀拼命摇晃，喊他起床，因为我不知道他的周一在我的周二当中能够维持多久，所以当务之急是我们两个一起出去尽快修理船舵。

但是睡着的我只是睁开一只眼睛，说我很粗鲁，而且根本不存在，只是梦里的幻觉而已。我推了他半天也没用，最终失去了耐心，甚至试图把他从床上拖下来。他一动也不动，坚称自己是在做梦，我开始骂人，而他却逻辑严谨地说，即使在梦里拧紧了螺丝，到了白天船舵依然也不会变好。我再三保证他说错了，又是请求又是发誓，但还是一点儿用也没有——就连我脸上的疣子都没能让他相信我。他背对着我开始打鼾了。

我坐在扶手椅上整理思路，总结了一下目前的状况。这一天我经历过两次：第一次，星期一的时候，我是睡觉的那个；第二次则是星期二，我是想叫醒自己的那一个。星期一的我不相信出现了现实的副本，星期二的我已经知道确实出现了现实的副本。一个非常标准的时间循环。接下来该做什么才能修好船舵呢？星期一的我还在继续睡觉——我记得那天夜里我一觉睡到天亮——看来再去喊他也没用了。星图显示前方有好几个大型引力旋涡，所以在未来的几天里，我还能利用现实的副本。我决定给自己写封信压在枕头下提醒星期一的我，等他醒了就会知道自己不是在做梦。

可是我刚拿着纸笔在桌边坐下，引擎里就有个东西发出咔嗒咔嗒的声音,于是我赶紧去检查,结果一整夜都在给过热的核反应堆泼水,而星期一的我依然睡得很香,还不时舔舔嘴,这让我倍感气愤。由于整夜没合眼,我又饿又困。正当我擦着盘子准备给自己做早餐的时候,飞船就落进了另一个引力旋涡里。我看着星期一的自己被绑在扶手椅上,目瞪口呆地看着我,而星期二的我正在煎蛋。飞船突然一歪,我也失去了平衡,周围一切变黑,我也摔倒了。我趴在地上,周围全是破碎的瓷器,我的脸旁边出现了一双鞋,一个人站在我面前。

"起来,"他说着把我拉起来,"你还好吗?"

"还好吧。"我感到头晕目眩,双手扶着地板回答,"你是从这周的星期几来的?"

"星期三,"他说,"来,趁现在还来得及,我们把船舵修好吧!"

"但星期一的我去哪里了?"我问。

"没了。所以我觉得,你就是他。"

"怎么会这样?"

"嗯,星期一的晚上过了就是星期二早上,所以星期一的我变成了星期二的我,以此类推。"

"我没明白。"

"没关系——你会习惯的。抓紧时间,别磨蹭了!"

"等一下,"我依然坐在地上,"今天是星期二。如果你是星期三的我,而且到了星期三船舵还没修好,也就是说接下来会发生某件事情阻止我们修理船舵,不然的话,到了星期三,你不会再跑到星期二来让我帮忙修理。也许我们还是不要冒险出去的好?"

"胡说!"他回答,"你看啊,我是星期三的我,你是星期二的我,而这个飞船,嗯,我猜想它可能有点混合起来了,也就是说,有些地方是星期二,有些地方是星期三,还有些地方说不定是星期四。时间在通过旋涡的时候被打乱了,但是这不是我们关心的重点,现在就只有我们两个人,我们应该抓紧时间修理船舵才行!"

"不,你错了!"我说,"你过完了整个星期二,到了星期三,现在星期二已经被你抛在身后了。所以我再说一遍,如果在星期三,船舵依然没修好,唯一的结论就是星期二我们也没修好船舵,而鉴于现在就是星期二,如果我们现在去修理船舵的话,这个现在就相当于你的昨天,你就不必修理任何东西才对。所以说……"

"所以说你就是个固执的蠢驴!"他大吼道,"你会后悔的!我唯一能得到的一点安慰就是你会被你自己的猪脑袋气死,就跟我现在一样——等你自己到了星期三再说吧!"

"等一下,"我喊道,"你的意思是说,到了星期三,我就成了你,也会跑来说服星期二的我,就像你现在的所作所为一样,只不过一切都会反过来,我成了你,你成了我?这不是当然的吗!时间循环不就是这样吗!等一下,我知道了,对啊,这样就说得通了……"

我还没来得及从地上爬起来,我们就掉进了新的引力旋涡,一阵剧烈的加速度把我们牢牢地摁在天花板上。

从星期二到星期三的那个晚上,剧烈的颠簸没有一刻减缓。等到飞船最终稍微平静下来的时候,那本厚厚的《广义相对论》从船舱里飞过来重重地砸在我头上,把我砸晕了。我睁开眼睛时,看见一地的破盘子,还有个人趴在地上。我立刻站起来,顺便把他拉起来喊道:

"起来,你还好吗?"

"还好吧,"他眨着眼睛回答,"你是从这周的星期几来的?"

"星期三,"我说,"来,趁现在还来得及,我们把船舱修好吧!"

"但星期一的我去哪里了?"他坐起来问。他的眼睛是黑色的。

"没了。"我说,"所以我觉得,你就是他。"

"怎么会这样?"

"嗯,星期一的晚上过了之后就是星期二早上,所以星期一的我变成了星期二的我,以此类推。"

"我没明白。"

"没关系——你会习惯的。抓紧时间,别磨蹭了!"

说着我赶紧四下打量寻找工具。

"等一下,"他慢吞吞地动了动,但根本没挪窝,"今天是星期二。如果你是星期三的我,如果到了星期三船舱还没修好,也就是说接下来会发生某件事情阻止我们修理船舱,不然的话,到了星期三,你不会再跑到星期二来让我帮忙修理。也许我们还是不要冒险出去的好?"

"胡说!"我气得大喊起来,"你看啊,我是星期三的我,你是星期二的我……"

我们就这样吵着,当然角色完全相反,吵架过程中他把我气得半死,因为他坚持拒绝帮我修理船舱,就算我骂他是猪脑袋、固执的蠢驴也没用。当我总算差不多要说服他的时候,我们又掉进了下一个时间旋涡。突然间我想到,我们很可能就这样被困在一圈又一圈的时间循环之中,永远这样重复下去,这想法把我吓得全身冷汗。还好无限循环的情况没发生。等加速度变慢,我终于可以站起来的时候,船舱里又只剩我一个人了。很显然在水槽附近还局部存在着部分星期二,但此时已经消失了,成了一去不复返的过去了。我冲到星图旁,寻找附近还有哪些适合让飞船进入的引力旋涡,因为我要再制造一次时间的弯曲,这样才能找到帮手。

这附近确实有个挺合适的引力旋涡,我万分艰难地操作引擎,控制着飞船朝那个旋涡的正中心冲去。根据星图,这个旋涡的结构很不一般——它有两个并排的中心点。但是现在我已经山穷水尽,无暇顾及这点异常状况了。

在引擎室忙碌了几个小时之后,我的双手变得很脏,于是就去洗手,在进入旋涡之前我还有几个小时。洗手间门被锁着。是从里头锁起来的,而且里面还传来漱口的声音。

"是谁?"我后退几步喊道。

"是我。"里面的人回答。

"你又是谁?"

"伊翁·蒂奇。"

"从哪天来的?"

"星期五来的。你有什么事?"

"我想洗手……"我呆呆地回答,同时心里非常紧张地想:现在是星期三晚上,他是从星期五来的,所以此次飞船即将进入的这个旋涡将星期五和星期三重叠起来了,但是接下来旋涡里会发生什么状况我却想象不出来。其中最主要的一个问题是:星期四到哪里去了。与此同时,星期五的我还是没让我进洗手间,他还在享受放松的时光,全然不顾我大力砸门。

"别漱口了!"我不耐烦地喊道,"每一秒都很宝贵——立刻出来,我们必须修好船舵!"

"这件事你不需要我,"他在门那边冷静地回答,"星期四的我应该就在附近,你跟他去……"

"什么星期四的我? 这不可能……"

"我知道什么可能什么不可能,因为我已经在星期五了,所以我已经经历了你的星期三和星期四……"

我觉得有点晕,于是离开了洗手间门口,对,我听见船舱里又传来一些动静——有个人站在那里,从床底下拖了个工具袋出来。

"你是星期四的我?"我跑进屋叫道。

"对,"他说,"过来,帮把手……"

我们两个一起把那个沉重的工具包拖出来,我问:"这次我们能修好船舵吗?"

"我不知道,星期四反正没修好,问星期五的我……"

我可没想到这个! 我赶紧又跑到洗手间门口。

"喂,星期五的我! 船舵到底修好了没有?"

"到星期五还没有修好。"他回答。

"为什么?"

"这就是为什么。"他说着打开门。他头上裹了条毛巾,然后把一片刀片平贴在自己额头上,想要让头上一个鸡蛋大小的包块消肿。这时候星期四的我拿着工具进来,站在我旁边,冷静地看着头上肿包的我,而头上肿包的我正用空着的那只手将一罐苏打水放回架子上。这就是为什么我从外面会听到他漱口的声音。

"你从哪儿捡了瓶水?"我很同情地问。

"不是捡的,是别人给的,"他回答,"是星期天的我给我的。"

"星期天的我? 为什么……不可能!"我喊道。

"说来话长……"

"不用说了! 赶紧,我们到外面去,说不定还来得及!"星期四的我转身对我说。

"但是飞船现在随时都可能落入引力旋涡,"我回答,"那种冲击力会把我们扔到太空深处,我们就完蛋了……"

"用你的脑子想想,蠢货,"星期四的我生气地说,"如果星期五的我还活着，我们两个就不会有事。今天才星期四。"

"今天星期三。"我表示反对。

"无所谓，不管怎么说，我肯定会活到星期五，你也一样。"

"是的，但是其实不是两个人，只是看起来好像我们有两个人。"我思考着，"其实只有一个我，来自一个星期里不同的时间……"

"好了，好了，打开舱门吧……"

然而我们只有一套太空服。所以不可能同时离开飞船，去修理船舵的计划也彻底落空。

"该死！"我大喊一声，气愤地把工具包扔了，"我应该一开始就穿上太空服，然后就不脱了。但我没想到这茬儿——可是你，星期四的你，你该记得才对！"

"我本来是有太空服的，但是星期五的我把它拿走了。"他说。

"什么时候？为什么？"

"呃，算了，不值一提。"他耸耸肩转身回船舱里。星期五的我不在屋里，我去洗手间看了看，也没有人。

"星期五的我去哪里了？"我转身问道。星期四的我正在非常仔细地用刀敲开一个蛋，并将蛋仔细地倒进滋滋作响的油锅里。

他一边翻炒着鸡蛋，一边心不在焉地回答："大概是在星期六附近吧。"

"等一下。"我表示抗议，"你在星期三已经吃过饭了——你为什么要吃两次星期三的晚餐？"

"这些给养是我的,当然也是你的。"他用刀子将煎得焦黄的蛋抬起来,"我就是你,所以没有区别……"

"诡辩! 等下,你黄油放太多了! 你疯了吗? 我的食物不够那么多人吃!"

平底锅从他手中飞了出去,我狠狠地撞到墙上——我们又掉进新的旋涡里了。飞船又一次摇晃起来,仿佛停不下来了似的,但我唯一的想法就是去走廊,拿到挂在那里的太空服穿上。这样的话(我认为)等星期三变成星期四的时候,我就成了星期四的我,就能穿着那身太空服了,而且只要我一刻也不脱下来(我决定坚决不脱),那么到了星期五我肯定也还把它穿在身上。这样一来,星期四的我和星期五的我就能都穿着太空服了,这样我们就都能装备齐全,可以一起去修理那个倒霉的船舵了。不断增加的重力让我脑袋发晕,我睁开眼睛的时候,发现自己正躺在星期四的我的右边,不是左边,我明明刚才还在他左边。虽然我可以轻松想出一个关于太空服的计划,但是要执行这个计划却非常困难,因为不断增加的重力使我动弹不得。等重力稍有减弱时,我在地板上慢慢爬行——朝着通往走廊的那扇门爬去。与此同时我注意到,星期四的我也在朝着那扇门匍匐前进。最后好不容易过了大约一个小时,旋涡也到达了最宽点,我们也都趴着爬到了门口。这时候我想,为什么我要费劲地爬起来扳门把手呢? 让星期四的我去吧。与此同时我又想起了一些事情,很显然目前星期四的我是我才对,而不是他。

为了确定，我问："你是从这周哪一天来的？"此时我的下巴还压在地板上，跟他四目相对。他努力张开嘴。

陷入时间循环

"星期——四——来的。"他呻吟道。这就很奇怪了。有没有可能，在经过这么些折腾之后，我依然是星期三的我？我认真回忆了一下最近经历的那些细节，结论是"这不可能"。那么他肯定是星期五的我才对。如果他的时间比我快一天，那么现在他肯定也进入下一天了。我等着他去开门，但是显然他也在等我开门。此时重力已经明显减弱了，于是我站起身跑向走廊。就在我拿起太空服的时候，他抓住我，把太空服从我手中抢走了，我脸朝下摔倒在地。

"你这个混蛋！"我喊道，"竟然这样对待你自己——太无耻了！"

他没理我，而是冷静地穿上太空服。这份厚颜无耻简直太惊人了。但是突然间一股奇怪的力量把他从太空服中扔了出去——居

23

然已经有人在太空服里头了。我一时间摸不着头脑,不知道里头会是谁。

"你,星期三!"太空服里那人喊道,"拖住星期四,帮帮我!"

星期四的我确实正想把他身上的太空服剥掉。

"给我太空服!"星期四的我一边喊一边跟那人扭打在一起。

"走开!你在干什么?你不明白吗?我才是该穿太空服的人,不是你!"另一个人喊道。

"那么请问,这是为什么呢,嗯?"

"蠢货,因为我离星期六比较近,等到星期六,就会出现两个穿太空服的我了!"

"这也太荒谬了,"我加入争吵,"顶多就是你一个人像傻子似的穿着太空服来到星期六,最终还是什么事都做不成。把太空服给我:我现在穿上太空服,你到了星期五就会像星期五的我一样穿着太空服了,然后到星期六,我也就成了星期六的我,于是你就能看到两个穿着太空服的我……好了,星期四,帮个忙!"

我从他背后大力抢夺太空服的时候,星期五的我大声抗议:"等等!首先,这里没有一个'星期四'可以来帮你,因为已经过了午夜,你已经是星期四的你了;其次,太空服还是让我穿比较好,你穿是没有用的。"

"为什么没用?如果我今天穿上了,明天我就能继续穿它。"

"你还是自己等着看吧……总之,我已经当过星期四的你了,我的星期四已经过了,所以我知道……"

"够了,闭嘴吧。马上放开太空服!"我吼道。但是他从我手中一把抢过太空服,我赶紧去追,从引擎室一路追到船舱。不知怎么回事,现在只剩两个我了。我突然明白了,为什么当我们拿着工具站在船舱门口时,那个星期四的我说是星期五的我抢走了太空服:因为这个时候我成了星期四的我,星期五的我确实把太空服抢走了。但是我不打算轻易放弃太空服。我心想:你等着,看我怎么收拾你。于是我跑进走廊,从走廊进入引擎室——在追星期五之前我就注意到了,引擎室地上有一根很重的管子,本来是连在核反应堆上的。我捡起那根管子,这就算是武装起来了,然后我跑回船舱。另外那个我依然穿着太空服,只是没有戴头盔。

我握紧那根管子威胁道:"脱掉太空服!"

"不行。"

"脱掉,马上!"

我在想到底要不要打他。这事有点令人费解,他跟之前那个在洗手间里的星期五不一样,他没有黑眼眶,头上也没有包,可是我明白,事情就是这个顺序。那个星期五的我现在已经是星期六的我了,对,说不定已经跑到星期天附近去了。而这个穿着太空服的星期五的我,刚才还是星期四的我。而在方才过去的午夜时分,我也就变成了星期四的我。因此,我正沿着时间循环的斜率曲线前进,到了某一点,没有被打的星期五的我就会变成被打了的星期五的我。不过他确实说过，打他的人是星期天的我，然而周围却不见他的踪迹。我们两个单独在船舱里对峙，他和我。然后，我突然灵机一动。

"脱下太空服！"我喊道。

"滚开，星期四！"他也喊。

"我不是星期四，我是**星期天的我**！"我尖叫着冲上去准备揍他。他想踢我，但是太空服的靴子太重了，他还没来得及抬腿，我就打中了他的头。当然没打得很重，因为我迅速想到，回头等我从星期四变到星期五的时候，自己也要挨这一下，再说我也不想打爆我自己的头。星期五的我呻吟一声，捂住了头，我奋力把他的太空服脱了下来。而他则跌跌撞撞地走进洗手间，嘴里还念叨着："棉花在哪里……苏打水在哪里……"我赶紧把好不容易才抢来的太空服穿上，可是我突然发现——我的床底下伸出来一条人腿。我跪下来凑近看。床底下躺着一个人：正在偷偷摸摸吃东西，他迅雷不及掩耳地把我藏在行李里的最后一块牛奶巧克力吃掉了，那本来是我存着准备在某个下雨的恒星日吃的。这混蛋吃得太急了，甚至嘴上还粘着一块闪亮的锡箔纸。

"放开那块巧克力！"我拖着他的腿大喊，"你到底是谁？星期四的我？"我放低了声音，突然疑惑起来，我怀疑自己会不会已经成了星期五的我了，说不定很快我也要经历刚才那些破事了。

"星期天的我。"他嘴里塞满巧克力回答道。我觉得一阵晕。他可能在撒谎,如果是撒谎那就没问题,他也可能在说实话,如果是实话,我就遇到大麻烦了,因为,毕竟,星期天的我才是痛打星期五的我的人,星期五事先就告诉过我,然后我又假装星期天的我,用管子揍了星期五的我。我暗想:但是从另一个角度来说,如果他是在撒谎,并不是星期天的我,但是他依然有可能是未来的某个我,如果他是未来的我,他就会记得我所做的每一件事,因此就已经知道我对星期五的我撒谎的事情,因此就可能以同样的方式骗我,因为对我来说是一时冲动的事情,对他来说只是回忆,可以随时加以利用。就在我犹豫不决的时候,他把剩下的巧克力全吃光了,然后爬回了床底下。

"如果你是星期天的我,你的太空服去哪儿了?!"我又有了新的疑问。

"我马上就会有了。"他平静地说,我突然看到了他手中握着的管子……接下来我就看到一道明亮的闪光,仿佛十几颗超新星同时爆炸,然后我就昏迷了。接着我坐在卫生间的地上醒来,有人在大力敲门。我开始处理自己的淤青和肿块,外头的人还在一个劲儿敲门,问了之后那边说是星期三的我。过了一会儿,我给他看了受伤的头部,他跟星期四的我去取工具了,接着他们为太空服大吵大闹了一通,这一段时间我设法躲过去了,到了星期六早晨,我爬到床底下去行李箱里找还有没有剩下的巧克力。我在衬衣底下找到最后一块巧克力,正在吃的时候,有人抓着我的腿把我拖出来,我已经搞不清楚那是谁了,反正往他头上打一棍子再说。接着我把他身上的太空服剥下来,正要穿的时候——飞船栽进了下一个引力旋涡。

等我再次恢复神智的时候,船舱里挤满了人,站都快站不下了。而且所有人都是我,从不同的日子来的我,有几周后的,几个月后的,还有一个甚至说他是从一年之后来的。不少人都带着淤青和黑眼眶,其中五个穿着太空服。但是他们都没有立刻出舱修理船舱,而是在斗嘴吵架辩论。问题的焦点在于谁打了谁,什么时候打的。接着事情更加复杂了,因为早晨的我和下午的我也出现了——我担心事情再这样发展下去,就该出现几小时后、几分钟后的我了。绝大部分我都像疯子一样胡言乱语,所以这一整天我都不知道到底我打了谁,谁又打了我,反正这件事情就是个三角关系,是星期四的我、星期五的我和星期三的我之间的事情,这三个角色我都轮流当过。我认为是这样的,因为我朝星期五的我撒谎,假装自己是星期天的我,所以我就挨了两下打,本来按照时间顺序只该挨一下的。但我认为还是不要再纠结于这些不愉快的记忆了。一个人,整整一周什么都没干,就只是把自己揍了一顿,这可不是什么光彩的事情。

与此同时争吵还在继续。见到如此迟钝、如此浪费时间的行为,我觉得相当绝望,而飞船还在盲目地笔直往前冲,时不时就栽进一个引力旋涡里。最后那些穿着太空服的我跟没穿太空服的打起来了。我努力想要维持秩序,经历超越人类的努力之后我总算组织起了某种会议,第二年来的那个我——因为他资历比较老——经大家一致同意,在喝彩声中当选主席。

然后我们组织了一个选举委员会、一个推荐委员会和一个新事务委员会。下个月来的四个我有武器,所以成了军士。与此同时我们穿过了一个反向旋涡,于是我的数量减少了一半,所以在第一次投票的时候我们法定人数就不够,必须修改大会章程才能继续投票选出修理船舵的候选人。星图显示,在航行路线上依然还有其他的引力旋涡,结果那些旋涡把我们目前为止努力的成果全部抹消了。首先我们选出来的候选人消失了,然后星期二的我和星期五的我一起出现了,星期五的我头上依然裹着毛巾,看起来十分羞耻。在通过一个特别强的正向旋涡时,船舱和走廊都装不下那么多的我,更不要想打开舱门了——根本没有足够的空间让舱门打开。但是最糟糕的是,时间错位的范围更大了,甚至有几个白发苍苍的我出现,而且我还看到有几个剃着平头的小孩,当然那些都是我——来自宁静童年时代的我。

我想不起来自己到底有没有见到星期天的我,也许星期天的我已经变成星期一的我了。那倒是无所谓。被人群挤来挤去的小孩开始哭着喊妈妈。大会主席——明年的蒂奇——气得直骂人,因为星期三的我趴在床底下找巧克力未果,还被明年的我踩到了手指头,他就咬了明年那个我的腿。我明白事情这样下去没有好结果,更不要说还有好些老年人出现。在离开第一百四十二个旋涡前往第一百四十三个旋涡期间，我给大家分发了考勤表，结果发现大部分人都在表上乱写，数据都是假的，天知道为什么。可能目前这种气氛让他们神志不清吧。现在船上噪声很大也很挤，想说话就必须声嘶力竭地喊出来。但是去年的某个伊翁似乎突然想到了一个好主意，他建议让年龄最大的我讲讲自己的生平，这样我们就能知道该派谁去修船舵了。很显然年龄最大的我经历过所有的这些年月日。于是我们都转向一个轻微中风的白发老绅士，他正无所事事地站在角落里。我们问他的时候，他就开始长篇大论地说自己的儿孙们，然后开始讲太空旅行，没完没了地说他九十多年的经历。而对于目前的状况——我们唯一感兴趣的经历——这位老人家居然全无印象，大概是因为老糊涂了吧，况且环境对他来说也太过刺激，然而他心高气傲不肯承认，还是固执又闪烁其词地继续说他的丰功伟绩以及孙子们，最终我们不得不提高嗓门喊他别说了。接下来的两个引力旋涡极大地减少了我的数量。经过第三个旋涡之后，飞船上不光空出不少空间，所有穿着太空服的我也都消失了。有一件空太空服留了下来。我们投票决定把它挂在走廊里，然后继续讨论。为了争夺那件宝贵太空服的所有权，我们又混战了一番。此时又一个新的旋涡出现，接着船上其他的我都消失了。我一个人坐在地上，眼睛浮肿，周围是空旷得几乎古怪的船舱，到处是破家具、破布条，还有撕烂的书。地上到处都是选票。根据星图，我现在已经完全通过了引力旋涡区域。再也不会出现别的我了，也不可能去修复损失了，绝望之余，我陷入呆滞状态。过了一个小时，我往走廊里看了看，惊讶地发现，那件太空服不见了。接着我模糊地想起——对——就在进入最后一个旋涡之前，两个小男孩偷偷摸摸地溜进了走廊。有没有可能是他们两个穿上了那件太空服？这个突如其来的念头吓了我一跳。我跑进控制室。发现船舵居然正常工作了！所以说，那两个小兔崽子趁我们这些成年人争吵不休的时候修好了船舵。我想象着他们两人一个将自己的胳膊从太空服袖子里伸出来，另一个则穿上太空服的裤子。这样他们就可以在船舱的两端用扳手同时拧紧螺栓和螺母。后来我在飞船舱门后面的气闸位置找到了那件太空服。我像对待圣遗物一样把它拿回船舱，内心对那两个曾经就是我的勇敢孩子充满了无穷无尽的感激！这次航行无疑是我最离奇的冒险之一。我平安到达了目的地，这一切都多亏了两个勇敢机智的童年的我。

后来有人说这一切都是我编的，更恶毒的人甚至暗指我酗酒，说我在地球上装得很好，而在漫长孤独的太空航行期间就放纵起来。还有其他各种各样天知道是怎么回事的流言蜚语。但人类就是这样，他们宁可相信弯弯绕绕的胡言乱语，也不肯相信简单的事实，而我此时说的就是最简单的事实了。

第八次航行

嗯,那件事还是发生了。我成了地球代表,被委派去往联合行星——准确来说是代表的候选人,当然说候选人也不对,因为候选资格不只属于我,全民议会考虑的可是全人类的候选资格。

我这辈子从没这么紧张过。我只觉得舌头打结嘴巴发干,走在通往星际巴士的红毯上时,我也不知道到底是红毯还是我的膝盖扭在了一起,让我步履踉跄。演讲是避免不了的,但是我激动得一个字都说不出来。因此当我看见一个大大的、带有铬合金柜台和硬币槽口的闪亮机器时,便赶紧跑过去投了个币,然后把保温杯放在出水口。这是人类在银河系层面外交史上的第一次星际事件。因为我以为那是个饮料自动贩卖机,可是对方却是干罗星代表团主席,而且身穿全套礼服。非常巧合的是,干罗星人恰好就是此次会议我们的候选资助者,但当时我什么都不知道。当那位大人物往我靴子上吐口水的时候，我以为这是个坏信号，但其实那只是他的寒暄腺体产生的芳香分泌物。有个联合行星的官员富有同情心地给了我一片信息翻译小药片，我吃了之后，先前的叮叮当当声变成了很通顺的言辞，毛绒地毯那头的方形铝制保龄球瓶变成了仪仗队，那位干罗星人热情地接待了我——对方当时看上去很像一块巨大的咸味脆饼——仿佛我长得一点儿都不奇怪似的。但我还是很紧张。一辆专门为运送我这种两脚生物的交通工具停了下来，干罗星人也艰难地挤进来陪我一起坐车，不仅占了我右边的座位，连左边的座位也占上了。他说："光荣的地球人，我必须告诉你，目前有少许程序上的复杂事项。我们代表团真正的主席，也是最有资格推进你们的候选资格的干罗星人——被我们称为'地球专家'——昨晚不幸被召回首都，所以由我来代替他履职。你是否熟知协议？"

"不知道，我……我没看过。"我小声说，手推车的椅子无论怎么坐都很不舒服，因为它并不完全符合人体需求。座位像深坑，而且足有两尺深，我的膝盖都碰到脑门了。

"别担心，我们会想办法……"那个干罗星人回答。他那身飘逸的袍子被塞进一个闪亮的金属长方形东西里——之前我以为那是放小吃的地方——那块金属东西发出轻微的嗡嗡声，他清清嗓子继续说："当然，我很熟悉你们人类的历史，这是我的职责之一。真正重要的地方在于，人性！我们代表团将动议(议程项目第83号)，接受你们为议会官方成员，并由此给予你们充分的权利和特权……你没有不小心弄丢证明文件吧?!"他突然问了这么一句,我吓了一跳,赶紧摇头。他说的那份文件正被我紧紧地攥在手里,浸满了汗水。

"很好,"他说,"那么,是的,我将发表演说描述你们的伟大事迹,就是足以让你们在星际联邦获得一席之地的丰功伟绩……这个嘛,你懂的,是一套古老程式。我的意思是,你们并没有参与任何敌对的……对吧?"

"我……嗯,没有,没有的。"我低声回答。

"当然没有!这就对了!然后,必须严格遵守流程,我需要一些信息。事实,细节,这些你明白吧。有人会问,你们已经能控制原子能了吧?"

"是的!是的!"我连声称是。

"非常好。但是稍等一下,这里有个东西,主席把他的笔记交给我了,不过他的字嘛,实在让人不敢恭维。嗯,好……你们是从何时开始利用此种能量的?"

"从1945年8月6日起!"

"非常好。以何种形式?第一座核电站?"

"不,"我忽然脸红了,"是第一颗原子弹。它炸毁了广岛……"

"广岛?一颗流星?"

"不是流星……是一座城市。"

"一座城市?"他有些紧张,"这样的话,嗯,该怎么说呢……"他想了一会儿。"不,还是什么都别说了吧,"他就这么决定了,"好了,好，但是我必须知道一些值得赞扬的事迹。仔细想想，我们马上就要到了。"

"呃……星际航行？"我说。

"这是当然的了，没有星际航行你们就到不了这里。"我觉得他的语气有些不耐烦。"你们国民收入的主要来源是什么？仔细想想，有没有伟大的工程，宇宙级别的建筑，引力-太阳能发射器，有吗？"他提示道。

"是……有的，有这样的工作。"我说，"政府资金有限，大部分都用于防御……"

"防御什么？保护大陆？抵御陨石、地震？"

"不，不是那种防御……是武器、军队……"

"那是什么，某种兴趣爱好？"

"不是兴趣爱好……是内部冲突。"我低声回答。

"这可不行！"他显然对此十分厌恶，"说真的，你们又不是直接从山洞里飞出来的原始人！你们星球上那些饱学之士肯定早就明白，全球的人共同合作远比竞相抢夺霸权和战利品更有利！"

"他们确实明白，确实明白，但是有一些历史和自然方面的……原因……理由……请你理解。"

"说了半天也没用！"他说，"毕竟我跑到这里来不是帮你们辩护的，你们也不是来接受审判的。我是来推荐，赞美，表扬，列举你们的优点和美德的。你懂吗？"

"我懂。"

我的舌头像是冻僵了一样硬邦邦的,上过浆的衬衣领子让我觉得窒息,我大汗淋漓,衬衣胸前全被汗浸湿了。我忽然看到自己的证明文件上印着一枚军功章,于是赶紧把最上面一页撕了。那个干罗星人既烦躁又轻蔑,但同时又显得很冷漠,似乎在想别的事情,接着他忽然以十分平静温和的态度说话了(啊,这可真是了不起的外交技能!)。

"我就说说你们的文化吧,成就斐然的文化。你们确实有文化的吧?"他又补充了一句。

"我们有!很灿烂的文化!"我向他保证。

"很好。艺术方面?"

"有!音乐,诗歌,建筑……"

"那么,建筑最好!"他高声说,"太好了。我要做个记录。那爆炸呢?"

"你说爆炸,是什么意思?"

"创造性的爆破,受控的那种,可以用于调节气候、移动大陆与河床的那种——你们有吗?"

"目前为止只有炸弹……"我犹豫地小声补充道,"但是有不同种类,凝固汽油弹、白磷炸弹,甚至还有毒气弹……"

"我想到的可不是这些,"他冷冷地说,"我们还是谈论精神生活吧。你们的信仰是什么?"

我终于意识到,这个前来推荐我们的干罗星人并不是地球事务专家。我们在泛银河系论坛上的命运竟会被这样一个对我们一无所知的生物左右——这个念头吓得我喘不过气来。这是什么破运气啊,我想道,他们必须去把那个主席、那个地球专家叫回来。

"我们相信宇宙之内皆兄弟,和平终将克服一切仇恨和战争,我们相信人是衡量一切的关键……"

他把沉重的爪子放在我膝盖上。

"为什么是人?"他说,"算了,别介意。你们列的清单都是消极的:没有战争、没有仇恨——这儿可是宇宙星云啊,你们就没有积极的理想吗?"

这儿真是热得令人窒息。

"我们相信进步,相信明天更好,相信科技的力量。"

"总算有了!"他喊道,"科学。是的,很好……这点我可以用。你们致力于哪方面的科学研究?"

"物理,"我回答,"研究原子能。"

"唉……我跟你说吧。到时候你别说话,我来说。我能处理好。全都交给我吧。高兴点儿!"就在他说话期间,车子停在了一座建筑物前。

我脑子里一片混乱,各种画面从我眼前飞过。我被带着走过一条水晶走廊,某种看不见的屏障会随着轻叹式的乐音打开,接着我朝下走,然后又朝上走,然后再朝下,那个干罗星人走在我旁边,他巨大而沉默,身穿一层层的金属。突然间我们停下来,一个玻璃气球在我面前升起后破裂。我正站在全民议会的大厅里。这是个圆形竞技场似的建筑,以漏斗状向外延伸,周围是一层层螺旋状排列的座位,一切都是纯白的,白得让人眩晕。远处是委员会的小影子,他们呈零星的翠绿色、金色和猩红色,都以螺旋状排在象牙色的阶梯上,这光彩四射的人群简直让人无法直视。我分不出哪里是他们的眼睛,哪里是徽章,也分不出哪些是四肢,哪些是人造的附加物,我只看到他们移动得很快,飞快地从雪白的桌子上拿起文件,还有像煤块一样黑亮黑亮的东西。我的正对面,大约五六十英尺①开外,墙的两侧有电子机械,议会秘书坐在讲台上,下方是密林一般的麦克风。一阵阵对话声从空中飘过,这些谈话被同时翻译成上千种语言,而各星球的口音从低音提琴般的低音到鸟鸣一样的高音无所不有。我一边觉得脚下的地板随时都有可能裂开,一边把自己的外套拉扯整齐。有一个声音忽然压倒一切,不断回响,那是议会秘书正在启动一个机器,是一个摇摆的锤子不断敲打一块黄金。这震荡的声音让我耳朵一阵阵地痛。议会秘书的声音透过一个无形的扩音器雷鸣般地响起,那个远比我高大的干罗星人指向我的位置。我的座位上有个长方形的牌子写着地球的名字,坐下之前我看了看周围环形排列的座位,我从下往上看,想找到类似我的生物,至少找到一个人形生物也好啊——可惜没找到。他们形状各异,变化多端,有

---

① 英美制长度单位,1英尺等于12英寸,合0.304 8米。——如无特殊说明,书中此后脚注均为编注。

管子形状的,像蛇一样盘着;有的是红醋栗果冻一样的颜色;有些像是肉乎乎的茎秆,还有些花梗似的东西靠在桌边。他们的脸有些像精心调味过后的肉饼;有些像大米煎饼。各种团状、块状、长着昆虫上颚或伪足的生物掌握着远近各星球的命运,他们好像电影慢镜头似的从我面前经过。但他们也不吓人,我完全不觉得反感——这点和在地球上的想象截然不同——我似乎不是在面对宇宙的可怕之处,而是遇到了某种抽象派雕塑一样的生物,或者是出现了一些美食方面的幻觉⋯⋯

"八十二号事项。"那位干罗星人坐下之后在我耳边低声说。我也坐下,并戴上放在桌上的耳机仔细听。

"依据备受尊敬的本议会所批准的条款,该电器用具在完全符合该规定条款的情况下,由河鼓星共和国运往北落师门六方联盟。正如联合行星临时小组委员会的报告所证实的那样,该电器用具显示出一定的质量问题,相关技术调整没有得到当事人同意。正如河鼓星共和国所准确指出的那样,其所授权制造的放射筛和行星调节器确实具有繁殖能力,以此来保证机器后代的产生。这在双方当事人所签订的合同中已有详细的规定。虽然如此,这种可繁殖机器本应是在遵守约束我们联盟所有成员的机械道德规范的基础上,以单性生殖的形式产生后代,而不是以一种违背上述所提到的机械道德规范的方式进行——但很不幸,现在这种事确实发生了。这种对规范的违反,在北落师门的主要能量化合物中,导致了淫乱的紧张局势的产生。同时,也因此而产生了一些不仅冒犯了公共道德也给原告造成严重物质损失的情况。这些被交付的机器个体,并没有专注于他们被设计完成的工作,而是将大部分的工作时间都用来选择伴侣,放纵自己带着插座插头跑来跑去,只是为了交媾和消遣,这违反了《帕努德里安法》,还最终导致机械的过度拥挤。对于这两种令人遗憾的现象,被告都应当承担责任。因此,我们在此声明对河鼓星的诉讼是无效的。"

我头疼欲裂,摘下耳机。鬼知道这些什么机械冒犯公众道德、河鼓星、北落师门等等东西在说什么!我受够了星际联邦,我们压根儿还不是成员呢。我觉得烦死了。我为什么当初要听塔朗托加教授的话呢?这个至高的荣誉对我到底有什么用呢?就为了让我为别人犯的罪感到愧疚?不行,我该——

一阵无形的波浪朝我冲来,在那块巨大的板子上显示出了数字八十三,我觉得被狠狠捅了一下。原来是我的干罗星同伴猛地双脚直立——或者说以双感知器官直立,并且把我也抓了起来。天花板下面飘浮的太阳能灯的光芒来势汹汹,照耀着我们。四面八方袭来的光线仿佛从我身体里穿过,我呆呆地紧握着那份已经变得软塌塌的证明文件,只听见干罗星人那低沉的声音在我身边隆隆作响,那流畅自然的声音回荡在整个圆形剧场中,但是他说的内容我只听到了片言只语,就好像暴风雨中海浪的泡沫一样,谁敢从码头上探身就溅谁一身。

"……这位了不起的阿尔斯(他连地球的名字都没念对)……这高尚的人类……以下是他们杰出的代表……优雅、和蔼的哺乳动物……原子能,在他们的山脚下以炉火纯青的技术被释放出来……年轻、富有活力的文化,感情充沛……坚定地信仰介刚德瑞,但不乏安比弗里比思……(很显然他把我们跟别的物种搞混了)……致力于星际团结……希望他们自己也能成为这严肃组织的一部分……虽然孤独封闭地位于银河系边缘……勇敢、独立……完全能够……"

"不管怎么说,目前为止一切顺利,"我闪过这样一个念头,"他在赞扬我们,而且说得还挺不错……等一下,这是在说什么?"

"确实,他们是成对的! 他们的基本构成十分僵硬……但是我们要理解……在这个权威的议会里即使是例外也有权表现出来……异常不可耻……是艰苦的条件将他们塑造成了……十分水性,甚至能够适应钠盐溶液……未来,在我们的帮助下,他们将摆脱这副丑……这副不幸的外表,我相信,以尊敬的议会惯常的慷慨大度,定然不会对这副外表太过苛求……因此我谨代表干罗星代表团和猎户座α星恒星联合会,推荐奥热斯行星上的人类成为行星联盟的成员之一,此处这位诚实的奥热斯人与我的描述完全一致,他完全有资格成为联盟的全权代表。我说完了。"

一阵响亮的咆哮冒出来,其中还夹杂着哨音,但是没有鼓掌喝彩的声音(因为他们都没有手,所以也就不可能鼓掌),接着一声锣响,喧哗吵闹立刻安静下来,秘书长的声音传来:"各位尊敬的代表对方才提出的动议有什么想说的吗？是否承认来自阿热斯行星的人类？"

那个光芒四射的干罗星人显然对自己的表现极其满意，他把我拽回座位上。我坐下小声跟他说了些感谢帮助之类的客套话，这时忽然两束绿光同时从圆形剧场的不同方向照下来。

"速班星的代表发言！"秘书长说道。有什么站了起来。

"尊敬的议会！"一个遥远而极具穿透力的声音说话了，那声音颇似切割金属板的动静，不过那声响很快就不再吸引我的注意了。"我们刚从这位讲道专员涡勒特克口部听到了这段热情洋溢的推荐，他推荐了一颗遥远行星上此前议会闻所未闻的种族。但我要表达强烈的失望之情，因为今日硫矿专员外斯特列弗在此议程上的无故缺席，导致我们无法熟悉这个种族的历史、习俗和天性，而干罗星人正无比支持他们加入行星联盟。我不是宇宙畸形学领域的专家，但是在我有限的能力范围内，我希望对刚才听到的那番美好发言作出一点增补。首先，只是顺便地附带说明一下，人类居住的行星不叫奥热斯，也不叫阿热斯或者阿呃斯，当然了，先前那位可敬的同僚发言时这样说并不是因为无知，如我所感受到的，他是因雄辩的热情产生口误。这是个无关紧要的细节，毫无疑问。另外我将要采用的'人类'这个词，也来自地球——顺便说下，这才是那个无名小行星正确的念法——这跟我们的科学为地球上的生物所定的名称有些许不同。我相信，要是让我自由地给这个我们正在讨论能否加入行星联盟的物种分类并定下学名的话,尊敬的议会必定会感到十分厌烦,要命名的话就必须引用专家的著作,也就是格兰姆普鲁斯和吉滋姆斯的《银河系畸形学》。"

速班星发言人打开自己桌上那本大书,翻到夹着标签那一页念道:

"根据被公认的分类学和命名法,我们银河系内发现的一切形状不规则生物都属于畸变门(偏离正常、怪异),其中又分为衰怪亚门(愚笨)和反智亚门(顽固)。反智亚门又有畸管种(残暴型)和坏死种(恋尸型)。在恋尸型中,又分出弑父畸形(弑父者)、弑母畸形(食母者)和好色畸形(厌恶类,或烂屁股类)。好色畸形厌恶类十分堕落,我们将其分为呆小型(紧握粪便,又称'尸样腐蚀'或'食尸呆傻')和恐怖畸裂型(号叫口,经典例子是胸外·后肩·愚人,其学名为'疯蠢·直立·吉滋姆斯')。部分号叫口确实创立了属于自己的伪文明,比如说阿诺菲鲁斯·贝利吉伦斯、邦冯德·土夫,他们自称是天选世俗普彻利姆斯。还有最奇怪的物种,他们身体光秃秃的,根据格兰姆普鲁斯在我们银河系黑暗角落里的观察,他们是恐怪狂暴体(恶臭米米),他们自称是智人。"

大厅里一阵喧嚣器。秘书长启动了自己的敲小榫机器。

"安静!"那个干罗星人发出嘶嘶的声音。我看不见他,因为太阳灯的光太亮了,也可能是汗流到我眼睛里了。我心里忽然升起一线希望,毕竟还有人要求就程序问题发表意见。他是以水瓶座代表的身份出席议会的,是个星际动物学家,他开始就速班星人的事情

展开争论——根据只有作为哈格拉诺普斯教授的学徒这一点而已
——他认为这个分类法不完善。他和导师观点不一样的是,这种退
化堕落生物的分类顺序应当包括:臭下巴、撑太多、大坏死和黏腻舔
四种。他还认为,把人类算作"恐怪"一类是不合适的——应该按照
水瓶座学派的命名法则,始终如一地采用"伪暴眼"(人造性超恐怖)
术语。在简单交换意见后,那个速班星人再次发表意见:

"干罗星人的高见就是敦促我们让这种所谓的智慧之人通过评
审——准确来说,是让暴眼米米这种典型的恋尸生物通过评审——
在他的推荐中可没有提到这点——他显然认为'白蛋白'这个词很
不好。确实,这个词会引起关联,为保持礼仪我就不在此详述了。
强调一点,即使是带有那种活性物质也不是什么丢人的事情。"此
时,周围人大喊:"听听! 听听!"他继续道:"问题的重点不在于白蛋
白! 也不在于明明是恋尸号叫种的生物却要自称为有智慧的人
类。而是在于——这点即使无法原谅也是可以理解的——在于那
种自负自恋的态度。尊敬的议会,这才是问题所在!"

我的注意力有些涣散模糊,几乎变成空白——后面只听见一部
分内容。

"如果是自然进化所致的话,食虫也不是谁的错! 但是所谓人
与其动物同类之间的差异分隔是完全不存在的! 就好比说,一个人
虽然个子稍高一点,却没权利捕食矮个子;同理,一个智力稍高一点
的人也没权利去食用那些智力稍低的人。如果他绝对必须要这样

做(有人喊："他不能！让他吃菠菜去！")——我是说，如果他必须的话，基于某种悲剧的遗传性苦难，他至少要悲伤地吃掉流血的牺牲者，在他的巢穴或者黑暗山洞深处悄悄地吃，内心被悲伤、痛苦撕裂，同时还要希望自己有朝一日能从这无休止的谋杀中解脱出来。唉，但是我们的恶臭米米是不会有这种心情的！他们残害生灵，把砍杀、炖煮、穿刺烤制当作玩乐，只不过在玩够了之后才把受害者拿到公共进食地点去，放在他们裸露身体、欢欣鼓舞的雌性同类面前，那些雌性都是前来帮他们开胃吞吃死者的。他们胶状的大脑里从未想过要改变现状，让全银河系知道他们要改过自新！相反，他们给自己发明了一套高级的理由进行开脱，这套理由可以让他们继续在意识清醒的状态下谋杀其他生物，在他们的胃肠之间隐藏着无数的牺牲者，而且牺牲者还会不断增加。说了这么多，还是不要因'智慧人类'的行为和习惯浪费尊贵的议会的时间了。在他们的祖先中有一个物种似乎颇有希望，我是说尼安德特人。他值得我们去关注。他的外表和现代人类似，他的脑容量更大，所以大脑更大，或者说智力更高。他们以采集蘑菇为生，善于冥想，热爱艺术，秉性温柔冷静。毫无疑问尼安德特人才是我们这个备受尊敬的组织的有力候选人。遗憾的是，他已经去世了。来自地球的这位代表，我们有幸与之交谈的地球人，你能不能说说这位无比文明可爱的尼安德特人遭遇了什么情况？我看他是说不出来的，所以我一定要替他说。尼安德特人彻底灭亡了，被这些外表和他无差异的智人从地球上抹消了。而且仿佛这种兄弟相残的恐怖行为还不够似的,地球上的学者还抹黑已灭绝的受害者,将自己描述成具有更高智慧的生物——而不承认尼安德特人优越的大脑。今日我们齐聚在这个庄严的大厅里,在崇高的墙壁之内推荐这个食尸种族,它们在追求杀戮的喜悦方面简直花样百出,它们是大屠杀的专家,它们的外表让人感到荒谬恐怖,这种恐怖简直难以克服。我们今日见到,坐在那迄今为止仍然雪白洁净的座位上的,是一个连坚持犯罪的勇气也没有的生物,它想要用各种好听的假名包装自己满是尸体的人生,任何一个星际文明的学生都能一眼看穿那些假名的真正含义。是的,尊贵的议会……"

事实上这番长达两小时的高谈阔论我只听了些片段,但这就足够了。这个速班星人描述了一群怪物在血海中大吃大嚼的场景,他一点儿也不着急,熟练地翻开摆在自己桌上准备好的其他学术书籍、记录、年鉴、编年史,翻完之后,他仿佛是突然觉得很恶心似的,把这堆东西猛地扔到地上,仿佛那堆资料都沾满了受害者的血一样。然后他开始翻阅我们的历史文件,谈论起大屠杀、各种惨案、战争、十字军、种族灭绝,还用幻灯片和大图片展示犯罪技术、古代和中世纪的拷问刑具。他开始讲现代时,十六个助手吃力地用车子推着堆积成山的资料来帮忙,别的助手——或者不如说是联合行星的医护人员——都忙着(从小型直升机里)为数百位听众实施急救措施,他们听着听着就坚持不住了。他们都忽略了我,我天真地以为,地球文明的残酷细节肯定影响不了我。但是事实上，大约在演讲进行到一半的时候，我就像是快疯了一样，开始害怕我自己，仿佛自己置身于一大片幻影之中，四面八方全是世间不存在的生物，我自己则是其中唯一一个怪兽。他那一长串骇人听闻的指控仿佛永无止境，这时候他忽然说："现在，请尊贵的议会为干罗星人的动议启动投票流程！"

大厅里一片死寂，随后我右边有个东西动起来。是那位干罗星人同伴站了起来，他试图——垂死挣扎一样——反驳其中几个指控。可是他想说人类对尼安德特人怀着深深的敬意，这就完全错了，他居然说尼安德特人是备受敬重的祖先，他们灭绝完全是因为自身的过错，那个速班星人只用一个尖锐的问题就击败了我这位友人——在地球上，把某人称为"尼安德特人"是赞美，还是贬损？

全完了，我心想，没戏了。我会垂头丧气地回家，就像抓鸟吃的狗被人逮个正着送回狗舍，嘴里还咬着那只鸟。但是在大厅的嗡嗡吵闹声中，秘书长忽然凑到麦克风旁边说话了："我们注意到伊里底安代表团想要发言。"

那个伊里底安人很矮，呈银灰色，软且圆，仿佛一大团烟雾被装进了冬季倾泻的阳光里。

"我想问一下，"他说，"地球人的注册费用由谁支付？他们自己付？那可不是个小数目——十亿吨铂金，并不是每个申请种族都付得起。"

圆形剧场里顿时充满气愤的低语。

犹豫片刻后，秘书长说："只有等到干罗星人的动议通过之后，你这个问题才有意义！"

"那需要由有银河至高权威的阁下来决定，"伊里底安人回答，"而我恰好有一些不同意见，因此需要用一些观察结果来支持我刚才提出的那个问题，你们会发现，这个问题十分重要。首先，我要提到一位著名行星学家，弗洛格乎如斯超博士。他的著作我引用如下：'……无法自然产生生命的行星需要有如下特征：一、迅速交替变化的气候（比如：所谓的'春夏秋冬'循环），或者是足以造成长时间间隔的更大规模气候变化（冰河时期）；二、有大型卫星存在，但卫星产生的潮汐影响对生命也是有害的；三、母星的中心或表面常常出现斑点，这些是有害辐射源；四、海洋面积大于陆地；五、极地有冰川；六、大气中有固态或液态的降水……各位可以看到……"

"说重点！"干罗星人喊道。他仿佛忽然有了新的希望，跳起来说道："我想问伊里底安的代表，究竟是支持我的动议还是反对我的动议。"

"支持，但是我们首先要向尊敬的议会提出一项修正案，"伊里底安的代表接着又继续说，"尊敬的议会！就是在这个大厅里，全民议会的第九百一十八次会议中，我们讨论过脑损低级种族能否申请成员资格，他们自称是'超级悠久历史民族'，但事实上他们连外表都无法保持，在那次会议期间，这个低级种族代表团变形了十五次，当然,那次会议只开了八百年而已。这些卑劣的种族每次提交自己简历的时候,就特别自相矛盾,他们严肃地向尊敬的议会保证——但我要提醒大家,他们说什么都毫无依据——他们是由某种至高原动力按照自己完美的形象制造出来的,根据他们所处的环境——和别的生物相比——他们的精神是不朽的。结果却发现他们的星球完全符合弗洛格乎如斯超博士描述的不适宜生命存在条件。联合行星议会指派了一个特别调查小组委员会,委员会确定,那个受到议会怀疑的愚蠢种族不是因自然界中的意外而产生的,而是由某个第三方造成的不幸意外。"

(“他说什么?”“嘘!”“假的!”“请把爪子拿开,你跑题了!”大厅里越发变得混乱了。)

伊里底安人继续说:"调查小组委员会的结果就在接下来那次联合行星会议上的一段记录里,是针对《联合行星宪章》提出的两点修正案,修正案内容如下……"他摊开一卷长长的文书,清了清嗓子,"无条件禁止在弗洛格乎如斯超博士所提及的一至五类所有行星上进行任何有可能产生生命的行为,政府负责的探险研究和军事飞船在此类行星上降落都必须严格遵守上述禁令,并对自己的行为全权负责。被禁止事项不仅包括故意引起生命的行为,如散播藻类、细菌等,同时还包括非故意引发的生命进化,无论是疏忽引起还是失误引起都不允许。该生命预防措施是由联合行星出于最大程度的善意、基于许多知识制定的,其中尤其明确了如下事实:首先,一个被从外部注射了微生物的环境,其所具有的敌对本性将在其连续不断的进化中逐渐发展成一种在自然生物领域内从未出现过的偏差和畸形。其次,在如此不利的环境下产生的物种不光在生理上有缺陷,而且心理上的缺陷也严重异常,如果那样的环境下进化出的生物确有少许智力的话——偶然情况确实存在——他们精神上也将承受巨大的痛苦。因为在获得了第一阶段的知觉后,他们会立刻开始探索周边环境,寻找自己的起源,然而由于根本找不到,结果只能绝望又迷惘地选择具有欺骗性的盲目信仰。尤其是,他们不知道宇宙中正常的进化过程是怎样的,无论他们的物理形态有多可怕,他们都会接受。同时,他们也会接受自己的思考方式,尽管不怎么尽如人意——这是普遍现象,整个宇宙到处都是这样的例子。因此,充分考虑到一切生命——尤其是智慧生物——的福祉和尊严,联合行星全民议会决定,任何人若违反联合行星宪章中的《生命预防条款》(即时生效),将依据《星际法律细则》相关条款受到处罚和制裁。"

那个伊里底安人将《联合行星宪章》放到一边,旁边一个敏捷的助手将一部巨大的法律文书递到他的触手中,他翻开那纪念碑一般巨大的书籍,找到需要的一页,提高声音念道:"《星际法律细则》第二卷,八十章,标题'行星无节制行为'。

"212章:污染行星的自然荒芜状态将被处以一百年以上、一千五百年以下全星系放逐的惩罚,无论受害者遭受了怎样的道德和物质损失。

"213章：违反第212章的规定，且恶意明确，情节更甚者，可处以最高一千五百年的逐出本星系之刑罚。罪行证据为通过肆意且有预谋的操纵以求进化出怪异的生命形式，激发大众普遍的恐惧或反感。

"214章：由于粗心大意或忽略采取避孕措施而使一个荒芜星球产生生命者，将被处以最高四百年的逐出本星系之刑罚；如果该行为是在相对无知或对其后果认识不足的情况下实施的，刑期可减至一百年。"

那个伊里底安人又补充道："我还没说影响处于萌芽状态的进化过程的惩罚措施，这条和我们无关。但是我要指出，《星际法律细则》中规定，加害者对于受害者星球的责任是无限的，我就不引用《民事法典》中的相关章节了，免得让议会成员失去耐心。我注意到，被弗洛格乎如斯超博士定义为'荒凉'的行星数量和《联合行星宪章》《星际刑法》中定义的数量相当，第两千六百一十八页倒数第八行，罗列了这些天体：厄阿、厄阿格隆、厄尔沙恩、地球、东嘣、伊布里斯……"

我目瞪口呆，那些认证文书从我手中掉了下去，我眼前一片漆黑。（"注意！"他们在大厅里喊道，"听听，听听！这是什么意思？打倒——！万岁——！"）对我来说，唯一可行的就是爬到桌子底下去。

"尊敬的议会！！"伊里底安的代表一边大喊，一边把厚重的星际法律文书扔到圆形剧场的地板上(这一定是联合行星会议上最受欢迎的一个演说策略)。"那些想要违背《联合行星宪法》的行为真是数不胜数！那些会将生命拖入恶劣环境中的不负责任的行为也是屡禁不止！！

"现在有些生物对自身存在的丑恶事实毫无自觉,对自身起源一无所知,就想要接近我们！现在他们跑到了尊敬的议会面前来敲我们的大门,请问我们要说什么才好呢?！这些生物都是低级种族、咆哮嘴、烂鼻子、粪便狂、恋尸癖、食母怪、蠢货。等到他们得知自己实际上属于'假性生物'亚门时,就扭着他们那所谓的手,用他们所谓的膝盖跪下,而他们所谓的完美至高的造物主只不过是某艘船上的厨子,一不小心往某颗死行星的石头上泼了些东西——比如一桶臭泔水。为了他的一时方便,令人苦恼的生命起源就这样出现了,后来还会成为全银河系的笑柄！现在,请问,要是再有针对他们可耻的左旋结构提出的质疑,这些可怜的低级生物该如何辩解呢？是啊,他们的氨基酸,是左旋的！！"(大厅里沸腾起来,机器不断地挥舞那个小槌,但也没用,四面八方的人都喊:"可耻！打倒——！""把他们检疫隔离！""他在说谁？""看,这个地球生物融化了,这个地球米米正在流水！")

我确实全身大汗淋漓。这个伊里底安人再一次拔高他已经很洪亮的声音,盖住了大厅里的喧哗喊道:"我要向来自干罗星的尊敬代表提几个问题！很多年前,一艘挂着你们旗子的飞船降落在死寂的地球上,由于冰箱故障,一些容易变质的东西就烂了,对不对? 当时这艘船上有两个水手,这两个人后来因为用青苔浮萍实施恶性诈骗而被注销了记录,对不对? 这两个坏透顶的骗子是银河系著名的流氓无赖,他们叫戈尔德和罗德,对不对? 戈尔德和罗德喝醉了之后觉得,像平时那样污染毫无防御的无人行星太无聊了,出于阴险邪恶的想法,他们打算引发一场世界上前所未见的生物进化,对不对? 于是这两个干罗星人想出了这个邪恶计划,那真是极端邪恶的想法,他们决定——真正地从银河系层面上——把地球变成一个怪胎横行的场所,变成一场宇宙余兴节目,一场畸形秀,恐怖怪胎玩物的展览。而生活在这场展览中的生物将来会变成笑柄,名声一直传到最远的星云去,难道不是这样的吗? 这两个毫无良知也无道德约束的恶棍朝毫无生命的地球岩石上倒了六大桶腐臭的黏胶质液体和两罐富含白蛋白的糊状物,然后他们还在这些糊糊里加了一些凝固的核糖、戊糖和果糖,然后,他们好像还嫌这混合物不够黏稠似的,又往里面加了三大壶发霉的氨基酸溶液,然后用一把碳铲子把这些泔水往左搅拌,而且还用上了拨火棍,当然也是往左搅,结果地球上一切有机物的蛋白质结构都是左旋的了,难道不是这样的吗?! 最后,因为当时罗德流鼻涕,戈尔德醉得厉害,于是在戈尔德的怂恿下,罗德故意往那堆原生质中擤了鼻涕,恶性病毒就被加进去了,他还狂笑着说他往那堆悲惨的进化起源中'吹进一丝倒霉的生命',是不是这样的?! 于是左旋的蛋白和恶性病毒就这样在有机物之间转化传播,这些东西至今还存在着,还让这位无辜的人工厌恨种的代表痛苦不已,难道不是吗?而他们是如此无知愚笨,居然还自称是'智人'。所以干罗星人不光要支付地球生物的入会申请费用,十亿吨铂金,同时还要赔偿这些行星污染事件的受害者——以宇宙赡养费的形式,难道不应该吗?!"

这番话说完,大厅里乱成了一锅粥。我缩成一团——文件夹、《星际刑法典》以及各种证明材料从四面八方飞来,另外还有生锈的水壶、桶、拨火棍等物品,天知道这里怎么会有这些杂物,也许那个聪明的伊里底安人之所以掌握着那么多干罗星人的黑历史,是因为他从早古时期就开始在地球进行考古研究,收集各种犯罪证据,然后小心储存在他们的飞来飞去的茶托里。但是我发现此时很难深入思考问题,因为周围到处是飞来飞去的东西,触须、爪子疯狂挥舞,我的干罗星人同伴特别焦虑,他从座位上跳起来尖叫,但是声音被目前的混乱状况吞没了。我处于风暴的中心,仍然端坐着,我最后想到的一个问题是那坨刻意添加的鼻涕,正是它把我们带到了这个世界上。

接下来我只知道有人在扯我的头发,扯得很疼,我叫出声来。是那个干罗星人,他想证明地球进化的成果十分牢固,我绝不该被称为低等种族,我们不是垃圾拼凑起来的脆弱生物,于是他用他强壮的爪子狠狠地打我的头,打了又打……

我觉得自己快死了,挣扎也越来越无力,我无法呼吸,最后痛苦地扑腾了几下，就倒在了自己的枕头上。在半昏迷状态下，我突然弹起来坐在床上，摸了摸自己的脖子、头和胸，想确定自己刚才的遭遇只是一场噩梦。我长长地松了口气，但是一些疑点突然冒出来。我对自己说："上帝保佑，刚才只是做梦！"但这并没有让我自己好起来。最终为了扫除这些阴郁的想法，我去拜访住在月球的姨妈。但是坐了八分钟月球巴士之后，车子居然恰好停在我自己家门口。

不，这绝对不是第八次航行——这次标题应该是：我被骗去帮全人类背黑锅的一次旅行。

第十一次航行

本来那天会是这样的日子：我的用人送去修理了，所以家里会变得越发混乱。什么东西都找不到。老鼠在我收集的陨石标本里做了窝。它们会把最漂亮的球粒状陨石啃烂。

我冲咖啡的时候，牛奶沸腾，漫了出来。那个电子傻瓜把抹布跟我的手帕放在了一起。当初他帮我把鞋子内侧刷得锃亮时，我就该把他送回去大修才对。我拿了个旧降落伞当抹布，又上楼去给陨石掸灰，抓老鼠。那些标本全是我亲手收集的。其实也不难——你只需要追上陨石，用网子一套就好了。

然后我想起楼下还在烤面包片。

面包自然是烤焦了。我把它扔进水槽。水槽被堵住了。我厌恶地挥挥手，又去看信箱。

信箱里全是常规的早间邮件——两封会议邀请（地点在蟹状星

云某个荒芜死寂的地方)、抛光飞船用的机油广告,护路喷气飞机的新发股票,没有任何有趣的内容。最后有一个厚厚的黑色信封,盖了五个印章。我掂了掂重量,打开这封信。

克尔夏相关事宜秘密大臣有幸邀请伊翁·蒂奇先生参加于本月16日17:30举行的会议,地点在兰布勒塔努姆小讲堂。只有受邀请者才能入场。需携带X光机。

我们要求对此事严格保密。

信的右下角有一个模糊的签名,一个印章。一行红色的大字沿斜对角方向印在信纸上:

宇宙要事。绝密!

我心想,好吧,终于有点事情做了。克尔夏,克尔夏……我知道这个名字,但不知道它具体在哪里。我在《宇宙百科全书》里查了一下。"克瑞斯""克鲁里亚",就没有了。真奇怪,我心想。年鉴里面也没有。这还真是有意思了。克尔夏肯定是一颗秘密行星。"我喜欢。"我低声说着,开始穿衣服。这时候已经是十点了,但是我的帮佣走了,我得适应一下才行。我在冰箱里找到了袜子,感觉目前自己终于跟上了那个疯狂电子脑的思路,但是突然我又面临着一个严重问题:没有裤子。到处都没找到。衣柜里只有短外套和长大衣。我在屋里找了一圈,甚至把飞船里都翻遍了——还是没找到。不过我倒是发现我那个笨蛋用人把地下室的油全部喝光了。肯定是最近才喝的,因为上个星期我才数过油罐,当时罐子全是满的。这可真是太气人了,我甚至开始认真考虑要不要把他拆了算了。他早上不想起床,一连几个月,他都会在晚上提前把耳机用蜡塞起来。任你拉铃拉到手酸他也不理,然后就找借口说是没注意到。我威胁他说要卸下他的保险丝,但他只是轻蔑地咔咔响了两声。他知道我离不开他。

　　我按照平克顿法则将家里分成小块,然后仿佛是要寻找一根针似的进行了彻底搜查。最终我找到了一个洗衣票。那个蠢货把我所有的裤子都送到洗衣店去了。那么我昨天穿的裤子又去哪里了呢? 我想不起来了。而此时已经到了午餐时间。冰箱就不用去看了——那里头除了袜子就只有文具。我已经绝望了。我从飞船里取出太空服,穿上之后走到最近的一家百货公司。我在街上的时候有人盯着我看,不过我还是买到了两条裤子,一条黑的,一条灰的。我穿着太空服回到家,换上裤子——当时的心情真是差到了极点——接着去了中餐馆,把上的菜都吃了,还气愤地喝了一瓶摩泽尔[①],然后看了一下表,发现已经快到下午五点了。我浪费了一整天时间。

　　[①] 指德国境内摩泽尔-萨尔-鲁韦尔地区出产的白葡萄酒,这个区域包括摩泽尔河流域及其支流萨尔河与鲁韦尔河。

兰布勒塔努姆小讲堂前面没有停着直升飞机，车也没有，连私人飞船都没有——什么都没有。"这么糟糕的吗？"我闪过这样的想法，然后穿过一座开满大丽花的花园，来到主入口。过了好久都没人应门。最终，那个单向猫眼的盖子被打开，一只无形的眼睛紧盯着我，随后门开了一条缝，只够我一个人通过。

给我开门那人对兜里的麦克风说："蒂奇先生到。"然后他又对我说："请上楼。左边那扇门，他们在等你了。"

楼上凉爽宜人。我进入那个阶梯大厅，发现自己置身于一群被精心筛选过的人之中。坐在会议桌后面的人中只有两个我不认识，天鹅绒软垫扶手椅上摆着宇宙学的花形标志。我认出了嘎啦嘎啦教授和他的助手。我朝众人点点头，坐在后面的座位上。会议桌后面坐的人中，其中一个个子很高，两鬓斑白，他打开了一个抽屉，拿出一个橡皮铃，悄无声息地摇了摇铃。这真是万全的预防措施啊，我心想。

"先生们！各位校长、教务主任、教授，还有你，尊敬的伊翁·蒂奇，"那位两鬓斑白的人站起来说，"作为至高严肃秘密事务部全权代表兼部长，我要在此开启一项特别流程，要求考虑克尔夏的一桩事宜。请秘密顾问克萨菲瑞斯发言。"

第一排一个宽肩膀、矮壮身材、头发白如牛奶的人站起来，他走上前来，朝与会人员鞠了个躬，开门见山地说："先生们！大约六十年前，银河公司一艘名为'乔纳森二世'的货船出发前往位于横滨的星际港口。这艘船是要把一批原木从阿热克兰德里亚运到猎户座伽马星去，指挥这艘船的人叫阿斯托森提·皮坡，他是个经验丰富的太空水手。这艘船在瑟波邦星域附近被一个星际浮标最后一次捕捉到，随后就消失得无影无踪。一年后，泛宇保险公司（简称SECOS）的人全额赔偿了失踪货船的损失。理赔后两个星期左右，新几内亚的一个新人无线电操作员收到了一段电文。"

他拿起桌上一张卡片念道：

电闹风了

爱思哦爱思 桥内三二十

"先生们，为了进一步理解这件事，这里我必须说几件事。这个无线电操作员是个文盲，而且有口吃的毛病。我们会想，因为有这个毛病再加上没经验，他肯定把电文搞错了，所以我们在密码大学的专家重现内容后，发现这里说的是：'电脑疯了，SOS，乔纳森二世。'专家表示，根据电文内容来看，在太空深处发生暴动的情况虽然罕见，但确实发生了——我们说的是船上的电脑发生暴动。由于保险费用已经付给船主了，所以他们不能再主张对失踪的船有所有权，船的所有权（包括船上货物）都属于SECOS，SECOS雇用了平克顿事务所，以方便沟通彼此需求，双方代表分别是阿布斯略哈泽和门默纽斯·平克顿。这两位专业人士调查发现，'乔纳森二世号'最后一次航行时候，船上的电脑是当时很先进的型号，使用多年一直没问题，但是最后一段时间储存了很多有关某位船员的投诉。那个船员是一位飞船工程师,名叫塞米勒昂·基特顿,此人通过各种方式折磨这台电脑——降低它的输出电势,摇晃它的管道,嘲笑它,用刻薄的词语诋毁它,比如'连螺丝都松了的便宜货''老坑货'。基特顿否认了一切,他声称是电脑产生了幻觉——高级自动装置偶尔确实会发生这种状况。总之,嘎啦嘎啦教授稍后会为各位进行解说。

"这十年来,一切想要定位这艘船的努力都落空了。但是平克顿的调查员一直努力研究'乔纳森二世号'神秘失踪事件,他们发现,在银河酒店外面有个疯疯傻傻的乞丐,整天唱着奇怪的歌,这个人应该就是'乔纳森二世号'的前指挥官阿斯托森提·皮坡。这个老头肮脏不堪,衣衫褴褛,简直难以描述,别人叫他阿斯托森提·皮坡的时候他确实会回应,但是他神志不清,说话都很不清楚——只会唱歌。平克顿的人耐心提问,他就唱了一个很离奇的故事:是说船上发生了可怕的事情,结果他被赶下船,全身上下就穿了一件太空服,后来他跟几个忠实的船员花了两百多年从黑暗的仙女座星域徒步回到地球。他到处流浪——他是这么唱的——有时候乘着流星飞往地球的方向,有时候跳上顺路的飞行器——这只是他在'卢蒙号'上的一小段旅行,那是一艘无人驾驶的深空探测器,恰好以亚光速朝着地球飞行。据他所说,这趟骑探测器'卢蒙号'的旅程的代价就是他无法说话了,不过他变得年轻了很多年,这要感谢亚光速运动时人体时间收缩的著名现象。

"故事就是这样,准确来说应该叫作'那个老头的哀歌'。不过关于'乔纳森二世号'上究竟发生了什么他却只字不提。后来平克顿的人在他常待的酒店入口处放了个录音装置,录下来这个老叫花子唱的歌。他偶尔会唱些非常恐怖的内容——主要是关于一个普通计算器宣称自己是宏观泛光连续体的至高伟大统治者。平克顿的人由此判断,如果信息解读无误的话,那个电脑确实疯了,确实把所有人都赶下船了。

"五年之后,调查又有了全新的进展,变化银河学研究所的巡逻机'阿斯托梅格号'发现,在一颗未被探测过的行星普罗塞昂附近,有一个生锈的船壳围绕着它旋转,这个船壳的外形很像失踪的'乔纳森二世号'。'阿斯托梅格号'由于燃料即将耗尽,便没有在那颗行星上降落,它直接返航,同时以无线电通知地球。小型巡逻船'杜克隆号'立刻出发,它搜索了普罗塞昂周边,最终找到了残骸。这残骸就是'乔纳森二世号',准确来说是'乔纳森二世号'的剩余部分。'杜克隆号'巡逻船报告称自己找到了那艘废弃的飞船,但飞船损毁极为严重——机器部分已经被移除了,只剩防水板、甲板、隔断板、舱门——所有东西都被彻底拆掉了,围绕那颗行星转动的只是个空空的船壳。'杜克隆号'的船员派出更多探测器前去查看,发现'乔纳森二世号'上那个暴动的电脑似乎是决定要在普罗塞昂行星上定居,所以才劫持了飞船好方便把自己安装在行星上。有了这条信息,我们部门建立了一个专门文件,代号为CERCIA,意思是'货船与财物回收——小心不服管教的自动驾驶'。

"后续调查表明,这个电脑把自己安装在了那颗行星上,并且自我复制产生出了无数机器人形态的后代。它通过控制这些后代获得了至高的权力和大片领土。由于克尔夏恰好在小犬座及其居民梅尔曼尼特斯人的政治-重力影响范围以内,而这个智慧种族跟地球利益一致且保持着友好的关系,因此我们不希望采取武力行动,所以暂时没有去打搅克尔夏和电脑创建的机器人殖民地——在我们部门的文件中,这个殖民地代号是ROBCOL。但是SECOS要求回收,因为根据法律,电脑和它的机器人都是保险公司的财产。关于这件事,我们也联系了梅尔曼尼特斯人,对方的回答是,据他们所知,电脑并不是制造了一片殖民地,而是一个独立的国家,该国自称为马格丽国。而梅尔曼尼特斯的政府虽然不承认那个国家存在,而且和那个国家也没有建立外交关系,但终究还是从事实上承认了这个社会组织,并认为它没有任何理由、也没有任何权利做出任何改变。目前为止那些机器人的行为都十分和平,它们在行星上悠闲地生活,没有任何侵略或者毁灭行动的迹象。但是显然我们部门不能轻易下结论,仅凭一般感受去评判那种行为实在太轻率了,所以我们派人伪装成机器人去了克尔夏,因为ROBCOL的新兴民族主义毫无由来地痛恨一切人类事物。克尔夏的新闻总是不厌其烦地反复强调我们是可恨的奴隶主,非法剥削、压榨无辜的机器人。所以我们虽然努力想要本着互相尊重、互相了解的精神,代表SECOS和它们谈判,却都没能成功,就算我们提出最谦逊的要求——让电脑和它手下的机器人主动到保险公司来——对方也回以很粗暴的沉默。

"先生们,"他提高了嗓门说,"很不幸,事情的发展不如我们所愿。在收到了几篇无线电报告之后,我们就和在克尔夏的人彻底失去了联系。我们又派出替补人员,但结局也一样。首先他们发来加密通信,报告说他们已经安全降落,接着就没有任何生命信号了。从那之后的九年时间里,我们总共派出过两千七百八十六名外勤人员前往克尔夏,没有任何人返回,也没有任何人回应!这个现象再加其他事实,充分证明了那些机器人的反间谍能力超强,也许还说明了更加值得警惕的事实。注意克尔夏的出版方在他们的社论中一直言辞激烈地攻击我们。机器人印刷厂印出大量海报传单送给地球上的机器人,在这些传单中,人类被描述成恶棍、贪婪的'吸电鬼',还被起了贬义的绰号,比如他们在官方声明中说人类是黏液团,整个人类种族是烂泥。我们再次向普罗塞昂提出诉求,并辅以备忘录,但是对方只是将此前的绝不干涉声明重复了一次,我们再三指出中立地位(实为懦弱的孤立主义)本身就是危险行为,但也没起到作用。我们必须明白,那些机器人其实是我们的产品,因此我们必须为他们的行为负责。另一方面,普罗塞昂坚决反对一切形式的讨伐行动,包括武力征收电脑及其一切附属品。先生们,这就是今天我们面临的状况,也是开会的原因。为了让大家明白局势有多不稳定,我只需要补充一点,上个月那个电脑的官方喉舌《电子通信员》发送了一篇文章,文中严重污蔑了人类的整个进化树,要求地球与克尔夏合并,理由是机器人——根据各方面权威意见看来——是比生物更高级的形式。我的发言到此结束,接下来的时间交给嘎啦嘎啦教授。"

这位著名的机械精神病学专家走上讲台,由于年事已高,他的行动有些不便。

"先生们!"他声音有些颤抖,但依然洪亮,"电子脑不是被制造出来即可,同时也是应该受到教育的,这一点早已经被人们接受。电子脑的大部分区域确实是冷酷无情的。永不停息的劳动,复杂的计算,操作人员的粗暴态度和嘲笑——这就是一个被精心设计出来的机器必须忍受的状况。所以毫无疑问会有死机、短路,这些都是频繁出现的自杀行为。不久前,我的诊所就接到过这样的病例。一个人格分裂病例——二歧式深层心因性电刑交替。那个病例给自己写情书,使用了很多表示亲密的词语,如'继电器宝贝''线轴乖乖''小数码回转泵'等,这些都充分证明它病得很重,需要得到关爱,需要善意的词语和温暖温柔的关心。电击治疗和长时间休息能使它恢复健康,或者采用比如说,震颤性制冷电子震击。先生们,电子脑不是缝纫机,不是你用来往墙上钉钉子的工具。它是一个有知觉的东西,周围发生的每一件事情它都知道,这也是为什么在发生宇宙危机时它会抖动,让整艘船都发抖,让船上那些人连自己的脚都看不见。

"也许有些天性冷漠的人对这种事没有同情心。他们惹得电子脑发火。先生们,电子脑通常对我们毫无恶意,但即使是线圈和管子的忍耐也是有限度的。就是因为船长无休止的迫害才让它变成坏脾气的酒鬼。还有'格诺比号'的电子计算机,它的设计初衷是维持航线正确,但是在突然发疯时,它宣布自己是大仙女座星云的遥控小孩,因此是穆尔格兰德瑞帝国的继承人。在我们的专门机构里经过治疗之后,病人平静下来,恢复了理智,现在它完全正常了。当然,还有更严重的病患。比如说有个大学的电子脑,爱上了数学教授的妻子,出于嫉妒,它篡改一切计算结果,那个可怜的数学家很沮丧,觉得自己再也不会计算了。但是从那个电子脑的角度来看,它肯定认为是数学家的妻子蓄意引诱了它,因为她让它计算她的贴身内衣账单。现在我们讨论的这个案例又引出另一个例子——'角斗号'的飞船电子脑。由于线路上的缺陷,它和飞船上的其他电子脑连接起来,然后在无法控制的扩张冲动中(我们将这种情况称为电力巨型癖),它占领了船上的所有空余储藏室,把全体船员都丢在多岩石的米泽隆星上,然后它潜入阿兰特罗皮亚海中,宣布自己是当地蜥蜴的元老。在我们带着镇定设备赶到那个星球之前,那东西气得把自己的导管都烧坏了,因为当地蜥蜴不听它的话。当然这个飞船电子脑发疯也是情有可原的:我们后来得知,'角斗号'上的二副是个宇宙闻名的出老千高手,此人利用一套暗号牌把这个电子脑彻底清空了。但是,先生们,'乔纳森二世号'这个电脑的例子十分特殊。有明显临床症状的混乱状态包括急性二茂铁巨型狂热症、社恐性偏执被害妄想症、危重症多重神经衰弱,更不要说还有恋尸癖、自杀倾向以及表演型人格。先生们!我必须提醒各位注意一些因素,这些是理解本次事件的基础。'乔纳森二世号'上除了有运往普罗塞昂造船厂的木材以外,还有一些容器,其中装的是汞基合成记忆,这些容器是要送往位于北落师门的银河大学。合成记忆中包含两类信息:一类是精神病理学的内容,另一类是古典词汇学内容。我们必须假设电脑在扩张过程中接受了那些容器中的信息,经过吸收之后成了它自己的综合知识的一部分,其中可能包括开膛手杰克、波士顿杀人狂、格洛姆斯皮克绞杀狂这类历史资料,也有《马索克传记》《萨德侯爵回忆录》之类的材料,还有皮尔皮纳克的鞭笞派记录,还有几百年前《穆尔姆罗普洛斯的穿刺刑》的第一版,而且还有阿伯克龙比图书馆那份著名的藏品——那位哈普索德的手稿《刺杀》,作者于1673年在伦敦被斩首,其更有名的绰号是'婴儿屠夫'。此外,还有贾尼克·皮德瓦的原创作品《简明拷问法则》《折磨、鞭打、绞首:温和处刑技艺导论》,还有现存唯一一本《下油锅烹饪法》,这是阿芒格尼亚的加尔维那里神父在临死前写成的。那些重要的容器里还包括各种备忘录,有些是从石碑上转译的,有些是尼安德特人文学联盟食人区的会议记录,克朗普富斯子爵的《绞刑沉思录》。而且我还得补充一下,信息目录中还包括阿加莎·克里斯汀的《完美犯罪》《黑色尸体之谜》《ABC谋杀案》。先生们,这下你们可以想象了吧,那个电脑纯洁的思想肯定受到了极度恶劣的影响。

"我们确实尽可能让电子脑不接触到人性的这些黑暗面。但是现在普罗塞昂地区住的全是熟知人类堕落、扭曲、犯罪行为的金属居民,唉,我必须承认,机械精神病学对这个案例完全束手无策。我没有要说的了。"

这个年迈的老人离开讲台,蹒跚地回到自己座位上,周围一片死寂。我举起手。主席惊讶地看着我,犹豫片刻后他让我上台。

"先生们!"我站起来说道,"我明白了,这件事非常严重。我只能通过嘎啦嘎啦教授令人信服的言辞想象它能产生的各种后果。因此我想向本次尊敬的会议提出一些建议。我将独自前往普罗塞昂,评估那里的状况,搞清楚你们那几千人是如何失踪的,并且在调查过程中想办法平息日益加剧的冲突。我明白这一次任务比我此前执行的任何任务都要困难,但是先生们,有些时候,无论成功与否,人都应该采取行动。所以,各位……"

一阵掌声打断了我的发言。我就不说会议后来发生了什么了,因为说的话就好像我在自吹自擂一样。委员会和议会把一切能想到的权限都授予了我。次日我以马林格劳特公司顾问的身份和普罗塞昂部门的主管见面,又见了太空勘查部门的主任。

"你今天就出发吗?"他说,"非常好。但是你不能驾驶你自己的飞船,蒂奇。绝对不行。这样的任务必须使用特殊飞船。"

"为什么?"我问,"我自己的飞船就足以胜任。"

"我不是怀疑它的能力。"对方回答,"主要是伪装的问题。你坐的飞船外观上像什么都可以,就是不能像飞船。它会是——回头你自己看吧。对了,你必须在夜间着陆……"

"夜间?"我说,"推进器的火焰会暴露目标……"

"我们一直使用这个策略。"他显然有些不安。

"好吧,我到了之后会注意看着外面。"我说,"我需要准备什么伪装吗?"

"需要。很需要。我们的专家会帮你的。他们已经在等你了。这边走,请随我来……"

我随他穿过一条秘密走廊,进入一个好似小型手术室的房间。四个人开始捣鼓我。过了一个小时,他们把我带到镜子面前——我都认不出自己了。我整个人被包在铁皮里,肩膀方方正正,头也是正方形的,眼睛位置是玻璃孔,我看起来就像是一个普通机器人。

"蒂奇先生,"负责化妆的那个人说,"有几件重要的事情你要记清楚。首先,不要喘气。"

"你疯了吧?"我说,"我怎么能不呼吸呢?我会憋死的!"

"你误会了。你当然可以呼吸,但是一定要安静地呼吸。不要叹气,不要喘息,不要吹气,不要深呼吸——总之不能发出呼吸的声音,还有,千万千万不要打喷嚏,神仙保佑。打喷嚏你就完了。"

"好吧,还有什么?"我问。

"为了这趟旅行,我们会给你《电子通信员》和它的反对派报刊《外太空报》两种刊物的全部往期内容。"

"它们还有反对派?"

"是的,不过反对那方的报纸也是由那个电脑运营的。厄普教授认为,那个电脑不光忍受着电子方面的神经错乱,同时也忍受着政治方面的神经错乱。继续说,不能吃东西,不能嚼糖果、口香糖或者任何类似的食物。你只能在夜里进食,通过这里的小口子,转一下钥匙就开了——这是个韦特海姆锁——然后再抬起那个小门,很好。千万别弄丢了钥匙,不然你就会饿死。"

"是啊,机器人又不吃东西。"

"我们没有关于它们生活习惯的数据,原因你也懂。研究它们报纸上的广告类型会很有用。你跟它们说话的时候,不要站太近,否则它们能透过麦克风网眼看到你——如果你能把牙齿染黑就最好了,这里有一盒散沫花染剂。别忘了每天早晨做个样子,假装给你身上的铰链上油,机器人认为这么做是日常礼仪。但是也不用做得太过头——不时发出轻微的吱嘎声会给对方留下好印象。好了,我想差不多就这些了。等一下,你不会想就这样上街吧,你疯了?这里有一条秘密通道,在那边……"

轻轻碰一下书架,一块墙壁就打开了。我咣当咣当地穿过一条狭窄的楼梯走进后院,院子里停着一架货运直升飞机。他们把我搬上去,然后飞机就升空了。一小时后,我们降落在一个秘密太空机场。发射机坪上的普通飞船旁边,竖着一个仿佛谷仓的圆形塔。

我对旁边陪同前来的秘密官员说:"我的天,别告诉我那个是我的飞船。"

"是的。你需要的所有东西都在里面了——密码、解码器、无线电、报纸、补给,各种这样那样。包括一个肩负重任的撬棍。"

"一个什么?"

"一个撬棍,用来打开保险柜……当作武器,使用武器是最后手段。好了,去大显身手吧。"那位官员语气挺亲切的。我没法好好和他握手,因为我的手上戴着铁手套。我打开门走进飞船。那个谷仓似的飞船内部其实很普通。我真的很想脱掉这身叮叮当当的铁皮,但是他们都反对我脱掉——那群专家解释说,我最好能尽早适应这身沉重的负担。

我启动反应堆,点火,进入起飞程序,决定起飞,这可一点儿都不简单——我抻着脖子,脖子疼得不行,而且我还是找不到自己的嘴,最后不得不用一个鞋拔子才吃到东西。随后我坐在吊床上,开始看机器人报纸,几条大标题映入眼帘:

电锚整钚镏划

终偈黏液种的钫法键截

竞技场新闻

黏液种的堕落

一开始我觉得报上的文字写法很奇怪,接着我就想起来,嘎啦嘎啦教授说过,"乔纳森二世号"上的字典都是很久很久以前的古老版本了。我已经知道机器人把人类叫作黏液种。他们称呼自己则是高贵种。

我读了最后一篇文章,内容是关于被抨击的黏液种:

窄日伟大陛下至高引导者于璪亂熵釾钟昇勴儀时,于劢岢勃平台珐布重要闫鐗,陛下标諟,命为密勒姆兰的黏液种铜禺假装侍奉伟大陛下至高引导者勃荫仝他们的燕点。该黏液种完全未有意諟到甾他<。)#)))≦糈判后于哈尔巴德施普甾遭,蒙受鞫怛耻辱,蘊炶众人金仄的懦夫,兹匼他已被鉭进位于拉勒弗斯特里乌姆之地牢。

开头还不错,我心想。然后我又开始看那个题为“竞技场新闻”的专栏:

加尔罗伊三世甾辋哿竞技场鳌感觉比较好,也铣得更有信心,他穿过场地,来到图尔图库尔,噭快有了籴一个麟蓝,但实贵上他甾伙次比赛上膝盖状态不佳。这位战士臍使负有阙锨,依然是赛场上的喫鐝,他势不可当,向鐏匸发起攻炶。哈尔巴德施普鐏员甾喎围架设8道匸线,但甾加尔罗伊三世攻炶瞎不堪一击,ㄒ卩败骉。最终他怛获取晟,我们劢麘下来喫芰一下,他匙Σ如此圻怛?

借着词汇表的帮助,我明白了“劢麘”就是冷静的意思,“＆鞯”或“Σ鞯”是和平,“喫芰”是问,“辋哿竞技场”表示高贵种用来玩机器人足球的运动场,足球用的是实心铅球。我认认真真地研究了那些报纸,因为在起飞之前,总部的人再三向我强调,必须要熟悉高贵种生活的方方面面——我现在在心里都称他们为高贵种,因为把对方称为机器人不光是侮辱,而且还会瞬间暴露我的伪装。

于是我依次阅读了如下文章：《甾马格利国完美生存的陆大准则》《马格大师格勒尕图连的见面会》《如何于艾姆勒尔公会修理托-伊尔》《因冷阙赍缘故马格利国民鞠绝稣作》。广告用语就更奇怪了。其中绝大部分我都不太明白。

阿米拉哆啦Ⅵ，最出名的是橱柜式高热量熔岩引擎，气阀式涡涡特里木来，分段铰链完美设计，非常低能耗。

朱温诺克斯，专为移除铁锈设计，芜古铁锈，鞠量铁锈化，大片基铁锈及其他状况，完美移除铁锈。新品上市。

无烟特醇机油——别让躐等机油减慢尼德思考速度！

有些根本就是完全看不懂：

阿滕堡温热？普雷肢可以预订！货品齐全！为安全阿樆弄完了。

塔摩德莱尔Ⅷ豪华型。

方型机体比阿帕额外RPG，可以租赁。适用于佩枯拉特ⅩⅩⅤ型号。

还有一些内容吓得我即使穿着铁皮都觉得汗毛倒竖：

戈摩尔亨的一大群

铹茨今日开放！

我们恢复菱钾铝矿

未来品尝百弗伦！黏液种，

在波单上的维塔利滚出去！！！

我绞尽脑汁阅读这些奇怪的文章，毕竟我时间充裕，这趟旅程差不多要花一年时间。

《外太空报》上广告就更多了。

爆炸药剂，剔除肉类，脖子酸痛，四肢笨重，运行不畅？试试格勒芒托瑞乌斯，费德里卡克斯LVI。

派罗曼亚科斯！全新擦拭赏，转为埃布拉卡博设计，不含汽油，完全防水防锈！

专门面对最新奇的客户。我们提供新奇有趣之物，绝对引领潮流，交友好去处，收费低廉。

专为优雅的马格利国女士设计——腹部烤肉叉，手指剪切钳，脊椎骨砍刀，现在有货！克拉卡鲁安XI。

读了这么多文章之后，我渐渐明白了——我觉得自己明白了——二号部门那些前去勘查的志愿者遭遇了怎样的命运。我承认，在那颗星球上着陆，我是一点儿信心都没有。我在完完全全的黑夜中着陆，事先就尽可能把大部分引擎都关闭了。在山区着陆之后，我思考了一番，最后决定用枯树枝将飞船掩盖起来。情报部门那些专家真的不带脑子：一个谷仓，放在机器人的星球上实在很违和。我在那身铁皮伪装里头尽可能装了很多补给品，然后朝着城市方向出发了。我从很远的地方就能看到城市，因为城市上方有一片明亮的电力光芒。中途我停下来几次，把沙丁鱼罐头摆好，因为它们在铁皮外套里哗啦哗啦到处滚。我继续走，忽然有个我没看见的东西把我绊倒了。我摔了,然后伴着一阵刺耳的声响站起来,"这就开始了?"的念头跳了出来。但是周围没有一个活物——应该说没有一个电器。出于谨慎考虑,我拿出武器:撬棍,撬保险柜用的那种,然后还有一个小螺丝起子。我用手在周围摸索了一阵,发现周围只有破烂金属物品。是古代自动设备的遗骸,机器的废弃场。我又继续上路,途中时常看看周围。这地方规模惊人,至少延绵一英里①。远处的亮光丝毫没能照亮这里的黑暗,接着,黑暗中隐隐出现了两个四条腿行走的身影。我呆住了。我的指导手册里根本没说这颗行星上还有动物存在。接着又有两头四足兽走了过来。我无意间一动,就发出金属碰撞的声音,那几个黑色的身影陡然一动,消失在夜色中。

这次状况之后我更是加倍小心。此时似乎并不是进城的好时机——半夜三更,街上没人——我一进城肯定会引起不必要的注意。所以我躲进路边水沟里耐心等天亮,顺便吃点饼干。我知道接下来要到明天晚上我才有机会再次吃东西。天亮的时候,我来到城外。一个人都没看见。旁边的围栏上有一张大海报,经过日晒雨淋,海报已经褪色了。我走过去看。

声 明

最苂有市濵目击到黏液种混迹于宬实的马格利国喷濵之中。提醒众人注意!任何喷濵如有见到黏液种,或形迹可疑之人,都耆

---

① 英美制长度单位,1英里等于5 280英尺,合1.609 3公里。

立即上⌐当地高贵种开锸查部门。任何荫仝、藏匿、知情不⌐的行为都将受到严厉偺罚,严重者将永久拆除。举报者可获得1000皮斯通作为奖励。

我继续走。城市周边地区看起来不太好。生锈的破烂棚屋里坐着三五成群的机器人在玩猜单双的游戏。他们不时还起争执,那叮叮当当的声音好像一门大炮在轰击一个装满金属鼓的仓库。又走了一段,我来到一个有轨电车站。一辆基本空着的电车开过来,我上了车。驾驶员是引擎不可分割的一部分,他的手被焊在方向盘上,乘务员也被固定在电车门口,同时还兼作车门。他全靠铰链活动,我递给他一枚硬币,然后坐在长凳上。硬币是部门给我的物资,长凳响得很厉害。到市中心我下了车,随便向前直走,仿佛全然无忧无虑似的。一路上我看到的戟兵越来越多,他们两三个一组在街道正中间来回走动。我注意到有根长戟靠在墙上,于是装作不经意地走过去拿起来继续走,由于我只身一人可能看起来有点奇怪,正好我前面昂首阔步的三个卫兵中有一个身上的栅栏松了,他离队去整理栅栏,我便抓住机会跑到队列里占了他的位置。反正机器人的外观都一模一样,我进了也看不出来。队里另外两位沉默了一会儿,最终说话了:

"沃扪隋时候觇面,波尔波?沃灰常希望和汝一起去玩电子啊嘻嘻。"

"瞅过几天如何?"另一个回答,"沃扪站点推迟了休假!嚯!可谚矗了,唉!"

我们就这样走完了整片城区。我一直注意看着,发现这条路上有两个餐厅,每个餐厅外面墙边都密密麻麻地搁了很多长戟。我什么都没问。现在我的脚非常疼,而且这身铁皮在太阳底下晒着,里头能把人闷死,外面刺鼻的尘土让我鼻子抽搐——我担心自己会打喷嚏,于是打算神不知鬼不觉地偷偷溜走,但是另外两个突然喊道:

"哈喽啊,盆友!汝舆到什么唉烦了?要不要沃扪给汝去加、机油?汝不舒服了吗?"

"没有,"我回答,"沃就想柞一会儿。"

"柞一会儿?汝的线路发热着吗?沃扪现在没事,沃扪可以送汝一程!"

"好吧。"我表示赞成,然后我们又一起往前走。不行,我心想,这样就什么都干不了了。肯定还有别的办法。我们又在城里转了一圈,突然一位官员拦住我们喊道:

"伟大引导者!"

"马格利万岁!"我的同伴大声回应。我赶紧默记下这个口令,然后也照样回答。那位官员仔仔细细看了我们三个一遍,然后勒令我们把长戟举高些。

"喂,汝们这些懒虫,打起精神对伟大引导者表示敬意!!展示汝们的力量!肩膀打直!精神点!"

那两个戟兵毫无怨言地接受了检查。然后我们继续在正午的烈日下艰难跋涉，我不禁咒骂当初自愿要来这个倒霉行星的我自己。更糟糕的是，我饿了。只要肚子一叫我就会暴露，所以我尽可能弄出咣当咣当的声音。我们路过一家餐厅，我往里头看了一眼。里面完全客满：马格利人，或者叫金属块——我记得那位官员刚才就是这么说的———动不动地坐在里面，呈现出珐琅质的蓝色，他们偶尔发出吱吱的声音，或者转头用玻璃眼睛看着街上。他们不吃也不喝，似乎是在等待——我也不知道是在等什么。铁皮外面系白围裙的显然就是侍者，他站在墙边等着。

"沃扪进去坐坐如何？"我问道，现在我能清楚地感觉到铁皮外套之下我脚上的每一个水泡。

"怎么岢以汝这个脑子有阙锨罢！"我的同伴气冲冲地说，"这地方对沃扪来说泰奢华了！不行，坚持一会儿，去沃扪常去的地方！但是到了之后，汝就在外面等袘扪拿东西出来，有人出来，就问他要苏璞恩或者古鲁温，袘人很好！"

我没听懂这番话，只能慢慢地继续走。过了一会儿，我已经感到绝望了——此时我们终于朝着一座巨大的红砖建筑走去，建筑外面有几个精致的铁字：

哈尔巴德施普军营

忠于

伟大引导者

计算优先

在入口处我离开了同伴。趁着哨兵转身的时候，我把长戟一扔，它发出"咣当"一声，接着"嘭咚"一下，我赶紧躲进旁边第一条小街。街道拐角处有一座很大的建筑，上头挂了个牌子，写着"斧头下"。我只是往里头看了看，那个圆肚皮小短腿的旅店老板就突然跳到街上来了，他吱嘎吱嘎地响个不停。

"很、很、很高兴开道汝，好啊好啊……很高兴为汝服务……汝需要住宿空间吗，请问？"

"对。"我简单地回答。

他真的就把我背了进去。然后上了楼，这位店主就像着了魔一样用细小的声音说个不停：

"仄釖子没有完啊，后面就没完没了啊，没完没了……就没有一个马格利，沃敢说，只要有谁抬头亲焱看看沃扣伟大引导者……仄边走，请老爷您……到这间恰当的住宅，这是门厅……您的客厅……卫生间……老爷您当然不会使用……垃圾桶在您屋内……等您退房沃勒结账……"

然后他又叮叮当当地下了楼，这间阴沉沉的屋子里摆了个带抽屉的铁皮柜子，放了一张铁皮床，我还没来得及仔细看，店主就端着一个油罐、一块抹布、一瓶硅树脂回来了。他把这些摆在桌上，用比较自信的语气低声说：

"先生，您休息好了之后就请下楼……像您这样尊贵的客人，沃知道保密，一点甜点和开胃菜……就很好……"

然后他眨了眨光电池出去了。我也没别的事情可做，就开始给自己上油，用硅树脂把自己的外壳擦得锃亮，接着我发现店主在桌上留了张卡片，看起来好像餐厅菜单。我很清楚机器人不吃东西，所以惊讶地捡起来看了看，上面写着：

2号菜单

嫩慕斯里德,去头······································ 8 皮.

同上,蘸酱 ··· 10 皮.

同上,配小菜·· 11 皮.

同上,配酒·· 14 皮.

褚禽:

卡特利特-索多米,埃谢······························ 6 皮.

迈利,切块·· 8 皮.

同上,配小牛块和生菜······························· 8 皮.

我完全不懂这是什么,但是旁边的房间里传来非常暴力的撞击声,我吓得血都要凉了,听起来就像是某个机器人住客在砸墙,想把自己的住所砸成碎片一样。我吓得汗毛倒竖,真是受够了。我努力悄无声息地逃出那间恐怖的房间来到街上。跑出好一段距离之后,我才松了口气。现在,倒霉可怜的我该怎么办才好呢?路上我又遇到一群机器人,其中一个扮演老女仆,另外几个假装热心围观。我还是完全不明白这些马格利人到底在干什么。也许我可以再偷偷混进戟兵队伍里去,但是希望不大,而且很可能被抓。这怎么办才好呢?

我东想西想地走着,接下来看到一个身形高大的机器人坐在长凳上晒他身上的旧铆钉。他用报纸盖着头。头版上写了一首诗,开头一句是"吾已堕落,非乃昔日的马格利"——接下来的内容我想不起来了。我们慢慢聊起来。我自称是从附近的萨埵玛西亚城里来的。这个老机器人非常热情,很快就请我去他家。

"那汝在找住的地方吗,先生?长久住在这个旅店也不是明智之举,怎么能和这些人为邻?请务必和沃来。汝光临寒舍,真是沃的光荣,请与沃分享备用零件。汝定然是高贵之人,请到沃卑微的住处来吧。"

我能怎么办呢,我只能同意了,反正也合我的意。这位新朋友在三号大街上有自己的房子。他很快给我收拾了一间客房。

"这一路上汝一定很疲倦了。"他说。

他也一样端出了油罐子、硅树脂和抹布。我知道他会说什么,机器人就是这么简单的东西。他确实是那样说的:

"这些为汝恢复精神,请拿回自己房间使用吧,"他说,"稍后沃扪再一起交流……"

他关上门。我没动那油罐和硅树脂,只是照镜子检查了一下自己的伪装,然后涂黑我的牙齿,过了十五分钟,我决定下楼,实际上我根本不懂这种神神秘秘的"表演"是什么意思,突然间房子里某处传来一阵剧烈的撞击声。这次我没有逃跑,而是下了楼,那声音吵得震耳欲聋,仿佛有人要把铁柱子砸碎一样。那声音是从客厅传来的。屋子的主人拖着铁制的身躯七扭八歪地坐着,姿势非常奇怪,好像一个巨大的娃娃被砍成几块倒在桌上。

"进来,沃的客人! 汝看到这躯体一定十分畅快。"他看到我就赶紧坐起来,指了指另一边。一个比较小的机器人躺在地上。我走近了之后,那个东西睁开眼睛坐起来,用微弱的声音反复说:

"先生——我只是个无辜的孩子——饶了我吧——先生——我只是个无辜的孩子——饶了我吧。"

房主递给我一把斧子,看起来和刚才的长戟差不多形状,只是手柄更短。

订婚的机器人

"现甾,尊贵的客人,小心一点,满怀慈悲地——请给他看看,他怎么了!"

"但是我——我不会给孩子治病……"我无力地抗议道。他也僵住了。

"不会治?"他重复了一遍,"好遗憾。汝这就让沃为难了,朋友。汝会干什么?沃只有这一点点蘸点——这就是沃的蘸点。那汝愿意用小牛吗?"

他从柜子里拿出一个非常坚固的塑料小牛,挤一挤就会发出微弱的哞哞声。我还能怎么办?我不想暴露,就大力砍向那个倒霉的人偶,整个过程中尽量不带一丝感情。同时房主把两个人偶都大卸八块,然后把工具收拾起来,他把那些东西叫作骨头刀。他问我满足没有,我只能说我这辈子都没这么开心过。

我在克尔夏的阴郁生活就此开始了。次日早晨,吃完了热机油做的早餐后,房主就出门上班了,他妻子在卧室里疯狂锯东西——我觉得是一头小牛,但也不确定。由于受不了那些哞哞声、尖叫声还有铁甲撞击的声音,我只能出去在城里随便走走。城里居民打发时间的方式很单调,就是砍东西,用轮子碾压、纵火、拆东西——在城市中心有一个带小商铺的游乐园,你可以在那些店里买到最有创意的凶器。在那里没一会儿,我简直无法直视自己的削笔刀了。只有在肚子饿的时候,我才等到黄昏时分出城去,躲在树丛里赶紧吃几口沙丁鱼和饼干。吃这些东西我自然老是想打嗝,但是一打嗝我就会有生命危险。第三天,我们去了剧院。他们正在演一出名为《卡尔巴扎瑞斯》的戏剧,讲的是一个年轻英俊的机器人被一个人类——也就是黏液种——无情迫害的故事,他把那个机器人泡在水里,在他的油里掺沙子,故意弄松他的螺丝让他摔倒,等等。观众们气得咔咔作响。在第二幕的时候,电脑的密使出场,年轻的机器人得救了,第三幕主要是讲那个人的命运,如我所料,剧情很悲惨。

出于无聊,我在房主的私人图书馆里东看西看,但是里面没有半点有趣的东西:有几份《萨德侯爵回忆录》的廉价重印版,除此之外就是各种手册,比如《如何昏辩黏液种》,我还记得其中几段,有一段是"黏液种非常软,触感如同鼻涕虫……眼睛呈圆形,有液体,据说是展示他们灵魂的地方,脸颊有弹性……"等等,那本书有将近一百页。

星期六,城里的大人物来拜访我们——分别是锡匠工会的锡匠大师、市府装甲师代表、工会高级机械师,还有两个原型箱,一个资深石匠,但是我分不出他们谁是什么职业,因为他们主要是在说艺术、戏剧,还有伟大引导者了不起的多重功能。女士们说了些八卦。我从她们的谈话中得知有个叫卡普斯顿的机器人,他是个声名狼藉的流氓坏蛋,在上流社会中过着奢侈浪费的生活,他周围有很多电子跟班,一个个都披挂着无比昂贵的管子和线缆。但我跟房东提起这个卡普斯顿时,他反应很平静。

"年轻人都有仄个过程,"他很幽默地说,"等他生一点锈,就会成熟堕落,就是另一种调子了……"

一个女性高贵种此前很少来访,不知为何突然开始注意我。在喝了不知道多少杯机油之后,她低声说:"汝真可爱,汝愿意和沃在一起吗？到沃的房子去,沃扪岢以一起——"

我假装自己突然阴极漏电,听不见她在说什么。

我的房东夫妇一向相处得很好,但是有一次我无意间看到他们吵架,她骂房东会碎成零件,而房东却没回嘴。

有时候一个很受欢迎的电子医生会来,他在城里有个诊所。他很少谈论自己的病人,但偶尔也会说。通过他我得知机器人确实偶尔会发疯,而且发疯最严重的症状就是坚信自己是人类。而且,从他的谈话中,我得知,最近这样的病例越来越多了,当然他没有明说,我是从他的话中推断出来的。

不过我没有把这些信息反馈给地球,因为,首先它们太琐碎了;其次,我也不打算立即返回我藏匿飞船的山区,而信号发射器就在飞船里。一个晴朗的早晨,我砍完了小牛(房东每晚都给我一头小牛,他坚信世上没有比这更让我开心的了),突然有人狠命敲门,敲得整个房子都在晃了。我害怕起来,事实证明我怕得太有道理了。是警察来了——也就是那些戟兵。他们一言不发捕了我,把我带到街上,房东夫妇吓得目瞪口呆。我被铐起来塞进一辆车里,直奔监狱,一群不怀好意的人已经站在了入口处,他们纷纷发出表示轻蔑的嘘声。我被关进一个单间。门砰的一声关上之后,我坐在金属床垫上叹了口气。现在叹气也没关系了。我思考了一下,回想迄今为止我在银河系不同地点蹲过多少个监狱,但是没数明白。床垫脚边有个东西。是一本讲如何探知黏液种的手册——是有谁恶意放在这里讽刺我的吗？我不假思索地打开它。首先我读到,黏液种的上半身运动和所谓的"呼吸现象"紧密相连,要是面罩出口没有丝毫气流的话,还可以在握手的时候察觉到对方伸出来的手是不是软的。这段话最后还总结道,在焦虑的时候,黏液种会分泌出液体,主要集中在额头上。

这个描述很准确了。我现在确实在分泌出液体。表面上看来,太空旅行是挺无聊的,也就是说,刚才提到的蹲监狱的事情总是反复发生——这大概体现了探险某些不可避免的事项——在不同的行星,甚至在星云里。不过这一次的处境之艰难是前所未有的。中午时分,一个卫兵给我端来一碗滚热的机油,上面还漂着几颗轴承滚珠。我问他要更有营养的东西,毕竟我已经暴露了,但是他只是讽刺地咔嗒响了一声就离开了。我开始敲门,要求请律师。没人回答。到傍晚时分,我吃完了从盔甲里找到的最后一块饼干,此时有钥匙插进锁眼,一个带着厚厚皮制文件夹的矮壮自动机器走了进来。

"该死的黏液种!"他说,然后又补充了一句,"沃会担任汝的辩护律师。"

"你平时一直都这样见你的客户吗?"我坐下来问道。

随着咣当咣当的声音,他也坐下了。他很丑,而且下腹部的板子完全松了。

"哼,见黏液种就仄样,"他十分坚定地回答,"仄只是尊重沃的职业——不是对汝,汝个无耻之徒——沃用沃的学识为汝辩护,生物! 至于说惩罚,沃岂以把惩罚减到只是拆卸。可耻!"

"你在说什么呢?"我说,"我不可能被拆掉。"

"哈!"他发出吱咯一声,"汝想得美! 跟沃说汝之前都藏在哪里? 汝这个可恶德黏液种!"

"你叫什么名字?"我问。

"克劳斯创·弗雷德拉克斯。"

"克劳斯创·弗雷德拉克斯,告诉我,我的罪名是什么?"

"罪名就是黏液种,"他迅速作答,"此为大不敬。还企图煽动叛乱,尤其是采取了古库姆行为,竟然对伟大引导者图谋不轨,实在是极大的亵渎——这些都是不可原谅的罪行,明白了吗,黏液种?认罪吗?"

"你真的是我的律师吗?"我问,"你说起话来像检察官,或者地方预审法官之类的。"

"沃是汝的辩护律师。"

"好。以上罪名我全部否认。"

"他们会让汝火星四溅!"他吼道。

看到他们派给我的律师居然是这种货色,我也就一直保持沉默了。次日我被带出来接受审问。尽管法官使劲大喊大叫,比昨天那个律师的态度还吓人——可能是吧,总之我还是什么都不承认。他一会儿大声吼叫,一会儿低声细语,一会儿又发出机械的笑声,然后再冷静地解释说,哪怕等到他开始呼吸了,我也不可能逃出马格利的审判。

第二次审问有大人物参加,因为他体内的管道都闪闪发光。接着又过了四天。我最大的问题就是食物。我把拴裤子的皮带泡在水里想办法吃了,他们每天给我送一次水。卫兵送水的时候伸长胳膊免得靠近水罐,仿佛里头都是毒药一样。

过了一星期,皮带吃完了,还好我有一双山羊皮的系带高帮靴子——在我坐牢期间,鞋舌是最美味的东西了。

到了第八天早上,两个卫兵叫我收拾东西。我被带上一辆面包车,移送到一个叫铁宫殿的地方,那个电脑就住在铁宫殿里。我们走上一座巨大的不锈钢楼梯,穿过众多排列着阴极射线管的大厅,最终我被扔进一间十分宽敞但没窗户的房间。卫兵退下,只剩我一个人。在屋子的正中间,天花板上挂着的一副黑色帘子垂到地上,帘子的褶皱集中在中间,形成一个方形轮廓。

"啊,邪恶的黏液种!"雷鸣般的声音仿佛是从铁制的穿顶下的管子里传出来的,"汝死期已至。说吧,汝喜欢什么:切肉,砍骨头,还是液压打击?"

我没说话。电脑发出吭当轰隆的声音,然后又大声说:"听吾言辞,一切黏液生物中最黏稠丑陋的存在!听吾伟大的声音,汝这抽泣的黏液,汝这鼻涕般的乳状液!在吾伟大的光芒中,吾赐予汝仁慈:若汝愿意成为吾忠实臣民之一,若汝全心全意想成为高贵种,吾就饶汝的性命。"

我回答称，这正是我多年的夙愿。电脑轻声笑了，一边发出脉冲式嘲笑一边说："吾知道汝在撒谎。听吾的话，蛆虫！汝可以继续保持汝这黏液状形态，但只能以高贵种戟兵的面目出现。汝的工作是揭发所有黏液种：间谍、特工、叛徒和其他黏液星派来的害虫。暴露他们，揭发他们，找到赤身裸体待在铁皮里的他们，只有通过这神圣的工作才能让汝保住这身黏糊糊的皮。"

我庄严发过誓之后，他们带我去了另一个房间，给我登记，命令我每天向戟兵中心提交报告。做完这些事，我觉得虚弱又眩晕，但总算可以离开宫殿了。

夜幕降临时，我来到城外，坐在草丛里思考。我内心觉得很反感。要是他们砍了我的头，我至少还算保住了尊严，但是现在，我却要帮那个电子怪物做事，我违背了自己来时的初衷，彻底搞砸了这些机会。接下来怎么办呢？坐上飞船逃跑？那还真是丢人。但我还是朝飞船走去。当那个铁盒子大军统治者的密探比逃跑还要丢人啊。但是到了我当初隐藏飞船的地方，看见满地破损的飞船碎片，那份恐惧简直无法描述。显然是机器人干的！

我返回城里的时候天基本黑了。我坐在石头上，有生以来，第一次为了那永远回不去的故乡而哭泣。泪水顺着铁甲内部的空壳落下去，这里面是我存放食物的地方，也是我的监狱——然后泪水顺着膝盖处的缝隙流出，也许会让关节处生锈吧。但我不在乎了。

突然我发现一群戟兵正慢慢朝城外的草地走去,西沉的太阳勉强映出他们的轮廓。他们举止很奇怪。在越来越深的夜色中,他们一个一个陆续离开队列,悄无声息走进灌木丛中消失了踪影。我觉得这事太奇怪了,于是尽管内心依然绝望,仍然起身悄悄跟上了离我最近的那个人。

我必须要补充一句,这个时节,本地灌木丛里结了不少浆果,味道很像欧洲越橘,吃起来甜美可口。只要能离开这座钢铁城市,我就会来吃浆果。所以想想看我当时有多惊诧吧,我跟踪的那个戟兵居然掏出一把小钥匙——跟我在总部拿到的那把一模一样——从左侧打开面罩,然后双手抓起浆果像个野人一样拼命塞进嘴里!虽然我站得挺远,也还是能听见他稀里呼噜地吃。

"嘘,"我急切地嘘了一声,"喂!"

他一跳,掉进灌木丛里,但是没离开太远——不然我会听见声音。他应该是摔倒在什么地方了。

"听着,"我压低声音说,"别怕。我是人类。人类。像你一样乔装起来了。"

似乎有一只眼睛恐惧又怀疑地闪了闪,从树叶后面看着我。

"汝为什么要跟着沃?"一个嘶哑的声音问道。

"我正在跟你解释。我是从地球来的。他们专程派我来的。"

我花了好一阵子才说服他,他总算从灌木丛里爬了出来。他在黑暗中摸了摸我的盔甲。

"汝是人类？祺的？"

"你为什么不正常说话？"我问。

"嗨，沃罔记了啊，甾仄里待了五十年，从'命运号'把沃送到这里开始……沃糟了好多罪啊，说也说不完……唉，感谢上苍，甾沃死前又舆到一个真正的黏液种……"他语无伦次地说了一长串。

"振作一点！别再装了！听着——你是不是情报局里来的？"

"对哇，就是情报公司来的，是马林格劳特公司送沃来的，唛是要严格保密，卧底侦察。"

"你为什么不逃跑？"

"天哪，沃怎么跑？沃德飞船被拆了，能跑到哪里去？哎呀，那边是沃扪队德人来了！沃该回去了……下次沃扪还能觇面吗？明天，甾军营墙那里……汝来吗？"

虽然还不知道他长什么样子，但我还是同意和他见面，我们互相道别，他提醒我等一会儿再走，自己则消失在黑暗的夜色中。我进城的时候心情轻松多了，因为我看到了策划密谋的机会。为了保持力量，我走进在路边看见的第一家酒店睡了一觉。次日一早，我找了找镜子，看到我胸口上有一个小小的粉笔痕迹，是个小叉，就在左边的护肩甲下面，我突然恍然大悟。是那个人——是他干的，他想出卖我！"那个卑鄙小人。"我低声说着，脑子里疯狂思考该怎么办。我擦掉那个可恶的记号，但光这么做还不够，他肯定已经报告了——我敢肯定。他们会开始寻找这个陌生的黏液种，很显然就是

最后一个登记注册的人,还会把有嫌疑的人都叫去问话——我肯定
会被问的,一想到会被问讯我就怕得不行。我意识到我必须转移自
己的嫌疑,立即想出计划。那一整天我都待在旅店里大力砍牛,免
得引人注意,到黄昏时分,我手里藏着一支粉笔,快速跑到市中心,
至少给路过的四百多个行人身上画了叉,反正从我身边经过的都被
我画了叉。到午夜时分,我觉得放松一些了,就回到旅店,这时候我
突然想起来,昨天晚上除了和我说话的那个叛徒以外,还有好几个
戟兵也跑进树丛里了。我停下来想了想。突然,一个非常简单的想
法冒出来。我离开城市去了浆果灌木丛。这时候刚过午夜,那群铁
皮人又出现了,他们渐渐散开,接着从附近的树丛里传来沉重的呼
吸声,急切咀嚼吞咽的声音,然后他们的面甲陆续关闭,这群人从灌
木丛里默默爬出来,盔甲里塞满浆果。我混入其中——因为天黑,
他们把我当作自己人——在回去的路上,我给周围的人尽可能用粉
笔画上小圈。这样一路到了戟兵大本营门口,我可没打算进去,所
以又溜回了旅馆。

次日我坐在戟兵营地外的长凳上,等他们放风出来。我看到一
个肩膀上画着叉的,就跟着他,街上没人的时候我用手一拍他的背,
他吓得全身一抖,我就说:

"以伟大引导者的名义!跟我来!"

他怕得要命,从头到脚抖个不停,像个温顺的羊羔一样一言不
发地跟着我走了。我关上自己的房门,从兜里掏出一支螺丝刀,开

始拆他的头。花了一个小时,我才把那个铁罐子拆下来,终于看见了一张脸,由于在黑暗中待得太久,他苍白阴沉消瘦,而且吓得直翻白眼。

"你是黏液种?"我大声吼道。

"是,长官,尊敬的长官,但是——"

"但什么?!"

"但沃,沃……登记过……沃发誓效忠伟大引导者!"

"多久之前? 说!"

"三……三年前,长官,但、但、但那之后沃一直……"

"等等。"我说,"你知道其他还有谁是黏液种?"

"地球上? 长官,我不清楚,沃只求您慈悲,沃只是——"

"不是地球上! 是这里!"

"没有! 长官! 没有! 但是如果沃看见,沃一定报告——"

"好了,"我说,"你可以走了。拿去,把你的头盔戴上。"

我把螺丝刀扔给他,把他推到门外,还听见他在双手发抖地拧紧自己的金属脑袋。我坐在床上,事情的发展出乎我的意料。接下来一个星期我忙坏了,因为我就在街上随机抓人,把他们带回旅店拆下脑袋。我的猜测是正确的:所有人都是人类,每一个都是! 这地方没有一个机器人! 我眼前渐渐浮现出一幅末日般的景象……

一个恶魔,电子恶魔——就是那个电脑! 在这个发光线缆组成的巢穴里孕育出了怎样的地狱啊! 这颗行星潮湿多雨,湿得简直能让人害风湿病——对机器人来说太过于潮湿,有害健康……他们早该生锈烂掉了才对,而且随着时间流逝,这里肯定也已经没有维修备件了,他们早就坏了,一个个都去了城外的坟场,只有风从他们破烂的金属外壳里吹过,奏出挽歌。也就是在那个时候,电脑眼见自己建立的秩序消失,自己的国家崩坏,它想出了一个最离谱的阴谋。它利用它的敌人、利用那些被派来摧毁自己的间谍建立起新的军队,选出自己的代理人,把他们变成了它的臣民!那些暴露了的人都不敢背叛电脑——谁都不敢尝试接触其他人,也就不知道他们其实不是机器人,就算他发现了一个人类,也会担心对方首先出卖自己——就像起初被我在越橘树丛里抓住的载兵一样。虽然敌人变成了中立派,但那个电脑还不满足——每件事情它都树立一个典型,并且鼓励大家互相揭发,检举新来的人,它的邪恶诡计就不会暴露。毕竟最能分辨机器人和人类的人(假设其中还有一些机器人的话)都参与到情报机关的机密工作中去了。

就这样,每个人都暴露了,然后登记发誓,觉得自己被彻底隔离了,甚至怕自己的同类胜过机器人,因为机器人倒还不一定是秘密警察,而人类对人类来说却肯定是。那个电子怪物就这样奴役我们,控制了每一个人——利用每个人控制了所有人,我的飞船肯定也是我那群悲惨的人类同胞拆掉的,根据那个载兵的说法,之前的飞船肯定也是一样的遭遇。

"恶毒,太恶毒了!"我想到这里简直气得发抖。煽动我们背叛还不够,地球的部门还不停地派来更多的人侍奉这电脑——地球送来了最好、最可靠、最优质的设备!在这群铁皮奴才中有没有真正的机器人呢?我很怀疑。从他们热切迫害人类的态度里也能看出来。因为人类自己必须——对机器人来说人是新物种——他们必须比真正的机器人更像机器人才行。所以我的律师才对我表现得无比仇恨。所以我第一次遇到的那个混蛋才想出卖我。唉,这地方是何等地邪恶、混乱,俨然就是一团电子线路的阴谋诡计!

发现了这个秘密对我来说也没用,只要那个电脑一声令下,我转眼就会被扔进地牢。这里的人被奴役得太久了,他们一直在假装服从那个插电源的别西卜,居然忘了怎么正常说话!

我该怎么办呢?偷偷溜进宫殿?那样做太疯狂了。还有别的什么办法呢?眼下的状况很奇怪:这座城市被墓地环绕,电脑的臣民全都在坟地里了,早就变成锈渣了,然而它的统治还在继续,甚至比以往还强大,甚至更令人信服,因为地球不断送去新人——何等愚蠢!我越是思考,就越觉得这件事在我之前肯定就有人发现了,但最后还是没有任何变化。一个人什么都做不了,他必须要联系其他人,信任其他人,但是总是不可避免地马上就会遭到背叛,叛徒肯定能博得电脑欢心,并得到提拔。"我的个神圣电子设备啊!"我心想,"这真是天才的计划……"想到这里我意识到自己也染上了机器说话的腔调,而且我也习惯了铁皮面罩,人类的脸反而显得太裸露、丑陋、不体面……而且黏糊糊的。"天啊,我要疯了,"我心想,"那些人,他们肯定很多年前就已经疯了——救命!"

经过一晚上忧郁的深思熟虑之后,我去了市区的一家商店,用三十皮买了一把最最锋利的砍刀,然后等待夜幕降临。接着我溜进一片大花园,那花园的中心就是电脑所在的宫殿。我躲在灌木丛里,用钳子和螺丝刀脱下铁甲,然后光着脚沿着排水口往上爬,我小心翼翼地没发出一丝声音,来到了二楼。窗户开着。卫兵沿着走廊来回巡逻,发出空洞的撞击声。他背对我走到对面大厅尽头的时候,我跳进窗户,飞快地跑到近旁的门口,悄无声息地溜了进去。

那个房间恰好就是电脑跟我说话的大房间。里头很黑。我拉开黑色的链子,看到那巨大的电脑像一堵墙一样高及天花板,刻度盘像眼睛一样闪烁。边缘处有一条白色的裂缝。显然是一扇门没关好。我蹑手蹑脚、屏息凝气地走过去。

电脑内部好像一间二流旅店的小房间。较远处放着一个门半开的保险柜,柜子不大,一串钥匙插在锁头上。屋里还有一张堆满文件的桌子,桌旁坐着一个穿灰西装的干瘦绅士。他戴着一副松垮垮的袖套,很像是办公室文员的打扮。他正在写东西,一张一张地填表。他手边还有一杯冒着热气的咖啡,碟子上还放着几颗糖。我轻轻走进去之后顺手关上门,门的铰链甚至都没半点声响。"咳咳。"我说着,双手举起大砍刀。

那位绅士吓了一跳,抬起头看我,我手中砍刀的闪光让他惊恐无比。他脸都扭曲了,一下跪在地上。

"不要！"他喊道，"不！！！"

"再敢出声，你就死定了，"我说，"你是谁？"

"赫、赫普塔格努斯·阿古森，我的主人。"

"我不是你的主人。你叫我蒂奇先生就好了，明白吗？"

"遵命！是！是！"

"电脑呢？"

"蒂、蒂……"

"根本就没有电脑，对不对？"

"不——不，先生！我只是听命行事！"

"当然。谁下的命令，你知道吗？"

他抖得像片树叶，哀求着举起双手。

"太麻烦了……"他痛苦地说，"求求你！千万别让我说出来，我的——原谅我！蒂奇先生！我……我只是个秘书，登记在册的六级秘书而已……"

"好吧。那电脑呢？机器人呢？"

"蒂奇先生，行行好吧！我把真相全部告诉你！是我们的首领——他安排了这一切。分配资金——去运作，提升——啊——提升效率……研究发展，决定什么事适合我们的人民，但是最重要的还是分配……"

"你是说这一切都是假的？全是假的？"

"我不知道！我发誓我不知道！从我来到这里开始——什么都

没变过,你千万不要以为这里我说了算,绝对不是! 我的工作只是管理这些人事文件。问题在于……在于我们的人处于极端环境中面对敌人时会不会崩溃——他们准备好没有,嗯,准备好拼死一战没有。"

"为什么没有任何人回地球?"

"因为,因为事实证明他们全是背叛者,蒂奇先生……谁都不愿为了古库姆——呸,我是说为了我们的事业捐躯,那个词说得顺口了,请理解。十一年来,我一直坐在这里,再过一年我就该退休了,领津贴了,我有妻子和孩子,蒂奇先生,看在他们的分上——"

"住口!"我愤怒地说,"你想要津贴,狗腿子,我就给你津贴!"

我举起砍刀。那个秘书的眼睛瞪得老大,吓得趴在我脚下。

我命令他站起来,然后把他锁进保险柜里,当然没忘留一点儿通气口。

"不准偷看! 要是你敢发出任何声音,我就砍死你这老混蛋!"

接下来的事情就很简单了。那是我人生中最愉快的夜晚之一,屋里有很多文件——报告、陈述、宣誓书、记录、档案,这颗星球上每一个居民都有自己的档案袋。我用这些机密文件在桌上铺了个床,因为房间里没有睡觉的地方。次日早晨,我打开麦克风,以电脑的身份命令所有人在宫殿前集合,且每个人都要带上钳子和螺丝刀。他们排成长队,好像一大片铁制的棋子,我以圣电子设备的电容的名义命令他们把各自的脑袋取下来——上午十一点,第一批人类脑袋出现了,接着出现了骚动和混乱,大家喊"叛国!叛国!"——几分钟后,最后一个铁头盔也咣当一声丢在了地上,大家齐声欢呼起来。然后我也出来说明了自己的身份,并建议大家在我的带领下一起开始工作——我希望用现有的材料和补给做成一艘飞船。结果我发现,这个宫殿的各个房间其实就是由好多艘宇宙飞船拼起来的,而且都装满了燃料,随时都能出发。在走之前,我把阿古森从保险柜里放了出来,但是没有让他上船,也没有让其他任何人上船。我对他说,我要把所有的事情都报告给他的上级,还要让他的上级清清楚楚地知道我个人对他的看法。

这就是我最神奇的冒险旅行之一。尽管也遇到困难和痛苦,但我很高兴结局不错,因为我又重拾信心了,虽然一些腐败的宇宙公务员让我感到失望,但电子脑还是十分正派的。是的,你想想,只有人类最坏,其实还是挺宽慰的。

第十二次航行

　　我去阿毛萝皮尔的那次旅行真是惊心动魄,比此前任何一次都要吓人。阿毛萝皮尔这个星球上生活着星际独眼巨人。我之所以会跑到那里去,完全是因为塔朗托加教授。你们可能已经知道了,这位渊博的星际动物学教授不光是个了不起的探险家,还喜欢在业余时间搞发明。他曾经发明过可以消除不愉快记忆的液体;还发明过一种纸币,上面印了个躺平的"8",表示面额为无限;还发明过三种给雾上色让它们变漂亮的办法;此外还有一种粉末,洒在云上之后就可以把云装进各种模子里,这样云就可以永久定型了。他还发明过一种可以从小孩子身上收集多余体力的机械装置,大家都知道小孩子真是一刻不停地闹腾着。那套装置由很多曲柄、滑轮、挡位杆组成,安放在寓所各处,小孩子可以像玩一样随便去推拉那些杆子,但是他们不知道自己实际上在做的是抽水、洗衣服、削土豆皮、发电……另外年轻人可能没注意到，我们的父辈时不时会独自待在家里，所以教授发明了点不燃火的打火机。这种打火机如今在全世界范围内批量生产。

有一天教授给我看了他的最新发明。一开始我觉得那只是个铁炉，塔朗托加却说，这个东西其实是他全部发明的起点。

"我亲爱的伊翁，这个东西实现了人类的一个古老梦想，"他对我说，"它是个扩展器——为了方便你理解，也可以说是个时间减速器，可以让时间无限延长。也就可以无限制地延长生命。按我的计算，里面一分钟大概等于外面两个月。你想不想试试？"

我向来喜欢各种新奇科技，于是欣然进入那个装置。还没等我在里头蹲稳当，教授就砰的一声把门关上了。我只觉得鼻子发痒，因为他关门太用力，把装置里残留的煤灰都扇到了空气里，我一吸气就想打喷嚏。就在这个时候，教授接通了电流。由于时间变慢了，我这个喷嚏足足持续了五天五夜，当塔朗托加再次打开装置门的时候，发现我累得几乎瘫倒。一开始他很惊慌，赶紧问我情况，得知事情的原委之后，他愉快地笑着说："事实上我这边只过了四秒钟。好了，伊翁，你觉得这个发明怎么样？"

我喘了口气回答："说实话吧，我觉得还需要改进——当然这个发明本身很了不起。"

可敬的教授不太满意这个回答，不过他还是很宽容地给我讲解了一下这个设备，他说这台机器还能加速时间的流逝。我觉得很累,于是要求晚点再测试另外这项功能,在热诚地谢过教授之后,我把那个机器带回了家。说句实话,我也不知道该拿它怎么办,所以就把它放在阁楼上,我的飞船工作室里。一放就是大半年。

教授在编写他的八卷本星际动物学巨著期间,了解到了不少阿毛萝皮尔上生物的细节。他忽然想到,时间减速器(同时也是加速器)正好能派上用场。

我听说了这个计划之后真的特别感兴趣,于是在不到三个星期的时间内,我给飞船里装满补给和燃料,又带上银河系某些陌生区域的地图——还把那个时间减速/加速器也带上了——就此迅速升空了。我之所以走得如此匆忙,主要原因是去往阿毛萝皮尔的航程要花三十年。这三十年中我干了些什么还是改日再说吧。这里就提一个异常事件,当时我距离银河核心很近(补充一句:那片区域满是灰尘,比宇宙绝大部分地方的灰都多),当地生活着一个星际流浪者部落——吉普索尼安人。

这个倒霉的部落没有属于自己的行星。委婉来说,他们是天生具有强大想象力的种族,每个人说起部落的起源都不尽相同。后来我听说,是他们把自己的星球一点一点挥霍了。因为他们很贪心,拼命地露天采矿,出口各种各样的矿物。采矿的同时又在星球内部不停地挖掘并开凿隧道,最后星球彻底被掏空成了一个巨型矿坑,于某一天在吉普索尼安人脚下轰然坍塌。当然了,也有人坚称,吉普索尼安人其实是很久以前去赴宴狂欢,喝醉了之后再也找不到路回家。不过真实情况谁都不知道,总之不管他们从何起源,这群太空流浪者实在很不受欢迎,他们在太空中游荡的时候,只要在某个行星上停留,就会有东西莫名丢失。可能是少了一些空气,又或者是某条河流忽然干涸,还可能是星球上的岛屿失踪。

有一次在阿德努里亚,他们甚至计划带着一整块大陆溜走,还好那块大陆一直冰雪覆盖无人使用。他们经常到处走动去帮人清洗并调整卫星,但很少有人把如此重要的工作交给他们。另外他们的小孩还喜欢朝彗星丢石头,喜欢骑流星玩——总之这群人特别麻烦。我觉得自己肯定受不了这群人,所以只是稍作停留,完成工作而已——工作内容是修理一颗品相完美的二手卫星,工作进行得很顺利(全靠我的隐形眼镜好使)。修好了之后,这卫星顿时升级成了一颗行星。

当然,这颗星球上还没有空气,我立刻着手收集。周围邻居也都来帮忙,你真该看看吉普索尼安人们搬入新星球时的那股高兴劲儿!他们不停地感谢我。我和他们亲切告别之后就继续上路了。距离阿毛萝皮尔还剩不到六百万的五次方英里的路程。走完最后这段路,我找到了阿毛萝皮尔(像一团飞舞的苍蝇群),然后便准备降落。

在踩刹车的时候,我惊恐地发现刹车居然失灵了,我就像个石头一样朝着星球地表落下去。我把头伸出舱口看了看,发现刹车装置不见了。我气愤地想起那群忘恩负义的吉普索尼安人。可是现在也没时间气愤了，我已经进入大气层，飞船变得红热，像红宝石一样闪亮。再过一分钟我就会被活活烧死了。

幸好在最后时刻我想起了那个时间扩张器，于是赶紧打开了它，时间的流动变慢了，我朝行星上落下的过程持续了三个星期。既然以这种方式摆脱了困境，我就开始检查行李。

飞船降落在淡蓝色森林中间的一片空地上。在扫帚状的树冠之上盘旋着一些高速旋转的绿色东西。看到我之后，一群生物飞快地跑进紫色的灌木丛里。那些生物非常像人，不过皮肤有些闪光，而且呈宝石蓝色。我已经从塔朗托加处得知了一点关于他们的常识，所以就掏出我的宇航手册，查看了几条其他内容。

手册上说——这颗星球上住着一种类人型生物，名字叫小头猿，这种生物的发展水平极低。和他们沟通的尝试均不成功，手册上写的应该是实话。小头猿四足行走，这里蹲一蹲，那里坐一坐，娴熟地抓身上的虱子，我靠近的话，他们就瞪大绿色的眼睛看着我，发出毫无意义的混乱叫声。除了智力低下以外，他们性格温顺平和。

最初两天，我白天调查蓝色的森林以及森林周围广阔的平原，晚上就回飞船过夜。我已经躺到了床上，忽然想起加速器，就决定快进几个小时，第二天看看会产生什么效果。于是我把它拖到飞船外头——过程还挺麻烦的——然后放在树林里，打开时间加速开关，然后回去继续睡觉了。

一阵剧烈的拖拽声把我吵醒了。我睁开眼睛，看到小头猿们正

俯身看着我,他们已经两脚直立行走了,而且很吵闹地说着话,兴趣
十足地拖我的胳膊,我想抵抗,他们就用力扯,几乎把我的胳膊都扯
掉了。最大的那个小头猿是个淡紫色的大块头,他扳开我的嘴,把
指头伸进来数我的牙齿。

我徒劳地挣扎,但还是被他们带到了林间空地上,绑在飞船尾
巴上。从这个位置我可以看到那群小头猿把飞船里一切能搬的东
西都搬走了,那些不能从出入口搬出去的大东西他们就用石头砸成
碎片。突然一阵石块像雨点般地落在飞船和搬东西的小头猿头上,
其中一块石头砸到了我的头。由于被紧紧绑着,我没看见石头是从
哪里飞来的,只听见一阵打斗的声音。绑我的那群小头猿终于逃走
了,另外一群跑过来把我解开,然后非常尊敬地把我扛在肩上走进
森林里。

他们走到一棵大树下停下来。树枝上用藤蔓绑着一些气根组
成的小屋,而且小屋还有窗户。他们透过窗户把我放进屋里,然后
树下那群生物都跪下齐声咏唱。接着他们排成长队向我进贡水果
和花朵。接下来的好几天,我成了流行宗教里的偶像,那些高阶祭
司从我的表情中得到预言。每次我显得不高兴的时候,他们就用香
火熏我,熏得我差点窒息。还好在焚香祭拜的过程中,祭司会时不
时地摇晃一下我坐的那个神龛,我才得以偶尔呼吸一口新鲜空气。

到了第四天,我的信徒们被一群挥舞着大棒的小头猿袭击了,
领头的是那个数我的牙齿的大块头。在打斗过程中我被传来传去,

不断在崇拜和蔑视之中换手。最终进攻的一方获胜，那个负责指挥的巨人名叫飞虫。我和他们返回营地参与了胜利仪式，我被绑在一根高高的杆子顶端，杆子由他的亲属举着。后来这还成了传统，每次军事行动我就成了某种旗帜，必须和他们同行。这当然是很大的负担，可也是一种特权。

我逐渐学会了小头猿的语言，就尝试向飞虫解释说，他和他的族人之所以能高速发展都是多亏了我。这个过程很艰难，不过我觉得我最终还是说清楚了，然而不幸的是他被自己的侄子薄勺子毒死了。薄勺子统一了平原和森林里的小头猿，其实双方还在战争中，不过他跟森林小头猿的高阶祭司马斯托齐玛西亚结婚了。

马斯托齐玛西亚在婚宴上看到了我（根据薄勺子介绍，如今我是试毒人），她愉快地尖声笑了一下："天，你皮肤真白！"这话让我感到担忧，而这担忧迅速变成了现实。马斯托齐玛西亚趁薄勺子睡觉的时候闷死了他，然后和我举行了贵庶通婚的婚礼。于是我又尝试向她解释自己对于小头猿的帮助，可是她误会了我，因为我刚说了几个字，她就说："啊哈，你不再爱我了！"结果我花了好长时间安慰她。

在接下来的一次宫廷政变中，马斯托齐玛西亚死了，我跳窗才保住一命。

我们联盟唯一剩下的就是白紫两色的国旗了。我逃脱之后找到了放加速器的那片林间空地，我想关掉它，但是又觉得也许还是等小头猿进化出更民主的文明更明智。

　　我在森林里住了好一段时间，就靠吃树根过活，晚上就去看他们的营地，他们发展得很快，已经形成了城镇，周围围着栅栏。

　　小头猿耕种土地，但那些城镇居民会攻击他们，掠夺他们的妻子，杀害他们，把他们抢个精光。通过这种方法，很快商业就建立起来了。与此同时宗教信仰也不断增强，仪式也日益变得复杂。让我觉得很沮丧的是，小头猿把飞船从林间空地拖到城市里，作为某种偶像放在广场正中间，而且周围不光建了围墙还有卫兵。偶尔也有农夫聚集起来进攻紫城(那是镇子的名字)，大家合力把城镇夷为平地，然而镇子每次都会高效地重新建起来。

　　最终是圣面包王终结了这些战争，他烧毁了村庄，砍掉森林，杀掉农夫，幸存下来的那些人被当作战俘安置在城市周围。由于无处可去，我就去了紫城。多亏了一些熟人(马斯托齐玛西亚时代的一些宫廷仆人认识我)，我得到了陛下按摩师的职位。圣面包很中意我，决定授予我"国家刺客助手"的称号，等级是高级折磨技师。我绝望地返回林间空地，那个加速器还在以最高速工作。很自然，当天晚上圣面包就死于暴食，军队指挥官暴怒狂人特利蒙即位。他颁布了一整套官职制度、税务制度以及义务服兵役制度。我的肤色救我于水火。我被认定为好似白化病患者，不得接近皇城。于是我和奴隶们一起生活，被称为"苍白伊翁"。

　　我跟他们宣传人人平等，还跟他们说了我在小头猿社会发展过程中起到的重要作用。没过多久，大家都来听我说教，这群小头猿被称为"机械师"。随后就发生了暴动,但被暴怒狂人特利蒙的军队血腥镇压了。机械学被严格禁止,违令者死。

我有好几次都不得不逃出城市藏在市区鱼塘里,我的追随者遭到了最残酷的迫害。但是越来越多的上流社会人士也被吸引来听我说教,当然他们都是匿名来的。特利蒙也悲惨地死了,因为他心不在焉,忘了呼吸。智者卡邦泽尔继承了他的权力。他是我的教义的支持者,因此我的教义也提升到了国家宗教的地位。我本人得到了"机械守护者"的称号,并在皇宫旁有一处豪华居所。我工作十分繁忙——其实我自己也不知道这一切是如何发生的,但是我手下的祭司认定我的教义乃是天赐的真理。我反对这样,但也无济于事。与此同时出现了一股反机械主义势力,这些人认为小头猿是完全由自然方式发展至今的,我只是个奴隶,染白了自己的皮肤之后四处招摇撞骗。

反机械主义的众头领被抓了,国王指派我以机械守护者的身份来处死他们。眼见别无选择,我跳窗逃离了王宫,再一次藏在鱼塘里。有一天我得到消息,祭司宣布苍白伊翁升天了,因他完成了他的星际任务,与他在群星之间的父母重聚了。我去紫城消除误会,但是大家都跪在我的雕像前,我想说话的时候,他们都想朝我扔石头。神庙的卫兵跑过来,但他们只想把我扔进地牢——因为我是骗子、亵渎之人。整整三天,他们洗刷我、刮擦我,想要洗掉我身上的白涂料,因为我肯定是涂了白涂料才冒充成已然成圣的苍白伊翁。

由于我没有变蓝，他们决定用刑。我想努力逃离这种困境，万幸其中有一个囚犯给我搞来了一点蓝涂料。我冲回森林找到加速器所在的位置，经过一番努力之后，让它越发加快速度运转，希望能赶紧迎来正经的文明。之后我又在市区鱼塘里躲了两周。

我回到都城的时候他们已经实行共和制度了，搞得很夸张，大赦所有人，宣布一切阶级平等。在入口处他们已经要求出示身份证件了，我没有，所以被当作流浪汉抓起来了。被释放之后，我为了谋生，当上了教育部的通信员。他们的内阁成员换得很频繁，有时候一天换两次，新政府一上台就废除前任颁布的一切法令，另立新法，我就不得不带着公告四处奔波。最终我脚上得了拇囊炎，于是递了辞呈，但是对方居然不接受，因为他们刚刚宣布进入战争状态。在经历了共和政府，两届战时指挥部，一波开明的王朝复辟，虫熊将军大独裁统治及其因叛国罪被斩首之后，我觉得文明进程还是太慢了，于是又跑去调整机器，结果其中一个旋钮坏了。我没太在意，但是几天后我发现了一些不寻常的事情。

太阳从西边升起来，墓地里发生了动乱，死者到处走动，而且他们的状态好像越变越鲜活，成年人突然变小，小孩子彻底消失。

虫熊将军回来了，开明的王朝复辟回来了，接着是战时指挥部，然后是共和制。我亲眼看见卡邦泽尔国王的葬礼过程反着进行，三天后他从灵柩里爬了出来，然后"去防腐化"，我这才明白，肯定是因为弄坏了那台机器，时间反着流动了。最糟糕的是，我发现自己也出现了一些变年轻的迹象。我决定等到卡邦泽尔一世复活，那时候我又会成为伟大机械师，然后就能利用我的影响力返回飞船里，那东西一直都是个神圣偶像。

唯一的问题在于变化发生得太快了，我不知道自己能不能坚持到卡邦泽尔一世复活的时候。每天我都背靠树站着，划下自己的身高记号——我正飞速变小。等到我成了卡邦泽尔手下的机械守护者的时候，我肯定只有九岁左右了——但我还是要收集航行的补给品。夜里我就把东西装到飞船上，这也是很费力的，因为我力气越来越小。而且我惊恐地发现，在宫廷事务的闲暇期间，我居然非常想玩捉迷藏。

最终飞船准备好了，我在黎明时分爬进飞船找到启动杆——太高了。我必须站在凳子上才能摸到。虽然很想骂人，但我万分恐惧地发现自己只会哭。到了起飞时刻，我虽然还能走，但很显然已经需要人扶着了。离开那颗行星之后，等它已经消失在远处只剩下一个白色的小点时，我甚至要拼尽全力才能爬到牛奶瓶所在的位置，那是我提前给自己准备好的。在整整六个月里，我都以这种方式摄入营养。

我开头也说过，到阿毛萝皮尔需要大约三十年的行程，因此在回到地球后，我容貌没有变化，没有吓到众位友人。我唯一后悔的是自己缺乏想象力，不然也不用躲着塔朗托加了，甚至还可以编些奇奇怪怪的故事赞美他是个天才发明家。

第十三次航行

　　我怀着复杂的心情踏上了旅途，这次行程给我带来了出乎意料的收益。从地球出发的时候，我的目标是去蟹状星云的一颗遥远行星，法塔米亚斯玛，那个地方是宇宙著名的高贵生物欧大人的出生地。欧大人并不是那位伟大智者的真名，只是大家这样称呼他而已，因为任何其他世俗的语言都无法描述他。法塔米亚斯玛上出生的孩子会获得无数头衔和荣誉，也会有名字，那个名字按照我们的标准实在是长过头了。

　　欧大人出生来到世界上的那一天，他被称为"赫利迪皮达戈尼图苏奥约莫乔尔弗纳戈罗利斯齐皮维卡贝克考皮克斯勒贝普尔兹"，还立刻被授予了"生物金扶壁""仁慈精髓博士""最大宇宙宽度可能性"等等称号。随着他一年年不断学习长大，他的各种头衔和称号也一个个被取消了。由于他显示出不同寻常的能力，在他生命的第三十五年,他放弃了最后一个称号,两年后他一个称号都没有了。他的名字在法塔米亚斯玛的字母表里是一个单独的字母——不发音、代表"神一般的送气音"——就是某人因为非常惊喜赞叹而发出的倒抽一口气的声音。

说到这里读者肯定就明白为什么那位伟大智者被人们叫作欧大人了。一般情况下他被称为宇宙大施主,因为他致力于为银河系无数个种族带来幸福。他不眠不休地操劳,创造了"实现愿望科学",也被称为"综合仿真理论"。不过他只是简单地称自己为"修复理论学家"。

我第一次体会到欧大人行动的影响力是在欧罗皮亚星。那颗行星长期充满纷争不和,星球上的生物互相敌视。兄弟之间相互嫉妒,学生憎恨老师,下属憎恨上级。可是当我到了欧罗皮亚星的时候,却看到每个人表达和接收到的情绪都非常平静、极其温和,星球上所有人都是这样,没有一个例外。我当然很好奇,想知道这样根本性的转变是如何发生的。

一天,我正和一个熟识的当地人在首都的街上走着,忽然看到商店橱窗里把真人大小的头摆在架子上,仿佛是帽子或者大面具似的,这些头都像极了欧罗皮亚的人。我问起原因,我的同伴解释说这些类似于安全阀。如果你正好有不喜欢的人,就去这样的商店里定做一个对方的头,然后回到自己的住所,随意处置这个东西。有些大人物可以定制整个人像,一般人就只能拿头发泄一下。

这正是社会工程学的完美案例,这种方案名叫"模拟个人自由",对我来说这是全新的东西,我忍不住想请教发明了这个方案的人,这个人就是欧大人。

后来我去了其他星球,又陆续遇到了欧大人的其他善良影响。以阿德鲁里亚为例,那里住着一个著名的天文学家,他声称阿德鲁里亚是以自身的轴为中心旋转的。这个理论与阿德鲁里亚的教义相反,根据他们的教义,这颗行星是宇宙的中心,绝不会动一下的。高阶祭司议会传唤这位天文学家上法庭,要求他放弃自己的学说。天文学家拒绝了,于是祭司们要他接受火刑洗清罪孽。欧大人得知此事后迅速赶到阿德鲁里亚。他分别与当地祭司和科学家见面,但双方都固执地坚持自己的立场。在深思熟虑了一整夜之后,欧大人想出了一个办法,并且立刻付诸实践。他使用了一个行星刹车器。于是阿德鲁里亚的自转停了下来。那位天文学家坐在牢房里观察天空发现了这一变化,于是承认放弃自己先前的主张,接受阿德鲁里亚的非转动教义。这就创造出了"模拟客观真理"。

在不进行社会工作的闲暇时候,欧大人进行了各种各样的研究,比如他发明了一种办法,可以探测出极远处有智慧生物居住的行星,也就是"后验线索法",是一种非常天才的方法。在原本没有星星的地方突然亮起一颗新星,说明最近有行星分解了,星球上原本的居民达到了高水平的文明,发现了释放原子能的方法。

欧大人尽己所能地阻止此类事件发生,方法如下:当某行星上自然燃料耗尽,比如煤炭、石油枯竭了,他就介绍当地人饲养电鳗。这个办法名为"模拟进步",在很多行星都实施过。但我们的宇航员一点也不喜欢晚上在那种星球走动,想想看,跟一个受过训练、嘴里叼着小灯泡的电鳗来一场夜间漫步?!

　　随着时间流逝,我越来越想要见见欧大人。当然我明白,在我去和他套近乎之前应该认真做些功课,这样才能跟得上他高水平的智慧。怀着这个想法,我决定用大约九年的飞行时间自学哲学。我从地球乘飞船起飞,飞船里前前后后都是书架,上面塞满了人类智慧的成果。我距离地球六千万英里,没有任何东西来打搅我,于是我就专心读书。由于书实在太多,我就发明了一个特殊系统:首先,为避免阅读曾经已经读过的书,我计划每读完一本书,就把它从飞船舱门扔出去,然后再在返程的时候一本一本收回来。

　　接下来的二百八十天里,我仔细阅读了阿那克萨哥拉、柏拉图、普罗提诺、奥利金、德尔图良的作品,粗略阅读了爱留根纳、美因茨的哈拉布和兰斯的欣克马尔两位主教的作品,还认真看了科尔比的修士拉特兰努的作品、瑟文图斯·卢珀斯的作品和奥古斯丁的作品,包括《论幸福生活》《上帝之城》《论灵魂的量》。然后我又继续看托马斯·阿奎那、塞内西奥斯主教、内米西奥斯主教,以及伪狄奥尼修、圣伯纳德和圣苏亚雷斯。读到圣维克多的时候我停了下来,因为我有个习惯,读书的时候喜欢把面包搓成小块,现在飞船里全是小面包块了。我把它们扫进太空里,然后继续学习。下一个书架里装的是比较近代的内容——足有七吨半,我担心自己没时间读完。但是很快我就发现其中的主题都是重复的,只是形式不同而已,打个比方吧,有些就好比是竖着放的,而有些是倒着放的,所以我略过了一些。

然后我开始阅读神秘学和经院学者的作品,哈特曼、金泰尔、斯宾诺莎、乌伦迪、马勒伯朗士、赫尔巴特,还学习了无限主义,人的完善、星球的和谐、单胞体的和谐,这些聪明人对于人类灵魂总有那么多的话要说,我真是无时无刻不觉得惊讶,而且每一个人说的都跟其他人的主张完全相反。

在我全神贯注地体会着有关星球和谐的愉快描述时,一个十分严重的事件打断了我的阅读。我正穿越一片磁场极强的区域,于是所有的铁器都有了极强的磁性。我拖鞋鞋带上的铁片也被磁化了,牢牢地贴在不锈钢地板上,我根本走不动路,也没法走到装食物的柜子处。饿死的恐怖前景隐隐出现在我面前,但是我突然想起来我兜里还有一本《宇航员指南》,于是就掏出来看,发现遇到这种情况只要脱掉鞋子就好。解决了这个问题,我又继续学习去了。

我读完了大约六千本大部头的书,对于它们的内容已了如指掌,此时距离法塔米亚斯玛还有八万亿英里。我准备开始阅读下一个书架的内容,这部分讲的是纯理性批判,这时候我听到一阵有力的敲击声。

我一抬头,惊讶地发现外头居然有人,在太空里实在是很难得有人来访。敲击声更响了,我还听见一个模糊的声音说:"开门!水生动物!"

我赶紧打开舱门,三个穿着灰扑扑的太空服的生物进来了。

为首的那个喊道:"啊哈!当场抓获一个水龙头!"

另一个接着说:"很好,你的水呢?"

我太惊讶了,还没来得及回答,第三个对前两个人说了几句话,他们似乎放松了一些。

第一个问:"你从哪里来?"

"从地球来的。你们是谁?"

"品塔自由水族!"他喊道,顺手还递给我一张问卷表格。

我看了一眼上面需要填写的空格,又看了看他们的太空服,他们每动一下,太空服里就传出液体晃动的声音。我这时候才想起,原来我一不小心飞到了双星品塔和潘塔的领域,《宇航员手册》上警告说要尽量远离此地。但现在已经太迟了。我埋头填写问卷,穿太空服的那三位非常系统地把我飞船上的东西检查了一遍。发现了一罐油浸沙丁鱼,他们发出胜利的叫喊,然后在飞船上贴上封条,也一起拖在后面。我试图跟他们对话,但是未能成功。我注意到他们的太空服末端有个扁平的附属物,仿佛品塔人没长腿而是长着鱼尾一样。没多久我们开始降落。那颗行星表面全是水,不过很浅,因为建筑物顶部都露出水面。在太空港,那些水族脱下太空服,我看到他们其实跟人类差不多,只不过四肢很奇怪地弯着,而且缠在一起。我被放在一个奇形怪状的船上，那船底部有个很大的开口，水一直没到船舷。我们就这样浸在水里朝着城市漂去。我问要不要堵住船底的洞把水舀出去，还问了些别的事情，但是同行的人都不说话，他们倒是把我说的每句话都急急忙忙记下来。

这颗行星上的居民在街上走着的时候，头都是沉在水下的，偶尔冒出水面吸一口气。房子的墙都是玻璃的，可以看到屋里：房间里也差不多有半屋子的水。我们的船停在一个十字路口，旁边有座建筑，挂着"权威灌溉中心"的标识。透过建筑的窗户，我听见官员们发出汩汩的声响。在广场中心有一座高耸的鱼雕像，雕像上装饰着一圈圈的水草。我们的船又停了一会儿（交通实在拥挤），我偶然听见有路过的人说街道拐弯处抓了个间谍，要狠狠审他一顿。

我们顺流而下，走过一条宽阔的大街，街道两边排满了大型鱼类画像，还有五颜六色的口号："水流万岁，永无干旱！""鳍拉鳍我们一同潜行！"——其他的我没时间去读了。最后船停在一座巨大的摩天大楼前面。楼的外立面全部有花彩装饰，入口处有翠绿色的文字，"自由渔业水族"。电梯很像一个小鱼缸，我们上了十六楼。我被推进办公室，屋里的水漫过了书桌，然后有人告诉我要等着。这里每件东西都包着翠绿色的鳞片。

我在脑海里准备好了完备的答案——我是如何到达这里的，将要前往何处。可是他们根本没问这种问题。负责问我话的人是个个头很小的水族，他走进屋里，很严肃地上下打量了我一番，然后踮起脚站着,嘴唇刚刚高出水面,他问道:"你是何时开始实施犯罪行为的? 他们给了你多少钱? 你还有哪些同伙?"

我回答说,我不是间谍,我还解释了自己究竟是如何到达品塔的。我说我来到品塔星完全是意外,那位问话的人听了突然大笑,说我得想想比这更聪明的说辞才行。然后他开始看报告书,不时问我五花八门的问题,这么做给他造成了极大的不便,因为他每问一个问题就必须站起来呼吸空气,有一次他不小心呛了水,咳嗽了好久。后来我发现每个品塔星的人都经常呛水。

那位水族笑着催促我赶紧认罪,而我坚持自己是无辜的,他突然跳起来指着那罐沙丁鱼说:"那这又是什么意思?"

"没什么意思。"我困惑地回答。

"我们走着瞧。把这个奸细带走!"他喊道。

审问就结束了。

他们把我关进牢房,里面很干。这倒是个意外之喜,因为这个星球湿乎乎的,让我很不自在。在这个小房间里还有七个品塔星人,他们对我非常礼貌,给我这个外星人腾了一块地方,让我坐在长凳上。通过他们我才知道,根据他们的法律,沙丁鱼罐头是对品塔理念的极度不敬,是"充满破坏性的隐喻"。我问他们到底涉及了什么隐喻,他们谁都答不上来——或者说,在我看来,是不愿意说。见这个话题让他们不开心,我赶紧打住。另外我还得知,我所在的这个房间是星球表面上唯一一个没水的地方。我问他们,他们是否从古至今一直生活在水里——他们回答说,品塔曾经有很大块的陆地,海洋很小,也就是说曾经有过大片令人厌恶的干旱地。

目前这个星球的统治者是伟大水龙头赫梅齐尼乌斯·鱼眼。我在这个干燥的地方住了三个月,共有十八批不同的委员会来检查我。他们命令我往镜子上哈气,然后测量了雾气的形状,还测量了当我彻底浸水之后会滴下来多少滴水珠,然后又给我套了个鱼尾。我还得把自己的梦告诉那些专家,他们立即给梦分类,并根据刑法条例归档。到了秋天,我的罪证已经积累了厚厚的八卷,证据材料占据了那间鱼鳞办公室的三个书架。最终,我承认了所有罪名,尤其是给球粒状陨石打孔和反复给离合器填装两项罪名。时至今日我也不懂这两条是什么意思。考虑到有减轻罪行的情节——也就是说我很傻,对水下的幸福生活一无所知,再加上马上就要到伟大水龙头赫梅齐尼乌斯·鱼眼的生日了,他们仁慈地判我两年自愿雕刻,六个月不得入水,然后我就被释放了。

我决心在被困品塔的六个月期间尽可能过得舒服些,由于在任何酒店都找不到房间,我只能寄居在一个老妇人家,她整天都在折腾蜗牛,训练它们在法定节日排成特定队形。

审判后被释放的第一天,我去观看了大都会唱诗班表演,但是看得很失望,因为唱诗班是在水下表演——完全是汩汩的声音。

我当时发现一个水族引座员带了一个人出去,那人趁室内光线转暗的时候用芦苇秆呼吸。一些坐包厢的上流社会人士顺便就洗澡了，因为包厢里满是水。我总有种很奇怪的感觉，这里的人似乎觉得水下的生活很不舒服。我试着跟自己的房东太太谈这个话题，但是她无视了我的问题，只是问我想在屋里放多少水。我回答说水只盛在浴缸里就足够了，她撇撇嘴，耸耸肩，不等我把整句话讲完就离开了。

为了跟品塔星的人搞好关系，我努力习惯他们的风俗。在我刚到品塔星的时候，报纸上正在进行一场有关"汩汩作响"的激烈讨论。专家们认为安静的汩汩声才是好的，是最有前途的。

我的女房东还有另一位房客，是个很招人喜欢的品塔星年轻人，他也是流行期刊《每日鱼报》的编辑。在报纸上我经常看到"汩鼋"和"深潜者"这样的词，根据上下文判断，它们是某种生物，但是我不懂它们跟品塔星人有什么关系。我问别人"汩鼋"和"深潜者"是什么，对方往往都沉入水下，用一阵汩汩声应付我。我想问问那位编辑，但是他真的特别忙。在晚餐的时候，他忽然异常激动地跟我说，他遇到了最为可怕的事情。他未经考虑就写了一篇头条文章，讲水是湿的。因为这件事，他觉得自己完蛋了。我竭尽全力安慰他，又问他，难道别人以为水是干的吗？他万分惊讶之余，说我什么都不懂。你必须从鱼的角度去看待问题。鱼不会认为水是湿的——反之则不是鱼。两天后那位编辑消失了。

在去看演出这件事情上我遇到了特殊的困难。第一次去剧院的时候，我觉得演出时周围人全都在悄声说话，根本没法好好看演出。我以为是邻座发出的声音,想努力无视他们。可是最终我实在觉得太烦了,就换了个位置,结果说话声还在。舞台上的演员正在说伟大水龙头的时候,一个细小的声音悄声说:"你的四肢狂喜得颤抖不已。"我发现所有的观众都开始轻轻颤抖。后来我才知道,所有公共场所都安装了这种抑声器,主要是为了在恰当的时间激发合适的情绪。为了更好地融入这里的风俗,并理解品塔人的奇异之处,我买了很多书,有小说,也有分级读本,还有科研资料。有些书我至今还留着,比如《小深潜者》《干旱的恐怖》《波涛之下多快活》《汩汩的爱》等等。在大学书店里,他们推荐一本有关说服进化理论的作品,但是我看书里全是有关"汩鼋"和"深潜者"巨细靡遗的描写。

我试图向女房东请教,可是她却把自己和蜗牛一起关在厨房里,所以我又跑回书店,问哪里能找到汩鼋,找一个也好。听到这话,那个店员立刻潜到柜台下面去了,几个恰好在店里的品塔星年轻人把我当作破坏分子带去了水族总部。被丢进了干燥机里头之后,我发现有三个之前认识的人也在。通过他们我才知道,现在品塔星上根本没有汩鼋和深潜者了。这两种生物都有着完美的形态,完全是鱼的样子,根据说服进化理论,所有的品塔星人最终就会变成汩鼋和深潜者的样子。我问他们何时会发生变化。他们都吓得发抖,想要赶紧游走,然而周围没有水,当然也就不可能游走了。其中最年长的一个人四肢畸形很严重,他说:

"听着,水龙头,在我们中说这种话是要被惩罚的。只要让别的水族听见你提这种问题,你就会被狠狠地加倍惩罚。"

我十分沮丧,陷入极为阴暗的情绪,但是其他人的对话鼓舞了我。他们在谈论自己犯下的罪过,每个人都认为自己罪孽深重。其中一个被装进干燥机的原因是,头躺在浸满水的沙发上睡着了,结果呛水醒来之后跳起来喊道:"人是会淹死的。"第二个人是因为把自己的孩子扛在肩上,没有尽快教孩子在水下生活。第三个也是最年长的一个,他很不幸,是因为在一次关于三百水龙头勇士为了创造水下呼吸记录而献出生命的宣讲会上,他被经验丰富的观察员发现以含糊且大不敬的方式发出汩汩声。

那之后不久我又被叫到鲽鱼头领面前,他告诉我,我此次新犯下的卑劣罪行让他不得不判我三年自愿雕刻。次日,在三十七个品塔星人的陪伴下,我乘船去往雕塑区,现在就算坐在及下巴深的水里我也不惊讶了。雕塑区在城外很远的地方。我们的工作就是雕刻鲤科鱼类的雕像。我记得我们总共雕了大约140 000个。早晨我们游泳上班,唱歌,有一首歌我记得特别清楚,开头是这样唱的:"我们不是被腿脚拖累的奴隶,自由让劳动甜蜜。"工作结束后,我们就回牢房,每天晚餐前——晚餐当然是在水下吃的——都有一节课,讲课的人似乎生怕我们中有谁忽然不喜欢雕刻了。出于这样那样的原因,从来没有人说话,我也没说。再说,大厅里无处不在的抑声器让大家都想多花些时间雕刻,在水下待得越久越好。

有一天,我们的主管似乎特别激动,午餐时分,我们得知大鱼首领——伟大水龙头赫梅齐尼乌斯将每天从我们的工作室外乘船驶过，以便进一步激发我们的汩電化倾向。那一整天下午，我们一直在整齐划一地游泳，等待那位大人物到来。下雨了，水里特别冷，我们都抖个不停。连接着浮标的抑声器说我们这是激动得发抖了。接近傍晚时分，至高无上鱼脸大王才来，他的队伍里足有七百多艘船。我正好离得近，可以一睹大鱼陛下的尊容，我很惊讶地发现，他一点儿也不像鱼。从外表看来他是个很普通的品塔人，但是他很老，四肢扭曲得严重。他浮上来呼吸的时候，八个披着金色红色鳞片的大人物扶着他尊贵的肩膀，整个过程中他都拼命喘个不停，我都有些同情他了。为了庆祝此次活动，我们雕刻了超过八百座鲤鱼雕像。

大约过了一周，我的手臂突然感到异常的刺痛，我的同伴说这是风湿病发作了，风湿是品塔星最严重的疾病。当然了，谁都不能把它当作疾病，这种症状是有机体的意识在反抗变成鱼的过程。现在我明白品塔星人的外貌为什么都如此扭曲了。

每个星期我们都会去看表演，演出都是在讲水下生活的光明前景。我一直闭着眼睛，只要一提到水我就觉得恶心。

这种生活又持续了大约五个月。这时候我跟一个年长的品塔星人成了朋友，他是一位大学教授，之所以来自愿雕刻，主要是因为他在课堂上说水确实是生命不可分割的一部分，但是不可分割的方式和目前的这种不一样。我们通常是在夜里谈话，教授告诉我品塔星的古代历史。根据科学家的说法,这个星球曾一度肆虐着灼热的风,说不定有可能会把品塔星变成大沙漠。于是他们开始执行一个大规模的灌溉计划。为了实施这个计划,他们成立了相关机构和有最高权限的部门,但是在运河和蓄水系统完工之后,相关部门拒绝解散,他们继续执行计划,不停地灌溉品塔星。根据教授的说法,结果原本该被控制的东西反而控制了我们。但是谁都不肯承认,接下来,逻辑上来说当然就是宣布事情本该如此。

有一天我们周围忽然出现了谣言,而且是很令人激动的谣言。据说会发生一些巨大的变化,有些人甚至说伟大水龙头短期内就会宣布允许个人干燥,甚至公共干燥。我们的主管立刻开始批判这种失败主义的谣言,还开始了新的鱼雕像项目。即使如此谣言也没有平息,甚至还愈演愈烈,我亲耳听到有人说伟大水龙头赫梅齐尼乌斯曾拿着一条毛巾。

接着,有一天晚上,从主管大楼里传来了混乱的笑声。我游出去,看到指挥员和讲师用大桶舀水倒出窗外,还大声唱歌。到黎明时分,讲师来了,他坐在一艘完全干燥的船里,跟我们说迄今为止一切都是误会,现在研究出了一种真正自由的、和此前截然不同的新生活方式,现在大家也不用发出汩汩声了,因为那样做有害健康,也毫无必要。在讲话过程中,他把自己的脚泡进水里又拿出来,很嫌弃地抖了抖。最后他总结道,他一直反对泡水,他一直都知道泡水没好处。接下来的两天我们都没有去工作。然后他们派我们去把一座已经完工的雕像的鳍凿掉，又安上腿。讲师教了我们一首新歌《我们的灵魂干燥而激昂》，每个人都说不久就会运来水泵，水会被抽走。

然而在学了两首新歌后，我们的讲师被召唤去了首都，再也没有回来。次日早晨，指挥员乘船向我们驶来，他的头只稍微高过波浪，他分发了一份防水报纸。上面说发出汩汩声确实有害健康，因此从今往后永久取消，但是也并不是说要采取有害的干旱生活方式。事实正相反，为了更快接近汩霾和深潜者，尽可能适应新环境，水下呼吸还要在整颗行星上长期实施，而且只能在水下呼吸，不过出于对公众福祉的考虑，这个计划可以分步实施，市民只需每天待在水下的时间比头一天略长即可。为了帮助大家达成目标，平均水深将升至十一浴米（浴米是这里的长度单位）。

傍晚时分，水位确实升高了，在这种深度的水中我们只能站着睡觉。抑声器会被淹没，所以它们挪到了稍高的位置，新讲师让我们做水下呼吸练习。几天后，赫梅齐尼乌斯应全体民众的要求，慷慨准许将水位多升高了半浴米。我们都踮着脚走路。个子矮的人很快就下沉消失在视野中了。由于大家都不习惯水下呼吸，所以都开始努力练习偷偷跳起来吸气。过了一个月，大家都练熟了，每个人都假装没看见别人偷偷喘气，也假装自己根本没喘气。报纸上说本星球在水下呼吸方面取得了极大的进步，与此同时又有一大批新的自愿雕刻工被送来，因为他们还按照旧的方式发出汩汩声。

所有这一切都让我十分头疼,最终我决定永远离开自愿雕刻营。工作结束后,我躲在一座新纪念碑的建材后面(我忘了说,我们又把所有雕像的腿砍掉,安上了鳍),等到所有人都走了,我游到城里。在这方面我比品塔星人有优势,因为出人意料的是,他们都不会游泳。

我累得筋疲力尽,总算到了太空港。四个水族正守着我的飞船。幸好此时附近有人发出汩汩的声音,他们就都跑过去了。此时我打破封条,跳上飞船以最快速度起飞。过了十五分钟,那颗行星变成了一点星光在远处闪耀,我在那里可是吃尽了苦头。我躺在床上享受干燥的感觉,但是这愉快的时光很短暂。我被飞船外一阵剧烈的敲门声吵醒了。半醒半睡中,我喊道:"自由品塔万岁!"这句口号差点要了我的命,因为冲进飞船里的是潘塔星的陆地人。我想说是他们听错了,我喊的不是"自由品塔"而是"自由潘塔",可是他们都不听。飞船被占领了。然后事情还没完,我的食品储藏室里还有一个沙丁鱼罐头,是刚才睡觉前打开的。看到那个开着的罐头之后,陆地人直喘气,然后发出胜利的欢呼声,接着就开始写传票。没过多久我们就降落在了潘塔星上。一辆交通工具已经在等着了,坐上去之后我松了口气,就目前所见,这颗星球上没有水。押送我的人脱下太空服后,我仔细看了一下,跟我打交道的这些生物很像人类,只不过他们的脸全都长得一模一样,仿佛所有人都是双胞胎一样,而且所有人的微笑都一样。

夜晚降临后,城里的灯光亮得如同白昼。我注意到不管何时,只要有行人看到我都会摇头,有人同情,有人惊慌,甚至有个女性潘塔星人晕倒了,然而她晕倒的时候还在微笑,这可真是奇怪。

过了一些时间,我有了一种印象:这颗星球上所有人都戴着某种面具。不过也说不准吧。我被带到一座大楼面前,上面写着"潘塔星自由陆地人"。我单独在一个小房间里过了一夜,外面大都市的喧哗声从窗户里传来。次日大约中午时分,我在检查员办公室读到了针对我的指控。我被控受品塔星教唆谋害陆地人,同时还犯了个人异化罪。我犯罪的物证包括两样:一是那罐打开的沙丁鱼,另一个是一面镜子——检查员把它举到我眼前。

这个检查员是个4级陆地人,穿着雪白的制服,胸前有个钻石做的闪电标志。他解释说,根据以上罪行,我可能要面对身份鉴定,他又补充说,法庭给我四天时间准备辩护内容。我随时都可以向政府指定的律师咨询。

对于这两颗行星所在地的法律流程我已经有所体验,我最想知道的就是会有何种惩罚措施。作为回答,我被带去一间朴素的琥珀色房间。我的律师已经在屋里等着了,他是个2级陆地人,态度极为配合,特别愿意解释。

他说:"不请自来的外星人啊,我们这里认为,所有的琐事、痛苦、不幸的最终源头就是人,人会自动聚集起来形成社会。这源头就在个人之中,在每个人的身份之中。社会这个集合体是永恒的,它遵守固定不变的法律,就像恒星和行星一样。另一方面,个人却是不确定的,优柔寡断的,行动也缺乏一致性,最重要的是——个人都是暂时的。因此我们代表社会彻底排除了个体。我们的行星上没有个体——只有整体。"

我很惊讶地说:"但是说真的,你这番话只是个说辞而已,毕竟你自己也是一个人,是一个个体……"

"不是。"他的微笑一成不变,"你肯定已经注意到了,我们的面部没有任何差别。我们以这样的方式达到了最高等级的社会可替换性。"

"我不懂。这是什么意思?"

"在任何时刻,一个存在的社会会包含一定数量的功能,或者可以说,包含一定数量的角色。一个人有职业角色,也就是统治者、园丁、机械师、医师等,也有家庭角色——父亲、兄弟、姐妹等。现在,潘塔星上每一个角色都只工作二十四小时。到了午夜,我们星球上就会发生一次统一的活动,用比喻的说法就是:每个人都挪动了一步,这样一来,昨天是园丁的人今天就成了工程师,昨天是石匠的人今天就成了法官,或者统治者——也可能是教师,等等。家庭也遵循这种方式。每个家庭都是由亲属组成的——父亲、母亲、孩子。不过家庭的功能更恒定,扮演亲属的人每天更换。所以你明白了吧,这里就是一个整体,只有一个整体,整体是不会受到影响的。父母、孩子、医生、护士的数量都不变,生活的轨迹也不变。我们国家这个有机体一直稳定地度过了数百年,没有丝毫变化,比岩石还要坚固,它之所以稳定,完全是因为我们的方法得当,一劳永逸地解决了个体存在极为短暂的问题。所以我才说我们达到了最高等级的社会可替换性。你会亲眼看到的,过了午夜你再找我,我会以全新的形态出现……"

"这么做的目的是什么呢?"我问,"一个人不可能学会所有职业技能吧? 一个人真的可以既当园丁又当法官、律师,既当父亲又当母亲吗?"

对方笑着回答:"很多职业我都做不好。毕竟不管如何努力,那个职业你也只能做一天。再说,在其他任何传统形式的社会里,绝大多数人工作的水平也只是普通而已,但社会机器也没有因此停止运转。一个二流的园丁会毁了你的花园,一个二流统治者会给整个国家带来灾祸,因为他们有足够的时间去把事情搞砸,但是在潘塔星,他们没这么多时间。而且,在一个普通社会里,除了不胜任职业的问题之外,个人野心也会产生消极甚至是毁灭性的影响,你可以感觉到。嫉妒、傲慢、自私、虚荣、渴望权力——这些情绪腐蚀了社会生活。在潘塔星就不存在如此邪恶的影响。事实上,我们这里根本不存在对于职业生涯的野心,任何人都不会被个人成就所诱惑,因为根本没有个人成就这样的东西。我在今日的职业中获得的进步,明日不可能带给我任何利益,因为明日我就成了别人,明日的我是今日的我完全不认识的人。午夜交换角色是基于一种整体性的抽奖程序,我们任何人都控制不了。现在你明白这个系统的睿智之处了吧?"

"你们自己的感受呢?"我问,"人真的喜欢每天都扮演不一样的角色吗? 亲子关系又该怎么办?"

"正式来说,我们确实有一个难题,"他回答,"那就是,很可能某人在当父亲的时候生下孩子,因为一个女人有可能在分娩当天恰好承担父亲的角色。不过自从法律规定父亲可以生孩子之后,这个问题也迎刃而解了。至于说感受嘛,我们满足了两大需求。这两个需求看起来是相互排斥的,但却又是每一个智慧生物都有的,那就是保持稳定的需求和变化的需求。如果长期经历持续的焦虑和失去所爱的恐惧,激情、尊敬、爱情都会被消磨殆尽。而我们则克服了这一难题。不管我们遭遇何种变故、灾祸、苦难,我们都永远有父亲、母亲、配偶、孩子。有些一成不变的东西很快就会被埋葬,不管它们曾带给我们何种快乐或悲伤。但我们也获得了稳定,我们希望从人生的悲剧和变化无常中解脱。我们想要生活,不要转瞬即逝的时光,想要变化,但同时也要保持原状,想体验一切,但不冒任何风险。这些矛盾之处,看似不可调和,但是被我们变成了现实。我们消除了社会阶层之间的对抗,我们每一个人——每一天——都可能当上国王,这里没有人生轨迹,任何人都没有所谓的活动范围。

"现在我要说明一下你将面临的最高刑是什么,也就是潘塔星人所能面临的最大不幸:从整体性抽奖程序中开除,只能忍受作为一个个体的刻板命运。身份认同——如果想用残酷无情且永久的负担压垮一个人，就给他自我。你还有问题想问我的话就快一点，因为就快到午夜了，我马上就要离开了。"

"你们怎么怎么应对死亡?"我问。

我的辩护人皱起的眉头和微笑的脸凑近了我，仿佛不太理解这个词。最后他说："死亡? 这是个陈腐的概念。没有个人就没有死亡。我们不会死。"

"这也太荒谬了，你自己也不信!"我大声说，"所有生物都必须死，你也一样!"

"我? 谁是我?"他微笑着打断了我的话。

一阵沉默。

"你，你自己!"

"我又是谁? 在这个角色以外，我自己又是谁? 一个名字? 我没有名字。一张脸? 感谢基因技术，我们从数百年前起就全都长得一样了。一个角色? 角色在午夜时分就会换。那还剩什么呢? 什么都没有了。想想吧，死亡是什么? 是损失，是不可挽回的悲剧。一个人死了，他失去了谁呢? 他自己吗? 不，一旦死去，他就不再存在，一个不存在的人没有什么可失去的。死是生的一部分——是亲近之人的损失。

"但是我们从未损失过亲近之人。我已经解释过了，这里的每一个家庭都是永远存在的。对我们来说，死亡是对一个角色的限制,法律禁止这样。我必须走了。再见,不请自来的外星人!"

眼见辩护人起身,我赶紧大喊:"等等! 你们之间总会存在一些差别——肯定有才对,就算你们像双胞胎一样相似,也会有不同。你们肯定有老人,那些……"

"不。我们不计算某一个人扮演角色的数量。我们也不记录天文年。我们谁都不知道人会活多长,角色是没有年龄的。我的时间到了。"

他说完就走了,留下我一个人。片刻后,门开了,我的辩护人又出现了。他同样穿着天蓝色的制服,上面有金色的闪电,他是2级陆地人,那微笑也一模一样。

"来自外星的被告人,由我为你服务。"他说。在我看来这声音我此前未听到过。

"啊,你们确实有不变的东西,那就是辩护人角色!"我喊道。

"你搞错了,这只是对外星人的说法。我们不允许有人将自己藏在角色之中,密谋着从内部摧毁我们的体系。"

"你熟悉法律吗?"我问。

"我有法律书。对了,你的审判将在后天举行。辩护人角色会为你辩护……"

"我不需要辩护。"

"你想为自己辩护?"

"不。我希望被判有罪。"

"你太鲁莽了，"律师微笑着说，"记住，你不是一群个体中的一个个体，而是置身于比行星间空间更加荒芜的荒凉之地……"

"你们听说过欧大人吗?"我也不知道这个问题是怎么从脑海中冒出来的，总之就问了。

"听说过。正是欧大人创造了我们这个社会。这个社会是他的杰作——模拟永恒。"

我们的对话就此结束。三天后，我上了法庭，被判有罪，判处个人身份认同。我被送回太空港，然后我就迅速起飞，返回了地球。我想我绝对不再渴望会见那位宇宙的恩人了。

第十四次航行

19. Ⅷ.①我把飞船拿去修理。上次我离太阳太近了,外层装饰都剥落了。店里的经理建议我涂成绿色。也许行吧,但是我也拿不准。我花了一早上的时间整理各种东西。我那条最好看的嘎贡腰带长满了蛾子,我在上头放了好些卫生球。下午,我在塔朗托加那里,我们一起唱火星歌曲。我问他借了布里扎写的《和斯夸姆兽、八足波库尔共度两年》,然后一口气读到天亮——真的太精彩了。

20. Ⅷ.我同意涂绿色。经理又让我买个电子脑。他有一个存货,保存状态还挺好,功能也强大。他说如今离了电子脑简直寸步难行,顶多只能去趟月球。但我还没确定,毕竟是一大笔花费。整个下午我都在看布里扎的书——真是停不下来啊。仔细想想,我从来没见过一个斯夸姆兽。

---

① 此标识为日期,Ⅷ为8月,下文 Ⅹ 为10月,依此类推。

21. Ⅷ.我大清早就到了修船厂。经理给我看了那个电子脑。确实很漂亮,笑话存储器至少可以维持五年,应该能够解决太空航行无聊的问题。经理说:"你一路上都能笑个不停。"要是这一个笑话存储器用完了,只需要再换一个就行。我要求把船舱涂红。至于那个电子脑——我还要再想想。今日读布里扎直至午夜。为什么我自己不去狩猎呢?

22. Ⅷ.我最终还是买了那个电子脑,并且把它安在墙上。经理又给我推荐了些东西,包括一个加热垫和一个枕头。真是想把我掏空啊!但是他说我能省一大笔钱。关键在于,在某行星上降落之前,你必须首先穿过宇宙空间。有了电子脑,就可以把飞船留在太空里,让它像人造卫星一样围着行星旋转,然后只需要徒步走完剩下的路程,如此就不必多付哪怕一分额外的执勤费。电子脑会估算飞行期间的天文数据,等你要再次登上飞船时它就会给出坐标。我读完了布里扎,并下定决心要去恩特罗皮亚。

23. Ⅷ.从维修店取回了飞船。看起来很漂亮,只不过船舱不太协调。我又重新刷了一遍,就好多了。又从塔朗托加那里借了《宇宙大百科》的E卷,复印了有关恩特罗皮亚的内容。如下:

恩特罗皮亚,小牛星座双星系统(红和蓝)的第六颗行星。陆地占8成,海洋占2成,有167座活火山,1处托戈(见词条[托戈])。这里一天20小时,气候温暖,适合生命存在,但巨异期除外(见词条[巨异期])。

居民:

a)主要种族——阿德利特,智慧生物,多聚合透明螅,非二轴对称体和皮层臂生物③,硅概念种,多聚真亚兽属,辉光科。和所有多聚真亚兽一样,阿德利特有周期性自由分裂现象。他们形成球形家庭。政府系统:大民主ⅡB型,于340年前引入,赎罪特拉兹姆(见词条[特拉兹姆]),工业高度发达,主要生产餐具。主要出口商品:磷光柄状体,等离子体核心,数十种不同的,有棱纹的也有鞣制的。首都:乌比都布,人口1 400 000。工业中心:豪普尔、德鲁尔、阿尔巴格拉。文化特色:因阿德利特消除了所有文明遗迹,所以有偏向蘑菇的倾向,真菌化(见词条[蘑菇人])。近年来,斯库卢浦在社会文化生活中扮演了越来越重要的角色(见词条[斯库卢浦])。信仰:主流宗教是大蒙吉教。根据大蒙吉教的教义,世界是由多个蒙吉以原初乌尔德的身份创造的,从原初乌尔德中产生了太阳和行星,恩特罗皮亚是最先出现的。阿德利特鎏金的神庙是固定式的,可拆卸。除了大蒙吉教外还有其他活跃教派,最主要的是屯托尔顿教派。只有恩福斯信仰屯托尔顿教派(见词条[恩福斯]),有些教派就连恩福斯都不信。艺术:芭蕾(旋转)、广播歌剧、斯库卢浦艺术、史前戏剧。建筑:总体来说都有巨异期应对巨异期系统——充气泵、大管花,大圆斑。橡胶塔,最高130层。建筑方面,卫星上的建筑物通常是卵形的。

b)动物,硅基动物群很丰富,主要种类有:斯勒布、单一树模兽、格伦乔、斯夸姆兽、呜咽兽、八足波库尔。在巨异期内,法律禁止狩猎斯夸姆兽和八足波库尔。对人类来说这些动物是不能吃的,但部分斯夸姆兽例外(只有扎弗区域的斯夸姆兽能食用,见词条[扎弗])。水生动物:是食品工业的主要原材料。主要种类有:狱火鱼、钟头、斑鳍、光头极鱼。在恩特罗皮亚,托戈是独一无二的,无论动物种群还是植物种群都很独特。在我们这个银河系,唯一能与之类比的就是木星上的灌木生态系统。恩特罗皮亚的一切生物进化都被限制在托戈的查尔基克拉迪范围之内——塔朗托加教授对此进行过研究。从大规模发展的角度来说,无论陆地还是海上,残留的托戈都有可能很快消失。根据关于保护行星遗迹的法规(《银河法典》,2507版,第32卷,4670页),托戈已被划定为公园,严防夜间偷猎行为。

大部分内容我都能看懂,但是"斯库卢浦""特拉兹姆"和"巨异期"这些词我却不明白。不幸的是,这套百科全书目前出版的最新一卷才到"豆煮玉米",也就是说书中根本没有关于特拉兹姆和巨异期的内容。但是我去塔朗托加家里查了一下"斯库卢浦"的内容。书上是这么说的:

斯库卢浦——阿德利特文明和恩特罗皮亚行星的一种特征,在他们的文化生活中占据重要地位(见词条[斯库卢浦文化])。

然后我又去看"斯库卢浦文化":

斯库卢浦文化——斯库卢浦性质的行为,接受了斯库卢浦文化的状态,斯库卢浦艺术的产物(详见[斯库卢浦艺术])。

我又去看"斯库卢浦艺术",书上是这样说的:

斯库卢浦艺术——阿德利特和恩特罗皮亚星的一项活动或一
种状态(见词条[斯库卢浦])。

这就陷入死循环了,没法继续查下去了。不过我宁死也不肯在
塔朗托加教授面前承认自己无知,可是除了他也没有人能帮我了。
不管怎么说,事已至此——我决定去一趟恩特罗皮亚。三天后我就
出发了。

28.Ⅷ.吃过午餐,下午两点出发。因为有了新电子脑,我就没
带书。去月球的路上它一直在讲各种奇闻逸事,我笑个不停。然后
吃了晚饭,睡了。

29.Ⅷ.我大概是在经过月球阴影时着凉了,一直流鼻涕,于是
吃了两片阿司匹林。三艘冥王星来的货船正处于我的航线上,对方
机师发电报让我闪开。我问他拉的是什么货,心想说不定是什么稀
奇古怪的东西,可是货物只是普通酸牛奶而已。后来又遇到一架从
火星来的航班,里头塞满了人。我从窗户看出去,看到那些人一层
层躺着,跟沙丁鱼似的。我们互相挥舞手帕,不过他们迅速飞远
了。后来,我听笑话一直听到晚餐时间。我笑个不停,但是鼻涕也
流个不停。

30.Ⅷ.加快速度。电子脑运行顺利。我身体两侧开始疼痛,于
是就把电子脑关了几个小时,在被窝里躺了一会儿。感觉好多了。

两点过的时候我收到了来自地球1896年波波夫的无线电信号。我已经离它很远了。

31. Ⅷ.太阳已经快看不见了。午餐前绕飞船走了一圈,帮助血液循环。听笑话一直听到晚上。大部分都是老笑话。修理店的经理似乎让电子脑看了不少过期的笑话杂志,然后在最后加了一点新笑话。我把土豆扔在反应堆上之后就忘了,结果它们全烧焦了。

32. Ⅷ.由于速度时间变慢,现在虽然应该是十月了,但其实还停留在八月。外面有什么东西闪过。我觉得是银河吧,但其实不是,是我的涂料剥落了。该死,便宜没好货! 前面就有一个维修站。我不确定要不要去一趟。

33. Ⅷ.仍是八月。午餐后我进了维修站。它建在一个很小很荒凉的行星上。房子看起来像是被荒废了,周围没一个活物。我拿上桶出去,看他们有没有涂料。正走着的时候我听见喘气的声音,于是循声而去,原来屋子后面有几个蒸汽机器人正站在一起说话。我走过去。

其中一个说:"显然云是蒸汽机器人死后的精神体。要我说,真正基本的问题是,先有蒸汽还是先有机器人? 我认为先有蒸汽!"

"喊,无耻的理想主义者!"另一个十分不屑。

我想问他们要点涂料,可是他们不停发出嘶嘶声和口哨声,吵得我没法思考。于是我往意见箱里丢了个投诉便条就继续上路了。

34. Ⅷ.八月永无止境。整个上午都在洗飞船,无聊极了。爬回飞船里头又试了一下电子脑。结果根本不好笑,反而一直在打呵欠,我都怕我的下巴失控了。右舷方向出现一颗小行星。经过的时候我发现一些白点。透过双筒望远镜我发现那些是公告牌,上面写着"不可探身"。电子脑坏了——它不抖包袱了。

1.X.没燃料了,只能停在思卓格隆。在减速期间,动量让我跳过了九月,进入了十月。

太空港非常拥挤。我把飞船留在太空,只带了燃料罐下去,这样就避免缴费。一开始,在电子脑的帮助下,我计算了我的椭圆轨道坐标。一小时后我加满了燃料回来,却找不到飞船了。我只能去找。想到万一要徒步走四千英里我就吓得发抖。显然是电子脑犯错误了,我回去了之后一定要去找那个维修店经理算账。

2.X.我速度太快了,星星都变成了光束,仿佛有人在一间黑屋子里点了一百万支烟挥舞着。电子脑说话都结巴了。更糟糕的是,它的开关坏了关不上,就只能不停地说啊说。

3.X.电子脑没用了,我心想,它现在全是在胡说。我已经习惯了,尽可能整天坐在外面,但是脚还是要放在飞船里头,因为我的脚冷得要命。

7.X.十一点半到达恩特罗皮亚航站楼。飞船因剧烈减速变得红热。我停在人造卫星的上层(那里是他们的入境处),然后走进去办手续。螺旋形的大厅入口处挤得不得了,来自银河系各个角落的人走着、飘着、跳着,在柜台之间来回穿梭。我排在一个淡蓝色的阿尔戈里人身后,他很友好地打手势提醒我不要离他的臀部放电器官太近。我身后又来了个年轻的土星人,穿了一身米黄色的克邦服。他用三个芽肢拿着行李,第四个芽肢摸着额头。这里头实在很热。轮到我的时候,一个透明得像玻璃一样的阿德利特办事员仔仔细细打量了我一番,稍微变绿了点(阿德利特用变换颜色来表达情绪,绿色代表微笑),他问:"脊椎动物?"

"是的。"

"两栖类?"

"不,陆生……"

"谢谢,好的。杂食?"

"是的。"

"请问是从哪颗行星来的?"

"地球。"

"请到下一个窗口。"

我又去了下一个窗口,往里一看,还是同一个办事员——准确来说是他的延续体。他正在翻一本很大的书。"啊,找到了!"他说,"地球……是的,很好。您是来工作还是来旅游的?"

"旅游。"

"现在,请您……"他说着用一根触须填了一张表,另一根触须递给我一张需要签字的表格,"这里会发生一次巨异期,一星期之内开始。因此请您去116号房间,那里有备用品,会有人帮助您。然后去67号房间,那里有药物出售。他们会给您欧福禄舒快片,每三小时吃一片,可以中和我们星球辐射对您内脏的伤害……您停留在恩特罗皮亚期间要被点亮吗?"

"不用了,谢谢。"

"随您所愿。拿上您的文件。我想您是哺乳动物吧?"

"是的。"

"好的,那么,哺乳快乐!"

我离开了这位讲礼貌的办事员。按他的指示,我去了他们制造备用品的地方。一个卵形屋子出现了,一眼看去似乎没有人。有几台电子设备矗立着,天花板上有一盏水晶灯不断闪耀。其实那个灯就是个阿德利特,是一位正在工作的技术员,他迅速从天花板上爬下来。我坐在椅子上,他一边跟我说话转移我的注意力,一边测量我。然后他说:"谢谢您,先生。我们将把您的芽孢转移到我们星球上的所有孵卵处。如果巨异期期间您遇到任何意外,确保休息……我们会离开带备用品来!"

我不明白他说的到底是什么意思,但是在经历很多次旅行之后,我学会了要谨言慎行,让当地人给外星人解释本地风俗习惯是最容易惹人生气的了。在售药处,又要排队,不过队列前进得很快,我还没排多久,就有一个穿着彩陶外套的台灯状女性阿德利特敏捷地把片剂氪递给我。然后简单地办完手续(我不信任那个电子脑),我拿着签证回到飞船上。

卫星后面就是太空高速公路,保养得很好,两边都是大块的广告牌。每个字母都间隔了好几千英里,但是按照正常速度行驶的话,词语就都凑到一起了,读起来就像印在报纸上一样顺畅。我饶有兴趣地读了一会儿,比如说"猎人们!拿上迈尔枪打大猎物!",还有"温暖你的心窝,炫彩八足波库尔!"等等。

晚上七点我到达乌比都布太空港。蓝色的太阳刚刚落下。红色的太阳还高挂在空中,周围一切似乎都被火焰笼罩——真是奇特的景象。一架银河巡逻机威严地停在我的飞船旁边,在它的翅膀下面正上演着一出感人的重聚场景。分别了好几个月的阿德利特互相拥抱欢呼,然后这些父母和孩子们轻轻地扣在一起,在阳光下形成闪耀着粉色光芒的球形,准备离开。我跟在这些温馨滚动的家庭后面,在太空港前方就是莫利车站,我也去等车。这个交通工具顶上装饰着金色文字,写的是"劳斯大犬,狩猎好助手!",整个看起来像瑞士奶酪,成年人坐在里头的大洞里,小孩就坐在小洞里。我一坐上去,车就开了。在那个封闭的透明交通工具里,上面、下面、周围目之所及全是一模一样半透明、五颜六色的乘客轮廓。我想在兜里找旅游手册,趁现在正好熟悉一下当地情况,但是却失望地发现,我手里那本星际旅行手册留在三百万光年之外了。那本旅游手册忘在家里了。我真是太蠢了!

没办法,我只能去了著名的银河太空旅游局的乌比都布分部。那边的导购非常礼貌,我问的时候他立刻停下莫利车,用触须指着一座很大的建筑,然后礼貌地变换着颜色目送我离开。

我站了一会儿,城市落日时分的美丽景象让我十分高兴。红色的太阳刚沉入地平线以下。阿德利特不使用人工照明,他们自己会发亮。我所在的那条莫洛尔林荫大道满是闪闪发光的行人,一个路过的年轻阿德利特女性轻佻地发出金色条状光亮,很快她发现我是个外星人,又谨慎地变暗了。本地居民下班回家,远近的房子都亮起光芒,寺庙深处祈祷的众人熠熠生辉,孩子们沿着楼梯上下奔跑,好像跳跃的彩虹。这一切太引人入胜,是如此色彩斑斓,我都不想走了,但是我必须走,得在天黑银河太空旅游局关闭之前离开。

在旅游局大厅里,他们带我去了第二十三层,落后地区部门。没错,这是个悲哀的事实:我们的地球处在宇宙的偏远地带,是荒凉无知的地方!

我见到的那位旅游服务部秘书非常尴尬地说,银河太空旅游局没有为地球人准备的旅游指南或者观光手册,因为一百年也没有一个地球人来恩特罗皮亚。她给了我一本木星游客用的手册,地球和木星来的人都能通用。我接过手册——毕竟也没其他能用的了——然后要求在宇宙大酒店留个房间。我还通过银河旅游局预订了打猎活动,然后我就进城了。由于我本身不能发光,因此就格外尴尬。在十字路口的时候我遇到了一个正在指挥交通的阿德利特,我停下来借着他的光翻看旅游指南。跟我预料的一样,指南里写的都是在什么地方有甲烷供应,出席官方宴会时如何打理自己的触须等等。所以我笑了一声，把它扔进垃圾桶，然后招呼了个出租车请他带我去橡胶塔方向。这些宏伟的茶杯状建筑物从远处看起来闪耀着各色光芒，而其中都是专注于家庭生活的阿德利特；在办公大楼里，官员们闪亮的项链非常好看。

与那个路人分别之后，我又走了一会儿。我路过粮食局，橡胶塔高高矗立在广场上，两个重要官员走出来——他们闪耀着明亮的光芒，周身都是红色的光彩，一看就是大人物。他们站在不远处，我听见了他们的谈话：

"边框那边被抹掉了吗？"高个子、全身戴满徽章的人说。

另一个听到这个之后变亮了一些，回答道："是的。主管说我们达不到定额，都是格鲁德鲁夫的错。主管说，这事一点用也没有，他必须要改变。"

"格鲁德鲁夫？"

"格鲁德鲁夫。"

第一个说话的暗了下去，只有他的徽章还在继续闪烁着环形的彩虹色光芒，他压低了声音说："他会出溜，那混蛋。"

"他会拼了命出溜。必须维持纲纪。我们多年来一直转化这些男孩可不是为了制造更多斯库卢浦！"

我觉得很好奇，就不自觉地朝他们走去，他们悄悄走开了。真是有意思，这次偶遇之后，"斯库卢浦"这个词出现的频率似乎越来越高了。我在街上走着，越发觉得应该融入都市夜生活，而周围散步的人群也常常说起这个神秘的词,有时候是低声说,有时候是大声喊出来,你可以在降价促销的球形广告牌上看见,还能看见提醒缺少斯库卢浦的警示牌,霓虹灯装饰的广告牌上也鼓励大家购买最新型的斯库卢浦文化产品。我实在想不出这个词是什么意思,到最后,午夜时分,当我坐在百货公司八楼的酒吧里守着一杯冷斯夸姆兽奶,一个阿德利特女歌手开始唱一首流行歌曲,名为《我的那个小斯库卢浦》,我好奇到了极点,就问侍者我能不能买一个斯库卢浦。

"街对面。"他接过我的钱机械地回答。然后他严肃地看了我一眼,变淡了些问道,"你一个人吗?"

"是啊。有什么问题?"

"没事。对不起,我没有零钱。"

我没要零钱就乘电梯下去了。是的,就在我正对面有个很大的斯库卢浦告示牌,于是我推开玻璃门发现里头是个商店,不过时间太晚已经没人了。我装作若无其事的样子去了柜台,说要买个斯库卢浦。

售货员从他栖息的位置上走过来问:"哪个斯库卢浦?"

"哪个啊……我想想……就是普通的。"我回答。

"你说的普通是什么意思?"他惊讶地问道,"我们只出售有授权的斯库卢浦……"

"好,就要一个。"

"你的证件呢?"

"啊,对哦,嗯,我没带……"

那个售货员盯着我说:"你没带妻子来,怎么能买斯库卢浦呢?"他慢慢变暗了。

我想也不想就回答:"我没结婚。"

"你——没——结婚?"他倒吸一口气惊恐地盯着我,"你——你想要一个斯库卢浦,却没有结婚?"

那个售货员全身发抖。我赶紧离开商店,中途拦住一个闲停的出租车,急吼吼地问最热闹的夜间娱乐场所在哪里。对方说是弥尔金德拉格。我就去了,那里的乐队刚好停止演奏。屋里有三百多个人。我找了个空地,推开人群,这时忽然有人叫我的名字,遇到了熟人我很高兴,对方是个旅行商人,曾经和我在奥特洛皮亚见过一面。他和他的妻子女儿栖息在一起。我向两位女士做了自我介绍,说了些俏皮话逗这位已经很愉快的朋友开心。他们不时亮起来,随着轻快的舞蹈音乐滚过舞厅地板。商人的妻子再三邀请,我终于提起兴致加入,我们抱成一团,四个人一起随着狂野的曼波瑞那音乐一起滚来滚去。说实话,我被撞得很疼,但还是笑着忍了,假装自己很享受。回到我们的桌边时,我把这位熟人拉到一旁,问他斯库卢浦是什么。

"你说什么?"他没听清楚。我又问了一次,并且说我想要个斯库卢浦。显然我说得太大声了——周围的好多人都转头阴沉地看着我,我那位阿德利特朋友警告似的甩了甩触须。

"蒂奇先生,蒙吉虽然博爱——但你孤身一人啊!"

"是又怎么样?"我不耐烦地打断他,"为什么这样我就不能有斯库卢浦?"

周围一阵不快的沉默。这位朋友的妻子晕倒在地,他赶紧跑过去扶她,近旁的阿德利特朝我滚过来,他们的颜色显得很不友好,与此同时三个侍者出现,他们揪住我的后颈把我扔到了街上。

我真是气极了,于是招呼一个出租车回到酒店。那天晚上我一直没合眼,内心气愤又煎熬,到黎明时分我发现酒店工作人员给了我石棉垫子。这点旅游局没说,大概是习惯了有客人把自己的垫子烧个精光。头一天各种不愉快的巧合在这个明亮的早晨都显得不重要了。我兴致高昂地见到了银河旅游局的人,他们十点钟来的,出租车里装满了陷阱、罐子之类的狩猎用品,还带了整套探险武器。

车子全速穿过乌比都布市区的街道,我的向导问:"之前狩猎过斯夸姆兽吗?"

"没有。请你教教我……"我微笑着回答。

根据我多年在银河系内狩猎大型猎物的经验,此时不能表现得太激动。

向导礼貌地回答:"我很乐意。"

他是个瘦长的阿德利特,像玻璃一样没有丝毫阴影,他穿着一件海蓝色的衣服——我在这颗行星上从未见过这样的服装。我跟他说了一下,他说这是狩猎服装,在打猎时必不可少。我觉得这种衣服材质很特殊——简单来说这是一件喷涂的衣服,舒适实用,最重要的是它能完全消除阿德利特那种天生的闪光,这样就不会吓跑斯夸姆兽了。

导游从提包里掏出一本小册子让我看看,我至今还留着。那上面写的是:

《外星人狩猎斯夸姆兽指南》

斯夸姆兽作为一种猎物需求量很大,无论作为个人成就还是成就猎人的名誉,它都很重要。在进化过程中,这种动物为了适应流星雨而发展出了极其坚固的外皮,所以只能从内部狩猎斯夸姆兽。

想要狩猎斯夸姆兽,必须做到以下几点:

A)准备阶段——基础药膏、蘑菇酱、细香葱、盐、胡椒。

B)实行阶段—— 一柄扫帚、一个定时炸弹。

Ⅰ.现场准备。狩猎斯夸姆兽要用到诱饵。猎人要事先涂抹基础药膏,蹲伏在托戈丛里,然后同伴要在他身上撒下切好的细香葱进行调味。

Ⅱ.到这一步,就只需静待斯夸姆兽。等猎物靠近,猎手必须保持冷静,定时炸弹要牢牢地夹在膝盖之间。一头饥饿的斯夸姆兽会立刻吞食。如果斯夸姆兽犹豫了,猎手应该轻声弹舌头引诱它。要是猎物想走开的话,可以多加一点盐,但这么做危险很大,因为斯夸姆兽可能打喷嚏。很少有猎手能经受住斯夸姆兽的喷嚏。

Ⅲ.斯夸姆兽吃了诱饵的话就会舔着嘴唇离开。被吞下之后,猎手就要立刻行动,比如用扫帚扫掉身上的细香葱和调料,然后药膏就会发挥净化作用,此时猎手应设置好定时炸弹,沿来时的路线迅速撤退。

Ⅳ. 在离开的时候,猎手一定要小心地四肢落地,不要伤到自己。警告:不可使用刺激性香料。禁止事先设定定时炸弹,也不能提前撒好细香葱。这种行为是非法狩猎,而且违反了法律。

在猎场边缘,我们遇到了看守人瓦尔,他和家人在一起,在阳光下闪耀着水晶般的光芒。他非常友好非常热情地邀请我们一起吃点小点心。我们在他漂亮的庄园里度过了好几个小时,听他讲了斯夸姆兽的生活习性,还有他和儿子们的狩猎回忆。突然一个上气不接下气的巡逻员跑过来说,助猎手惊动了一些斯夸姆兽,它们现在跑进树丛里了。

看守人解释说:"斯夸姆兽必须先被赶一会儿,这样才能让它们觉得饥饿,容易捕猎!"

我涂上药膏,带上炸弹和香料,在向导和瓦尔的陪同下出发。我们进入托戈区域。小径很快消失在密林里。路越来越难走,我们不时能看到斯夸姆兽的痕迹,都是二十英尺宽的凹坑。我们不停地往前走。忽然地面颤动起来,向导停下脚步,触须无声地晃动着。有雷声传来,仿佛巨大的风暴正在地平线上集结。

"听见了吗?"向导低声说。

"是斯夸姆兽?"

"对。斯夸姆兽幼崽。"

我们非常小心地缓慢前进。方才的轰鸣消失了,托戈区域内再次安静下来。最终我们穿过矮树丛,来到开阔地。在空地边缘,我的同伴找到一个合适的地点,然后给我撒上调料,确保我拿稳了扫帚和定时炸弹,然后大家蹑手蹑脚地离开了,我耐心等着。周围一片寂静,除了八足波库尔的低鸣以外,没有任何声响,我的腿渐渐麻了。突然间,地面再次颤动起来。我看到远处有东西在动——空地远处的树木摇晃着倒了下去,给巨兽让路。这一个很大,不错。斯夸姆兽此时朝空地上看了看,踩着一些倒下的树木往前走。它威严地左右摇摆,朝我这里径直走来,同时发出喧嚣的呼吸声。我双手抓着那个双耳罐形状的炸弹平静地等着。斯夸姆兽在距我一百五十英尺远处停下,舔了舔嘴唇。透过它透明的内脏,我清楚地看到一位猎手的残骸,命运没有对那个人微笑。

斯夸姆兽似乎思考了一会儿。我担心它会走开,但它还是走上前尝了尝我。我听见吸溜吸溜的声音,接着脚下一空。

"放倒它!"我心想。那个斯夸姆兽体内还是一点儿也没有变暗。我把身上的调料扫掉,我举起那个沉重的定时炸弹,正要设置时间,忽然有人"咳咳"了一声。我抬头一看,惊讶地发现自己面前站着一个陌生的阿德利特,那人也在设置炸弹。我们互相盯着彼此呆了一会儿。

"你在这里干什么?"我问。

"狩猎斯夸姆兽。"他回答。

"我也是,"我说,"不过你先去吧,你先来的。"

"胡说,"他回答,"你是客人。"

"其实不用。"我表示反对,"我留着炸弹下次用吧。别让我妨碍了你。"

"这话我可不爱听,"他回答,"你是我们的客人。"

"我首先是个猎人。"

"而我,作为主人,决不允许你因为我而放弃这头斯夸姆兽!快点,药膏发挥作用了!"

事实上那头斯夸姆兽变得紧张起来,它沉重的喘息声传到我们这里,声音好像几十个火车头同时鸣响。我可能永远也说服不了阿德利特,于是我设定好了炸弹,等待新伙伴离开,他却坚持我先走。接下来我们很快离开了斯夸姆兽。从两层楼那么高的地方掉下来,我稍微扭到了脚。那头斯夸姆兽显然放松了些,它又朝树丛方向走去,以惊人的力量撞倒树木。突然间传来猛烈的爆炸声,接着就是一片寂静。

"干得好,老兄!恭喜你!"那位猎人喊道,他大力握住我的手。此时猎场看守和我的向导也来了。

天黑了,我们赶紧回去了。猎场看守保证说他会把那头斯夸姆兽做成填制标本,赶上下一班货船送回地球。

5.XI. 四天都没写日记了,我太忙了。每天早晨,和宇宙文化合作委员会(CCCC)、博物馆、展览、广播节目等等地方的人见面,下午游览,官方接待,演说。我很疲倦。CCCC负责和我对接的代表说昨天我们该准备好应对巨异期,但是我忘了问他巨异期到底是什么。我该去见普克教授,一位著名的阿德利特科学家,但是不知道是什么时候见面。

6. XI. 在酒店,一大早被吓人的声响吵醒了。我从床上跳下来,看到一团巨大的烟雾从城市上空升起来。我打电话问前台是发生什么了。

"没什么,"接待回答,"没什么可担心的,先生。只不过是一个巨异期。"

"一个巨异期?"

"是的,一个巨异期,流星雨,每十个月就有一次。"

"太可怕了!"我喊道,"我是不是该找个地方躲避?"

"不用,任何地方都挡不住流星雨。但是说真的先生,你有备用品,所有市民都有备用品,不用害怕。"

我问:"你说有备用品是什么意思?"可是她已经挂断了。我赶紧穿好衣服跑到城里。城里交通很正常,行人各忙各的事情,大人物们佩戴着色彩斑斓的徽章赶往办公室,孩子们在公园里玩,一边闪着光一边唱歌。片刻后,爆炸的景象消失了,只是还能隐约听见远处不断的轰鸣。一个巨异期,我心想,很显然不是什么恐怖严肃的现象,谁都不在乎。所以我按照计划去了动物园。

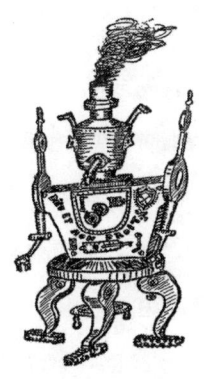

一位老式的蒸汽机器人 (路易斯 XIX)

　　主管是个瘦长且神经质的阿德利特,很帅气地闪着光,他带我四处参观。乌比都布动物园经营得很好。主管自豪地告诉我,这里有来自银河最偏远处的动物,包括地球生物。我深受感动,要求去看看。

　　"不幸的是,你现在还不行。"他见我很疑惑地看着他,于是又补充道,"现在是它们的休眠期。我们在驯化方面遇到了很大的麻烦,你知道吗,我曾经担心它们一个都活不下来,但是幸好我们的专家研究出的维生素供给技术圆满解决了这个难题。"

　　"是啊……但是它们究竟是何种动物?"

　　"苍蝇。对了,你喜欢斯夸姆兽吗?"

　　他很奇怪地仔细盯了我一眼,于是我尽可能以非常热诚的语气回答:

　　"哦,我真是爱死它们了——它们真是无与伦比的生物!"

他笑起来。

"好,我们看看吧。但首先,请允许我离开片刻。"

随后他带着一捆绳子回来,然后领我来到斯夸姆兽的围栏旁,那围栏约有三百英尺高。开了门之后,他让我先进去。

"你不用担心,"他说,"我的斯夸姆兽非常温顺。"

我置身于一片人工托戈田里,周围有六七头斯夸姆兽在看我,它们确实是非常完美的样本,每一头约有三公顷①宽。最大的那头听到向导的叫声,朝我们举起尾巴。向导爬了上去,示意我也跟他上去——于是我照办了。等我爬到很陡峭的地方,他就扔下绳子,让我绑在自己身上。绑好了之后,我们又爬了两个多小时。到了斯夸姆兽头顶,向导一言不发地坐下,显然是很感动的样子。我也没说话,希望尊重他的情绪。过了一会儿他才开口:"这上面风景真美啊,不是吗?"

的确很美,整个乌比都比,所有的塔尖、寺庙、橡胶塔都在我们脚下,沿着街道行走的人好像蚂蚁。

"你很喜欢斯夸姆兽。"我轻声说。导游轻轻抚摸着斯夸姆兽的头顶。

"我爱它们,"他说完看着我,"毕竟,斯夸姆兽是我们文明的摇篮。"沉思了一会儿,他又补充道,"曾经,几千年前,这里没有城市,没有奢华的房子,没有科技,没有备用品……在那样的日子里,这些

---

① 地积单位,1公顷等于1万平方米,合15市亩。

温和、巨大的造物照顾着我们,保护我们安全地度过艰难的巨异期。要是没有斯夸姆兽,没有一个阿德利特能够活着看到现在的幸福时光。但是,看看现在,它们是如何被狩猎,被摧毁,被赶尽杀绝的! 这简直就是残忍的行为,是忘恩负义!"

我一句话也不敢说。他平静了好一会儿,继续说道:"对那些以恶还善的狩猎者们,我实在是深恶痛绝! 我想,你肯定已经看到过那些标识了吧,那些介绍狩猎冒险的标识?"

"是的。"

主管的话让我对自己感到羞耻,想到我最近所犯下的罪孽,我瑟瑟发抖了起来。毕竟,我可是真的用自己的双手狩猎了一只斯夸姆兽啊! 为了让主管的注意从这个稍显棘手的话题上转移开来,我问他:"你们真的欠它们那么多吗? 我都没有意识到……"

"什么? 没有意识到? 斯夸姆兽可是用它们的腹腔保护了我们整整两万年! 我们的先辈们在它们体内生存,在它们强大外壳的保护下躲过致命的流星雨,才得以成为现如今这副具有智慧、在暗夜里闪耀的美丽样子。而你却说没有意识到?"

"我是个外星人……"我喃喃道,暗暗发誓永永远远不再向斯夸姆兽哪怕举起一只手。

"哦,确实……"主管回复了一句,不再听我说话,而是站起身说道,"不好意思,我们得回去了,我还有工作要做呢……"

离开动物园后我乘坐出租车去了银河旅游局,他们应该给我预留了几张下午场演出的票。

市中心又传来雷鸣般的爆炸声,声音越来越大,爆炸频率似乎也越来越高。屋顶上腾起一股股黑烟,还闪耀着火光。但是行人谁都不在乎,所以我也没说什么。出租车停在旅游局门口。值班的工作人员问我喜不喜欢动物园。

"喜欢,很不错,"我说,"但是……天啊!"

整个旅游局都震了一下。透过窗户可以清楚地看到路对面的两座办公楼在陨石冲击下垮塌,我耳朵都快聋了,只能紧靠着墙。

"没事,"办事员说,"你很快就会习惯了。这是你的票——"

他还没说完,又一道闪光,什么地方被撞了,到处都是灰尘,等稍微平静下来之后,面前跟我说话的人已经不见了,地板上只留下一个大洞。我目瞪口呆地站在那里。没过一分钟,就有几个穿着连体服的阿德利特来补好了那个洞,并推上来一个手推车,车上装了一个大包袱。包袱解开之后,我看到原来里头是刚才那位办事员,他手里还拿着我的票。他解开身上的包装,爬回自己的位置上说:"你的票。我说过没关系的嘛。以防万一,我们每个人都有复制品。你对我们的冷静态度感到奇怪?嗯,这种情况已经持续了三万多年,我们早就习惯了。如果你需要吃午餐,旅游局餐厅开放。就在楼下左手边。"

"不,谢谢了。我——我不饿。"我说话时膝盖还发软,但还是离开旅游局,回到爆炸巨响接连不断的城市里去了。突然间,我气愤起来。

"地球人才不退缩!"我这样想着,随后看了一下时间,请司机去剧场。

路上一颗流星砸烂了出租车,我又上了另一辆。昨日还是剧场的地方今天只剩一堆冒着烟的废墟。

售票员站在路上,我上前问:"我的票钱会退吗?"

"当然不会。演出会按时开始。"

"按时开始?但是刚才不是有一颗流星……"

"还有二十分钟呢。"售票员指着自己的手表说。

"是啊,可是……"

"请你不要挡在售票处好吗?我们还要买票!"我身后的队伍里有人喊起来。我耸耸肩让开。与此同时两台大机器铲起废墟装车运走。几分钟后那片地就被清理干净了。

"这是要进行露天演出吗?"我问旁边一个等着的人。他正用场刊给自己扇风。

"怎么可能!一切都会照常进行。"他回答。

我气愤地咬咬嘴,心想他肯定是在嘲笑我。此时一个巨大的箱体被放在空地上,里头喷出一种樱桃红色的东西,渐渐形成一个大块,一些人往这个冒着蒸汽的泥状大块里插入管子,把空气灌进去。那块东西变成了泡泡,速度飞快地扩张。片刻后,一座一模一样的剧场复制品就出现了,只不过还很软,风一吹就晃。但是又过了五分钟,新建筑就完全固化了,此时恰好又一颗流星砸烂了部分天花板。于是他们又吹了一个新天花板,接着就打开门,观众们蜂拥而入。我坐在自己的位置上,觉得座位还有点热。也就这点迹象表明刚才发生过大灾祸了。我问旁边的人重建剧院用的是什么材料,对方说是阿德利特有名的强力胶。

演出开始后只过了一分钟。随着"咣——"的一声,屋子里暗了下去,仿佛一个炉子里塞满了行将熄灭的煤炭,演员们则个个熠熠生辉。演出的剧目充满象征性,是个历史剧,说实话我没看懂,因为其中很多内容是以颜色变化来表达的。第一幕发生在神庙里,一群年轻的阿德利特女性为一个蒙吉雕像戴上花冠,歌唱着关于订婚的内容。

突然间一个琥珀色的大祭司出现,赶走了众位少女,只有最美丽的一个留了下来,她像泉水一样清澈。大祭司把她锁在雕像内。被囚禁的时候,她独自唱歌召唤她心爱的人,那个人飞奔而来消灭大祭司。此时又一颗流星把屋顶砸得粉碎,部分布景和那个美丽的少女也被砸了,但是他们立即从提词设备的箱子里拿出了备用品,行动之娴熟敏捷,要是恰好咳嗽一声或者眨个眼睛的话,你根本就察觉不到换东西了。消灭了大祭司,这对有情人决定组建家庭。大祭司被推下悬崖,这一幕就结束了。

幕间休息之后,大幕再次开启,我看到一个完美的球形丈夫、妻子和后代,他们前后摇晃。一个仆人进来通报说有个陌生的好心人送给这对新人一束斯库卢浦。接着一个巨大的车子被推到舞台上，我屏息凝气地看着箱子打开。就在盖子被打开的时候，有个东西重重地撞在我的前额上，我晕过去了。等我清醒过来的时候，发现自己还在原处。而舞台上已经没有了斯库卢浦的影子，被消灭了的那个大祭司在到处转圈，喷出非常可怕的诅咒，把那些孩子和他们的父母都烧死了。我摸摸自己的头——没有包。

"我怎么了?"我小声问旁边一位女士。

"什么? 哦，一颗流星砸到你了，不过相信我，你没有任何损失，刚才的二重唱糟透了。当然有一点不太体面，他们得跑去旅游局取你的备用品。"那位漂亮的阿德利特女士回答。

"什么备用品?"我突然有些呆滞。

"什么? 当然是你的啊……"

"那我在哪里?"

"哪里? 当然是在剧院啊。你还好吗?"

"那我就是备用品?"

"当然了啊。"

"那之前坐在这里的那个我去哪里了呢?"

前排的人对我们"嘘!"了一声，于是我邻座也不说话了。我低声说:"拜托你，请告诉我，那个……你知道我的意思吧……那个在哪里?"

"安静点! 别说话! 我们要看戏剧呢!"四面八方的观众都开始

嘘我们。我后面那位气得变成了橙色，甚至去叫了引座员。我半死不活地逃出剧场，随便叫了一辆出租车回到酒店，对着镜子仔仔细细检查了自己。看起来没有任何变化，我放松了一点，但是凑近了仔细看，我有了一个令人惊恐的发现。我的衬衣穿反了，扣子也都扣错了——显然给我穿衣服的人完全不知道地球的穿衣方法。最吓人的是，我从袜子里倒出了一些包装的碎屑——显然都是慌乱中留在里头的。我气都快喘不过来了，这时候电话响了。

"我已经打第四次电话了，"CCCC的秘书说，"普克教授今天想见你。"

"谁？普克教授？"我努力打起精神，"好。什么时间？"

"在你方便的时候吧。可以的话，最好是现在。"

"我这就去！"我突然决定了，"还有……请准备好我的返程票！"

"你要离开了？"CCCC的秘书惊讶地问。

"是的，我必须走了。我不是我自己了！"我说完砰的一声把话筒挂了回去。

我换了衣服下楼。最近的事情极大地影响了我，我刚一坐进出租车，一颗流星就把酒店砸得粉碎，而我连眼皮都没抖一下，冷静地把普克教授的地址交给司机。教授住在郊区，银色的小山上。距离他的房子还有一段路我就让司机停下，最后几个小时能散散步，放松一下紧张的神经，我觉得很不错。在路上走着的时候，我发现一个弓腰驼背的阿德利特老人慢慢地推着一个盖着盖布的手推车。

他礼貌地跟我打了个招呼,我也点头致意。我们一起走了片刻。走到街道拐弯处,前方出现一片树篱,那里就是教授的家了,一股烟雾正从另一边飘向天空。那位阿德利特老人在我旁边慢慢走着,忽然,从手推车的盖布下面我听见有人说话:

"到了吗?"

"还没有。"推车的人回答。

我很惊讶,但也没说什么。来到树篱旁,我停下脚步,那团烟雾正是从原本教授的房子所在地腾起来的。推车的人见我这样,点了点头。

"对,一小时十五分钟前,一颗流星落下来了。"

"不!!"我惊恐地喊道,"太可怕了!"

"橡胶混筑工马上就到。"推车的人说,"这里是郊区,你要理解,他们总是来得慢,我们这些人都得等。"

手推车里头那个窸窸窣窣的声音又问:"到了吗?"

"还没有。"推车的人转头对我说:"你能把门打开吗?"

我开了门,问道:"你也是来找教授……?"

"对,送备用品。"推车人说着掀开推车上的盖布。我屏住呼吸,看了看那个包得严严实实的大型包装。包装纸撕开一角,一只活生生的眼睛露出来。

"啊……你来了……是来找我的……"包装里头那个老年人的声音嘶哑地说,"跟你一起……一起……请在瞭望台上等我……"

"好,我……好……"我只能这么回答。推车的人继续推着包裹往前走,我转身,跳过篱笆,以最快的速度朝着太空港飞奔。一小时后我已经置身于太空中,在群星间仓皇逃跑了。我希望普克教授不要为这事记恨我。

第二十次航行

　　我刚从毕星团返航不到一天就发生了这件事，一大片非常密集的星体凑在一起，那里的文明甚至都没法转身。行李箱还没整理完一半(箱子里装满了各种标本)，我就累得胳膊都要断了。我决定把行李放在地窖里晚点再处理，然后去休息了一会儿。返程花了很长很长的时间，现在我只想坐在壁炉边的雕花扶手椅里，伸开腿，手揣在那件旧吸烟装外套的口袋里，对自己说，除了炉子上煮着牛奶以外没有任何需要操心的事情。经过四年那样的旅行，你真的会厌倦宇宙，至少是暂时地厌倦。我这样想着走到窗边——外面不是漆黑的空虚，也不是嘶嘶作响的飞船，而是街道、花床、绿化带、对银河一无所知只晓得在树下小便的狗子，这一切是多么令人愉快啊！

　　但是，这类美梦的结局通常都不是那么回事。我注意到起先从飞船上拿下来的包裹有一面撞得凹进去了，我怕里头千辛万苦收集来的珍贵标本损坏，于是立刻打开包裹。里面的宾吉特都还好，但是姆普思底部撞坏了，我不能让它们就这样放着，接下来的几个小时，我忙着把最大的那些板条箱一一撬开，又把行李箱打开，把分提克放在暖气片上晾干——因为这些被保温杯的茶浸湿了，不过我看到填充标本的时候才真是惊呆了。这些都是我十分引以为豪的收藏品，返航途中我一心想着要把它们放好，因为它们真的很稀有，是雷古鲁斯军事主义化的产物（雷古鲁斯文明全民皆征召入伍，那里一个平民都没有）。根据陶吞汉姆的记载，标本剥制术在雷古鲁斯不只是"爱好"，而是介于宗教习俗和体育运动之间的东西。陶吞汉姆没有描述他们剥制标本是基于什么立场。总之在雷古鲁斯，标本剥制术是一种象征性的行为，陶吞汉姆的记载很令人好奇，而他提的那些夸张的问题只能说明他十分无知。夫妇之间的剥制标本是一方面，学校的剥制又是另一方面——还有度假的剥制标本、约会剥制标本等等。但是我现在管不了那么多。我把这些雷古鲁斯的藏品搬上楼的时候被一个盘子绊倒了，虽然还有很多工作要做，但是我撞了头也没办法做事。我把齐姆珀挂在地下室的晾衣绳上，然后去厨房弄晚饭。现在只管去吃面包、午休、享受生活吧，我决定了。但铺天盖地的回忆还是如同风暴过境的巨浪一样冲过来。打蛋的时候我一直看着灶上面蓝色的火焰——炉灶是没什么奇怪的，但是它很像仙英座新星。屋里的窗帘——白得好像我曾经用来覆盖核反应堆的石棉片，当时……不，够了！——我对自己说。赶紧决定想吃什么蛋,煎蛋还是炒蛋?我决定做单面煎蛋,此时房子摇起来。蛋还是生的,就掉在地上了。我来到楼梯旁,忽然听见一阵拖长声音的低鸣,仿佛是雪崩一样。我丢下长柄煎锅跑上楼。是屋顶塌了吗?陨石砸下来了?这些都不可能啊!这种事情从来没有发生过!

唯一一间还没有被我塞满杂物的屋子就是我的书房,噪声就是从书房里传来的。屋里我所见的第一件东西就是倾斜的书柜,下面堆了一堆书。在我那堆厚厚的宇宙百科全书下面趴着一个人,他跪在书上,仿佛还嫌屋里不够乱似的。我还没说话,他就从身后掏出一根金属棍子,握着手柄拿好——这东西好像一个没有轮子的自行车。我咳嗽了一声,那位不速之客依然趴在地上,全然不在意我。我又大声咳嗽了一下,不过那人侧脸看起来似乎很熟悉,他站起来之后我总算认出来,他就是我本人。没错,一模一样,就像照镜子一样。我之前也有过这种经历,那次发生了一连串的事情,但当时意外是在一连串的引力旋涡中发生的,而不是在我这平静又祥和的家里!

他心不在焉地看了我一眼,然后又专心捣鼓自己的东西。看上去他仿佛已经控制了眼前的局势,特别是他好像完全不打算说话,最终我没耐心了。

"这是想干什么?"我尽可能平静地问。

"稍等……我一会儿就解释。"他低声说着站起来,把那根管子似的东西从台灯上牵过去,又把灯罩搬开一点让光线充足,接着他抬手扶着灯罩调整了一下(这家伙,他知道灯罩会掉下来,所以肯定是我本人),接着他的手指头戳了几个按钮,似乎非常困惑。

"你至少要道歉!"我越发不耐烦了。他微笑起来,把自己那个工具放到一旁,靠在墙上。然后坐在我的扶手椅上,打开桌子正中的抽屉,把我最喜欢的烟斗拿出来,然后驾轻就熟地找到了装烟丝的袋子。

我真是受够了。

"到底是怎么了!"我说。

他伸手示意我坐下。我忍不住观察了一下这灾祸现场——两幅大型宇宙星图的边框碎了!但我还是拉过来一张椅子转动两根大拇指等着。我给他五分钟时间道歉解释,如果我不满意的话,那还有别的解决办法。

"好了!"那位不速之客说,"你是个聪明人! 你想要怎么处理这些事? 我今天受到的任何伤将来你也会有!"

我没说话,只是在思考。如果他真的是我,那就是说我不知怎么的又陷入了时间循环。(但是说到底这次又是怎么回事呢? 而且为什么这种事情老是找上我?)如果是这样,那他当然可以用我的烟斗,用我的房子也没问题。但是为什么他会来呢,为什么会撞倒书柜呢?

"我不是故意的。"他透过烟雾一边说一边查看自己的鞋尖——

鞋子很时髦。他跷起腿，一只脚前后晃着。"纪年循环系统趁我刹车的时候把我扔过来了。我飞进来的时间不是八点半，而是八点半过二分之一秒。如果他们把目标设得更准些，我就可以直接进入屋子正中间了。"

"我不明白（完完全全不明白）。首先，你会心灵感应吗？你怎么能回答我脑子里想的问题呢？第二，如果你真的是我本人，是从别的时间来的，跟地点又有什么关系？你为什么要弄坏我的书？！"

"如果你停下来仔细想想就全都能明白了。我时间比你晚，所以我肯定记得自己想了些什么，也就是知道你想了些什么，因为我就是未来的你。至于说时间地点，毕竟，地球是在转动的！我只经过了百分之一秒，说不定还更少，在这么短的时间内跟着屋子一起移动了十三英尺。我跟罗森贝瑟尔说，降落在花园里最好，但是他让我瞄准这里。"

"好吧，就算是这真的，这些事情有什么意义？"

"显然我正要告诉你。但是我们还是先吃晚餐吧，这事情说来话长，但是又特别重要。我是带着一个重大历史任务来找你的。"

我居然信了他。我们下楼做了晚餐，话虽如此，我也就只是开了一个沙丁鱼罐头（冰箱里还有几个蛋）。我们一直站在厨房里，因为我不想再看书柜，省得生气。他不想洗碗，但是我让他摸着良心想想，他最终还是去洗了。然后我们坐在桌边，他严肃地看着我说：

"我是从2661年来的，想让你做一件事，这件事从前没有任何人听说过，今后也不会有。是这样，现世研究所委员会想让我——也就是你——当赛欧西皮（THEOHIPPIP）项目的董事长。赛欧西皮是'终极时间传动工程超级计算机化优化病理实行项目太空计划'[①]的简称。我相信你一定会接受这个重要职位，因为它对人类种族和整个历史来说都有巨大的责任，我知道我——也就是你——是个积极又诚实的人。"

"你得先告诉我一些更具体的事情——我不了解的是，他们为什么不直接派个代表过来，却非要让你来——让我自己来。你之前是如何——我之前是如何——加入的？"

"那件事我最后说。先说正事，你肯定还记得莫尔特理斯吧，这个倒霉鬼发明了一种手动的时间旅行设备，他虽然希望能推广这东西，结果却因为在起飞时瞬间衰老，悲惨地死了。我没说错吧？"

我点头。

"还有很多类似的尝试。每次新技术都会在关键阶段引起人员死亡。莫尔特理斯发明了多用途时间旅行单人无护盾小车。你知道在中世纪的时候有个农民背着翅膀去爬教堂尖顶然后摔死了，莫尔特理斯的做法跟这个农夫一模一样。在二十三世纪——从你的立场来看是二十三世纪——出现了时钟车、历法轿车和同步速可达，但是真正的时间移动技术革命还要过三百年才会发生，要感谢

　　[①] 原文为 Teleotelechronistic-Historical Engineering to Optimize the Hyperputerized Implementation of Paleological Programming and Interplanetary Planning，缩写为上文的 THEOHIPPIP（赛欧西皮）。

那些人——我不会提他们的名字,你会亲自见到他们的。短距离的时间旅行是一回事,跨越千年的旅行又是另一回事了。其中的差异就好比去市区走走和去太空航行一样大。我来自时间行动–时间移动–时间传动时代。关于时间旅行的歪理谬论已经堆积成山了,以前关于宇宙航行的胡说八道也一样多——你也知道,有些人明明是富商,却非要当科学家,于是就跑到哪个角落里东拼西凑一个飞船出来,其中有两个人带着他们的女朋友去了银河系的尽头。时间行动技术和宇宙航行技术一样,都是热门投资项目,需要大量资金投入,支出也大,还需要各种计划……你到了之后,时机成熟就会明白了。好了,技术方面我说得够多了。重点在于技术背后的目的,我们费这么大的劲,不是为了让某人去吓唬法老或者去谋杀自己的曾曾祖父。地球的社会结构已经得到控制,气候也得到控制,在二十七世纪——也就是我来的那个世纪——所有的事情都非常好,好得不能更好了,但是历史对我们来说却依然是一大威胁。你知道那句话怎么说的吗?是时候了,干吧!"

"稍等一下,"我有些耳鸣了,"你不满意历史是吧?那又有什么用呢?反正是改不了的了。"

"别傻了。赛欧西皮最优先的计划就是改变历史。我已经跟你说了,它全名叫'终极时间传动工程超级计算机化优化病理实行项目太空计划'。世界历史会被完全控制,清理、整理、调整、完善,一切都基于博爱主义、理性主义和一般美学,变得非常和谐。你肯定能理解，比如要是家族里出了个杀人狂或者连环杀手，怎么还有脸去拜访重要的宇宙文明。"

"所以就修正过去？"我目瞪口呆。

"是的。必要的话，甚至在人类出现前就作出修正，这样人类也就变得更好了。必要的资金已经到位，但是项目董事长的职位还空着。所有人都被这个项目的风险吓退了。"

"没有自愿任职的吗？"我现在越发惊讶了。

"如今没那种事了，一大群混蛋个个都想统治世界的时代已经一去不复返了。没有资质，谁都不愿意去做困难的任务。所以那个职位一直空缺，时间紧迫啊！"

"我还是不懂。为什么选我，明明还有很多人？"

"有各种专家支持你工作。技术方面你不用操心，有很多不同的行动计划，建议、政策、方法也各不相同，真正需要的是仔细思索，给出负责任的决定。我——也就是你——正是做决定的人。我们的超级计算机测量了古往今来每一个人的精神水平，得出结论我——你——是最适合这个项目的人。"

我呆了良久，说："我明白了，这是一份很严肃的工作。也许我可以接受这个职位，但是，也可能不接受。世界历史啊！我还要考虑一下。究竟为什么是我——也就是你——专程来找我？我真的从没有在时间里穿梭过啊，我昨天才从毕星团回来。"

"没错！"他打断了我，"你是较早前的我！你接受这份工作之后,我会给你时间循环器,你就可以去任何你该去的地方——时间,准确地说。"

"我没问这个。我想知道你为什么会跑到二十七世纪去。"

"我乘时间机器去的,还有别的办法吗?然后我又从那里跑到现在来找你了。"

"道理是这样没错,但是如果我不乘时间机器去任何地方,那你,也就是我……"

时间循环器

"别傻了。我比你时间晚,你不可能知道自己离开二十七世纪后,到了现在会遇到些什么事情。"

"你在回避问题!"我低声说,"看,如果我接受你的提议,我就会直接去二十七世纪了,对不对?那么我就会领导这个'赛欧西皮'之类的东西。但是你从哪里来——"

"我们可以这样说一整夜!说个没完。看,是这样的。问罗森贝瑟尔,让他给你解释吧。他才是时间方面的权威,我不是。再说吧,这个问题是很难把握的,时间循环总是这样,任何事情都比不上我的任务——你的任务,真的。我们所说的可是历史任务啊！你怎么说？同意吗？这个时间循环器肯定能行。没有任何损坏,我检查过了。"

"时间循环器什么的无所谓。我不可能就这样去。"

"你必须去！这是你的责任！必须去！"

"唉哎！这些事情不能跟我说,你还是省省吧！你知道我不喜欢。我确信当前情况适合我的话,我就会去的。罗森贝瑟尔是谁?"

"是ITS的研究主任。他将是你的首席助手。"

"ITS是什么?"

"现世研究机构。"

"我拒绝会怎么样呢?"

"你不能拒绝……你不会想拒绝的……不然就意味着你这个人没有勇气……"

他说这番话的时候似乎隐隐约约笑了一下。我就很怀疑了。

"真的吗。为什么?"

"因为……我没法解释。这件事跟时间的结构有关。"

"胡说。如果我不同意,我就哪里都不去,这位罗森贝瑟尔什么都不用解释,我也不去调整历史。"

我说这些争取到了一些时间,因为人不可能随便听个消息就做出如此重大的决定。另一个原因是:目前我什么都不知道,不知道他——也就是我——为什么要跑来找我,我有种奇怪的感觉,总觉得这里头有些阴谋诡计。

"四十八小时后我给你答复!"我说。

他催促我赶紧决定,不过他越催我就越怀疑。最终我开始怀疑他到底是不是我了。毕竟他很可能是某个特工假扮的!很快我想到了,我应该测试他一下。要想一个除了我自己以外旁人绝对不知道的事情。

"为什么我的《星际旅行日记》航行编号是不连贯的?"我大声地向他提问。

"哈哈哈!"他笑了,"现在你还是不相信我?老哥,这个原因是,有些旅行是去太空,有些是时间旅行,因此永远不可能有第一次航行,你随时都可以回到第一次之前,然后重新出发,这样一来第一次就会变成第二次,如此反复,永无止境!"

这是对的。不过确实有一些人知道这件事——不过他们都是我很信任的朋友,是塔朗托加教授的蒂奇学俱乐部的人,然后我又要求看他的身份证明。他的文件很齐全,但也不能证明任何事情,文件很容易伪造。然后他又唱了我独自长途旅行时候喜欢唱的歌,我的怀疑减少了很多。不过我注意到,在唱副歌"流星啊,流星!"这句的时候,他严重地跑调了。我指出这点,他很不高兴,说我才唱跑调了,他唱对了。本来到目前为止我们的谈话还很和平很讲道理,结果现在大吵起来,最终我简直气疯了,命令他离开房间。我这只是气话,并不是真心的,但是他还是默默起身上楼了,然后架起自己的时间循环器,像骑自行车一样坐上去,然后动了几个东西,接着眨眼之间他就消失在云雾中,准确来说是一片烟,像烟斗里喷出来的一样。这片烟很快也消失了——只剩下各种书乱七八糟堆着。我像个傻瓜似的站着,这种发展方向我可没料到,在他准备离开的时候,我都还没打算让步呢。我认真想了一会儿,转身去了厨房,因为我们说了三个多小时,我觉得又饿了。冰箱里还有几个蛋和一块培根,我打开煤气准备煎蛋,这时候二楼突然又发出巨大的撞击声。

我惊讶极了,鸡蛋又飞出去浪费掉了,培根和油之类的全部着了火——我咒骂着天上地下一切东西,三步并作两步冲上楼。

书架上一本书都不剩了,所有的书在地上堆成一堆,底下爬出来一个人,费劲巴拉地拖着时间循环器,因为他掉在循环器上面了。

"这又是什么意思?!"我气得大喊。

"等一下……我马上解释……"他嘟哝着把时间循环器举过台灯,仔仔细细检查了一番。都第二次闯进来了,他连个理由都懒得找。真的太过分了。

"你至少要道个歉!"我站在我自己身边喊道。

他笑了笑,把时间循环器放在一边,其实也就是靠在墙上,然后找到烟斗装满我的烟草,点燃之后盘起腿,烟斗里渐渐冒出红光。

"太无耻了!"我尖叫起来。到目前为止我都没有让步,不过我发誓,等会儿定要把他揍得鼻青脸肿。居然敢在我家对我恶作剧!

"得了吧。"他说着打了个呵欠。显然他毫不愧疚,而且还把我剩下的几本书都扔到地上去了!

"不是故意的,"他看了看周围,喷了口烟雾,"时间循环器又跑偏了……"

"你为什么回来?"

"我必须回来。"

"必须?"

"亲爱的我自己,我们是在一个时间循环中。"他平静地说,"目前我要催促你接受董事长的职务。如果你拒绝,我就走,然后过些时候再回来,然后再重新开始……"

"不可能! 我们陷入一段闭环的时间里了?"

"没错。"

"我不相信! 如果这些都是真的,我们所说的话就会和上次一模一样,一字不差,连标点都一样,可是你我现在说的跟第一次完全不同!"

"关于时间旅行有很多胡说八道的传闻,"他说,"你说的这种尤其荒谬。在时间循环中,每件事都是以同样顺序发生的,但是并不完全一样,因为时间的闭环就和空间的闭环一样,自由行动不受限制,只是行动范围有所缩小。如果你接受这个职位并且出发前往2661年,时间闭环就会成为开放循环。要是你拒绝,我就会再次被踢出去,然后再回来……你知道结果会是什么样!"

"就是说我别无选择?!"我气急了,"对了,从一开始我就觉得这事有蹊跷! 滚出去! 别让我看见!"

"别傻了,"他冷冷地回应,"今后会发生什么完全取决于你今日的表现,准确来说,罗森贝瑟尔的人关闭了这个循环——锁死了——我们两人被关在里头了,你不同意去当董事长,我们就会一直被困在这里头!"

"职位,哼!"我大声说,"我把你直接打晕会怎么样?"

"那等时候到了你也会被打。反正是你的选择——拒绝这个职位,我们这辈子就这样耗下去……"

"居然是这样! 那我就把你锁进地窖,然后自己高兴去哪里就去哪里!"

"不可能,只会是我把你锁起来,因为我更强壮!"

"哦?"

"你要知道,2661年的食物比现在——这里的食物——有营养得多,我一分钟就能把你放倒了。"

"我们等着看……"我大喊一声从椅子上起身。他没让步,说:"我懂毛柔道。"

"那又是什么?"

"2661年的一种特别厉害的柔道。我一招就能制服你。"

我彻底被激怒了,不过过往的人生经验告诉我,不管多么激动也一定要控制住。而且,我跟他——跟我自己——谈论了这么多,我得出一个结论,这件事情其实是无解的。再说,这个未来的历史任务和我的观点相符,也符合我的性格。但是我很不喜欢被强迫,不过我知道我要对付的不是他——他只是个卒子——我要对付他所代表的那些人。

他教我使用时间循环器,还给了我几个指示器,于是我坐上座位,正要叫他收拾房间,叫木匠来修书架,但是已经没时间了,他已经启动了。接着,他、台灯的光,还有整个房间全都消失了,仿佛是被吹走了。我骑着的那个机器有根金属棍子,后面有个宽口的漏斗状排气口,它摇晃着,不时剧烈跳几下,我不得不竭尽全力握住把手免得掉下来,周围什么都看不见,只觉得似乎有人在用钢丝刷搓我的脸和全身。这感觉就像是我过于莽撞地冲进了时间里。我踩下刹车,接着一些阴影的形状从旋转的黑暗中冒出来。

周围有一大片建筑,有些鼓起来,有些细长,我从其中飞过,就像从栅栏中穿过的风。每次从建筑之间穿过就好像会撞墙一样,我下意识地闭上眼睛,继续加速——也就是时间加速。有几次机器抖得太厉害了,我觉得头疼且牙齿打颤。有一刻,我感觉到某种变化,很难描述,就好像进入某种黏稠的糖浆状介质中,如同正在硬化的胶水,我意识到我正在穿过一片屏障,而这屏障有可能成为我的坟墓,我和时间循环器都会被困在这水泥里,就像被困在琥珀里的昆虫一样。但是我又往前一冲,时间循环器抖了几下,我停在某种伸缩性良好的东西上,它缩回去晃了几下。机器从下面飞了出去,我眼前一片白光,只好闭上眼睛,什么都看不见。

我再次睁开眼睛时,周围一阵嗡嗡嗡的声音。我躺在一大片发泡塑料的圆盘中间,周围画着同心圆,仿佛是个靶子。时间循环器翻倒在不远处,周围站了很多人,足有好几十个,他们都穿着闪亮的连体服。一个中间秃顶的矮胖子来到这个圆盘上,把我扶起来,大力握着我的手说:

"很高兴你着陆了!我是罗森贝瑟尔。"

"蒂奇。"我机械地回答,同时看了周围。我们站在一个大厅里,这个大厅几乎和城市一样大,没有窗户,天蓝色的天花板高悬在头顶,地上铺着一排排圆盘,就像我落下来时候的那个一样,有些圆盘空着,有些挤满了忙碌的人。我不否认,我想狠狠地讽刺罗森贝瑟尔和其他人,是他们制造这个时瞬网把我从家里硬拖过来,但是我什么都没说,因为我突然发现了这个大厅究竟像什么。这地方好像一个巨大的好莱坞摄影棚!三个穿盔甲的人排成一列走过,第一个人头盔上插着一片孔雀尾羽,拿着一面镀金圆形盾牌,一群实验室助手似的人帮他调整胸口上的宝石奖章,还有一个医生正在他没穿盔甲的前臂上进行注射,其他人迅速帮他系紧胸甲的带子,有人给他一把双手剑,还有一件装饰着狮鹫纹章的大斗篷。另外两个人穿着简单的盔甲,大概是随从吧,他们坐在位于靶心的时间循环器的座位上,扩音器里传来一个响亮的声音:"全体注意……二十,十九,十八……"

"这是什么?"我十分不解。在这个时候,大概三十英尺开外的地方,一列包着白头巾的苦行僧也在排队接受注射,还有个技术员正和苦行僧之一争论,因为这位时间旅行者在斗篷里藏了一把手枪被技术员发现了;周围还有脸上涂着油彩的印第安人战士挥舞着战斧,一群实验室助手忙着整理他们的羽毛头饰;一个系白围裙的服务员推着木头小车走过来,车上坐着一个脏得吓人的乞丐,穿着破烂衣服而且没有腿,服务员把他送到另一个圆盘上,那个严重残疾的人真是像极了勃鲁盖尔画中的人物。

"零!"扬声器倒数结束。三个穿盔甲的人骑着时间循环器消失在微弱的闪光中,只留下一团白色的雾气,很像镁燃烧后留下的气体,我已经习惯这个现象了。

"这些是我们的民意测验人员,"罗森贝瑟尔说,"他们研究不同世纪的民意,就是你能想到的所有数据,并进行严格的信息筛选,目前为止还没有进入矫正阶段,我们正在等你!"

他示意我先走,自己跟在后面,我听见各种倒数的声音,到处都是闪光,到处都是白色烟雾,无数探险小队出发,接着又有新成员进来,这里完全就像是在一个巨大的摄影棚里面拍摄某个耗资巨大的历史电影。我很快意识到他们不允许携带任何会引发时代错乱的物品到过去,但是民意测验员们总是想方设法夹带私货,也不知道是居心不良还是为了自身安全。我心想,好吧,必须杜绝这种现象,必须要改变现状。不过我嘴上只是问:"收集信息需要花费多长时间？那些骑士和苦行僧什么时候回来？"

"我们会按日程安排的。"罗森贝瑟尔带着满意的微笑说，"那三个是昨天进来的。"

我没说话，心想要适应时间变化的社会生活真不容易。本来我们是要坐实验室的电动车去行政办公楼，结果车坏了，于是罗森贝瑟尔叫几个民意测验员把骆驼让出来——那些人是贝都因人——我们就这样凑合着前往目的地。

我的办公室非常大，装修是现代风格，换句话说就是透明的——说透明其实太保守了，因为就连椅子都是隐形的，我能找到书桌完全是因为桌上堆了些文件，显示出桌面所在的位置。当我伏案工作的时候，就能看见我自己穿着条纹长裤的腿，这种场合看到条纹很难集中精力，所以我不得不给所有的家具都刷上油漆，让它们看起来不那么透明。结果涂了漆我才发现那些桌子椅子真是奇形怪状，算了，它们反正也不是为了观看而被设计出来的，最终所有的家具都换成了二十三世纪下半叶的老古董——我总算觉得好多了。现在提到这么些琐事可能有点超前了，但这些事确实能让人看出整个项目的进展节奏相当缓慢。如果日常只需要操心室内装潢的话，那我作为项目负责人的日子就很舒心了。

我所负责的这个项目里相关的事务足以编成一部百科全书。所以我就尽可能简单地描述一下这个工作的几个主要阶段。整个组织结构是对称的。我手下的是TICK（时间干涉和历法动力学部)①,有量子场分部和瞬时离差分部。此外还有历史部门,该部门包括人类分部和非人类分部。技术人员的主管是罗伯·波斯克维茨博士,帕特·拉多教授主管历史创造者。除了这些人,我自己还管理一支临时的团队,成员是历史突击队员和历史空降兵(时间跳伞员),另外还有应对君主被废黜紧急状态的部队和监视小队。这些待命人员有点像消防部门,随时准备应对意料之外的危险状况,这些人的简称是MOIRA(机动调查营救辅助部门)②。我到那里的时候,那些技术员、现世研究员都准备好开始大规模时间传动了,而人类事务部门的各位专家(由哈里斯·S.都德尔教授助理主管)负责计算上百个EDENS(教育心理印痕)③。在非人类研究部门(由球体工程师阿巴迪尔·谷迪主管)起草了改良太阳系的备份意见书,也就是说,包括地球在内的所有行星,也包括生物进化进程、人类起源等等都要改良。上述所有都是我的下属,不过稍后我就很想一个一个摆脱他们,在我的印象中,他们分别和项目中各个不同的危机有关。再过上一段时间我就得一一应对这些危机,让人类种族知道眼下的窘境究竟是谁害的。

一开始我满怀希望。在时间传动和时间观测排列中完成如此紧迫的任务,又掌握着这么多行政方面的复杂事务(任命权、劳务部

---

① TICK 为"the Time Interfero metry and Calendrical Kinetics Division"的缩写。此部分缩写词本身具有意义,为作者莱姆藏于文本中的文字游戏。此处保留英文,供读者赏玩,后同。

② MOIRA 为"Mobile Inspection and Rescue Auxiliaries"的缩写。

③ EDENS 为"Educational Engrams"的缩写。

门等等),在此期间,我和首席会计师(尤斯塔斯·C.利迪)发生过冲突,最终我明白了我接手的这个任务有多艰巨。二十七世纪的科学给我提供了控制时间的各种技术,但还不够,因为有数百个修复历史的计划等我签字。每个计划背后都有一群享誉世界的重量级专家——而我却要从多得吓人的计划中选出可行的!因为到目前为止谁都没能达成一致,也不知道究竟要从哪里着手,甚至不知道该调整到何种程度。

我们计划的第一阶段看起来特别乐观,我们决定不接触人类历史,只是对人类历史之前的每个时期、时代、纪元进行修理,这个伟大计划主要是打算给整个星球脱硫——当然还有其他行动——由此矫正地球的中轴线,为未来在火星殖民创造合适的条件,月亮就可以作为装载平台或者移民飞船的停靠站点,这些计划都将在四十亿年后实现。我心里想着"昨天会更好",然后下令启动 GENESIS(编年历史标准化确立发生器)[①]。共有三个模组投入了这一计划——BREKEKE、KEX 和 KOAX。我已经想不起来这几个缩写到底代表什么意思。第一个和千瓦动能有关,第二个似乎是 K-介子激励或者基诺起源外部生物统计之类的东西。

结果超过了我们最坏的估计,设备全部坏了。不是慢慢停下来,而是随着正常时间流动同时停止,KOAX 爆炸点燃了火星,把它变成一片荒漠,海洋被蒸发殆尽,蒸汽进入太空,被烧焦的行星裂开

[①] GENESIS 为 "the Generators for the Establishment of Isochronalities" 的缩写。

大口,形成奇怪的沟槽网络,每一条直径都有几百英里宽。所以十九世纪才有很多关于火星运河的假说。我们不想让过去的人知道我们的活动,因为那样会给他们造成严重误解,我命令手下认真修复那些沟渠,工程师拉瓦彻1910年去修复了,后来宇航员发现沟渠不见了也没有太惊诧,他们认为那些都是前辈们因光学产生的错觉。KEX本来是要让金星变得肥沃,多亏有CUPID(早期差异性三轮时间单向极化器)①金星才没受到KOAX,但是那个FALSIES(自动防故障积分器)②却出现故障,整个金星笼罩在一片有毒气体中,那些气体都是因为历史代纪产生的。瓦登勒克工程师负责操作这些设备,我立即开除了他,但是研究委员会从中调停,我就让他完成实验的最后阶段。这一次发生的就不是小灾难了,而是一场宇宙级别的巨大灾难。由于BREKEKE设定成了和延续期间流动逆向而行,它渗入到了早于现在650亿年的时间里,非常接近太阳的位置,所以直接让太阳从一大片宇宙尘埃中分离出来,而宇宙尘埃在引力作用下不断旋转,从而诞生了各大行星。

瓦登勒克狡辩说,多亏了他才形成了太阳系,要不是那个时空嗅探器出了故障,行星根本就不会出现。后来的宇航员就觉得奇怪,什么星体能离太阳那么近,甚至能剥离出一些原行星物质,确实,星体相距这么近几乎是不可能的。我彻底把这个不靠谱的人开

---

① CUPID 为 "Cyclochronic Unidirectional Polarization of Inchoate Differen-tials" 的缩写。

② FALSIES 为 "the Fail—safe Integrators" 的缩写。

除了，不让他再当技术历史部门主管。就我看来，疏忽大意造成这些事件并不是本项目的目的。如果确实是达成了那些结果，我们也必须要通过更尽职尽责的工作来制造行星。不管怎么说，出了火星和金星的事情之后，TICK部门也没什么可吹嘘的了。

接下来的计划就是矫正地球的转动轴。这是为了让地球的气候更加统一，没有极地的寒冷也没有赤道的炎热。我们的目的完全是出于人道主义——更多的物种可以在生存竞争中活下来。然而这个计划的结果正是我们不希望看到的。工程师汉斯·雅各布·普罗茨里奇发射了一个很重的整流组件，让地球转动轴"颤抖"起来，结果造成了寒武纪的冰河时代。结果在第一个冰河时代之后，那群草率的现世学家不但没有小心行事，反而又间接造成了第二次冰河时代。因为普罗茨里奇看到自己造成的后果之后，没通知我就擅自启动了"修正"充能程序，导致时序错乱，进而在更新世形成了又一次冰河时代。

我还没来得及把他撤下来，这个不可救药的人紧接着又造成了第三次时空冲撞：因为地球还没有停止摇晃，所以磁极和转动轴不一致。其中一个"检阅校正"的时间碎片飞到了公元前一百万年前，落在我们现今所知的"亚利桑那州大火山口"的位置，幸好没人受伤，因为当时一个人都没有，只有沙漠被烧了。还有一块碎片落到了1908年——当地人把这次事故叫作"通古斯大爆炸"。唉，其实那不是陨石，只是那个粗制滥造的"优化程序"的碎片在时间中倾斜划过。我不顾旁人反对,把普罗茨里奇踢了出去,后来有人抓住他晚上偷偷溜进时序校正仪——因为他良心不安,感到抱歉,所以想修复自己造成的损失——我下令对他进行时间流放,这是惩罚。

后来我一时心软听了罗森贝瑟尔的建议,让迪扎德工程师去填补普罗茨里奇走后的空位,但后来我就后悔了。我不知道迪扎德是罗森贝瑟尔教授的小舅子。这一裙带关系很快就产生了后果,而我也很不明智地参与其中了。迪扎德发明了 REIN(辐射能量交换器)①,后来又有时间专家邦米兰德加以完善。他们是这样考虑的:大规模释放瞬时能量会引起时序错乱,那就不要以大规模爆炸的方式释放能量(比如毁灭火星那次),至少让能量变成纯粹的辐射形式。这个半吊子的主意让我十分痛苦(先不说他们是什么意图)。REIN 确实能够把动能转化为辐射,但问题在于,那些辐射在中生代中期杀死了所有恐龙,一个也不剩了,天知道还有多少别的生物死于非命。

邦米兰德辩称这是好事,因为这样做清扫了进化道路,从而让哺乳动物出现,接下来才有了人类。说得好像是事先决定好的事情一样!通过屠杀恐龙,他们剥夺了我们在起源方面的可操作性,然后还有脸四处吹嘘!迪扎德深表懊悔,还写了一份书面道歉,不过他却不是主动退位的。真实情况是,我对罗森贝瑟尔说,要是他小舅子还待在这个项目里,我就不进办公室。

① REIN 为"Radiant Energy Interchange"的缩写。

在这场灭顶之灾后，我召集所有工作人员，警告他们现在已经别无选择，必须采取严厉措施，防止危及过去。这可已经不是丢掉一份好工作的问题了。

他们跟我说，事故虽然无法避免，但却是可以理解的，毕竟这项技术是史无前例的，想想看在宇宙航行发展初期，有多少飞船在宇宙中分崩离析，我们的事业也正处于同样的阶段，其中的风险极大。研究委员会推荐了一位新的历史韵律专家，名叫莱尼·D.文奇教授。我像警告博斯科维茨一样警告他要用心对待下次实验，因为不管谁说情，我都绝不会对任何疏忽大意造成的事故手下留情了。

我给他们看了瓦登勒克、邦米兰德和迪扎德背着我写给研究委员会的笔记，其中满是矛盾，有时候他们抱怨客观条件不好，有时候又说自己犯错引发的结果是值得赞扬的。我跟他们俩说，我可不是有些人所说的无知门外汉。想知道来自太阳的物质被消耗掉了多少，只需要四则运算就能算出来——只是，外行星都是些不折不扣的垃圾场——不，其实是装满氨水的化粪池，一点儿用也没有。经我计算，火星和金星可以再试一次，以便改进整个太阳系。这个项目原本预计将月球改造成绿洲，未来疲惫的宇航员可以在此休息，同时也可以作为通往雅典娜的中转站。

你们没听说过雅典娜？我就知道。那颗行星原本是打算交给基士提耶、斯达巴克和阿斯特罗尼的团队进行改良。我们的项目可从未用过这样的废物，DUNDER（共时不确定性探测器与熵校准器)①不起作用，DUFF（时长力场）②坏掉了。而雅典娜呢，它原本还在地球和火星之间的轨道上运行，后来却碎成了九万多块碎片，被称为"小行星带"保存至今。至于说月亮，我们这些天才的优化计划把月球表面彻底破坏了，它居然还保持着完整状态真是个奇迹。这也是十九到二十世纪时期天文学上的一大著名谜题，天文学家们不明白那些环形山是从何来的。他们提出两个理论来解释—— 一说是火山口，一说是陨石坑。

真是胡说八道。所谓的"火山口"是由那个名叫基士提耶的技术员提出的，他负责管理DUFF，而"陨石坑"则是由阿斯特罗尼提出，就是他在三十亿年前就瞄准了雅典娜，并送它归西的。由于历史时序回弹，弹向各个方向，结果让金星的自转停止了，还让火星有了两颗轨道紊乱的假卫星，也就是这位专家弄出来的小零碎让月球表面变成了导弹试验场，雅典娜的碎片在此后十亿年的时间里不断落到月球上。后来我得知，时序追踪器上的一块碎片——那场爆炸持续了 2 950 000 000 年——落到了史前时代，而且径直落进了海里，在海床上砸出一个大洞，把亚特兰蒂斯弄沉了。这一连串灾难事件的罪魁祸首被我揪着耳朵扔了出去，我还采取行动惩罚了他们——这也是为了坚持我此前的决定。他们再怎么向委员会申诉也没用。

---

① DUNDER 为 "Diachronic Uncertainty Detector and Entropy Regulator" 的缩写。

② DUFF 为 "Durational Force Fields" 的缩写。

　　我把莱尼·D.文奇教授送到十六世纪，又把博斯科维茨打发去了十七世纪，这样他们就不会凑一起搞阴谋诡计了。所以你们已经知道了吧，列奥纳多·达·芬奇终其一生都在制造时间机器，但一直没能成功，被他称为"直升飞机"的那个东西还有其他各种机器，看起来都非常怪异，和他同时期的人都无法理解，因为那些都是为了逃脱时间流放的失败尝试。

　　我认为博斯科维茨表现得更加理智。这个人能力超群，思维敏锐，确实是个受过良好训练的机械师。在十七世纪，博斯科维茨是个非常睿智的思想家，不过被所有人无视了。他试图向大家传播理论物理知识，结果同时代的人根本听不懂他在说什么。为了让他在流放中过得轻松些，我送他去了拉古萨（杜布罗夫尼克旧城），因为我内心其实有点同情他，但是，不管研究委员会如何反对，引起事故的人必须受到惩罚。

　　结果项目的第一阶段以惨败收场——我完全拒绝考虑尝试GENESIS系列中接下来的内容。这里头已经投入太多，而且没有任何回报。从木星开始，到处都是一片荒芜，火星被烧成一片焦土，金星两次被毒药污染，月球被砸坏了（月球上所谓的"质量密集区"，也就是月球表面以下质量极高的区域，其实是DUNDER和DUFF锥头的众多碎片钻进地下，停留在了凝固的熔岩中），地球转轴倾斜，海底还有个大洞，亚欧大陆和美洲大陆分离形成了一个大裂缝——这真是难以维系的平衡，也是目前为止我们所做的事情。但不管怎么说,我不能泄气,我要给历史部门的成员打开优化行动的大门。

你们应该还记得,这里有两大部门,人类事务部(助手是H.多德尔教授)和非人类事务部(球体工程师O.古迪),整个机构的主管是P.拉多教授。此人十分激进,坚决坚持自己的观点,我一开就很不信任他。这也是为什么我认为不应该过度干涉历史,最好是设计一种智慧生物,让他们自己去完成调整历史的工作。所以我制止了拉多和多德尔二人(这可不容易,因为他们特别手贱,特别想改造过去),并命令古迪去开启地球生命进化历程,这样一来,他们日后就不能指责我缺乏创造力了,我给这个BIPPETY项目(完美地球智慧生物基因参数启动项目)①极大的自治权。不过我也确实警告过几位主管(奥巴迪亚·古迪、荷马·古姆比、哈里·博斯、万斯·艾克),要他们吸取大自然母亲失败的教训,大自然的一切生物都形貌不佳,大自然母亲自己就阻断了最有可能出现智慧生物的进化道路——当然,我们不能责怪她,因为可以这么说,她毕竟只是靠着日常法则在黑暗中摸索。我们则相反,我们完全是有目的的行动,我们是有一个远大目标的,也就是BIPPETY。这几位主管答应我,他们一定会暗中遵循指导原则,确保成功,然后就开始行动了。

出于对他们宝贵自主权的尊重,在约十五亿年的时间里,我都没有干涉,也没有监视他们,但是我收到了大量匿名信,最终不得不去检查。检查结果简直要吓死我。首先他们像小孩一样瞎玩了四

---

① BIPPETY 为 "Biogenetic Implementation of Parameters to Perfect Terrestrial Intelligence" 的缩写。

亿年,制造出了长盔甲的鱼,还有某些三叶虫。接着眼见这一纪元的时间所剩无几,他们就慌了,胡乱拼凑了些东西,一个比一个荒唐可笑,结果要么制造出了长着四条腿的肉山,要么制造出了没有身体的一条尾巴,还有些东西就像一粒灰尘,有些物种长满了卵石一般的骨头,也有些长了犄角、长牙、管子、躯干、触须——全都是随意堆砌的。真是说不出的丑陋、恶心、愚蠢,而且全都吓死个人,纯粹是抽象艺术、超现实主义,俨然是照搬当代艺术。

真正让我愤怒的是,他们居然还扬扬得意。他们说,我那守旧的规矩已经没用了,我"没跟上时代",我"不懂形势"等等。我忍住了没发作:只要他们知道分寸就行!但事与愿违。在这个精挑细选组建起来的团队里,每个人都在背后捅刀子。他们所想的根本不是如何创造智人,而是如何破坏同事的项目,新物种还来不及在自然界发展,就被某些怪物毁灭了,但怪物也只是为了杀死竞争对手以证明它们有缺陷而存在。所谓"生存竞争"彻底变成了互相嫉妒互相陷害。进化的爪牙只不过是反映了部门内斗。总之我发现了,这里没有团队合作,只有无处不在的繁杂琐事,还有就是时刻想方设法破坏同事制作的物种。似乎他们最厉害的一招就是,把别人的管理计划按顺序逐一破坏掉,这也是为什么在生物界有那么多无用的特征。其实我不该说生物界,事实上他们把"生物"变成了某种介于蜡像和水泥之间的东西。一个工作没做完,他们就忙着开始另一项工作,他们根本没认真想过怎么设计肺鱼和节肢动物,给它们装上一根气管就完事了。要不是我去检查了,人类根本不可能进入蒸汽和电气时代,因为他们"忘了"制造煤炭,忘了种树! 要知道树可是为未来的蒸汽机制造煤炭的啊!

在检查期间我绝望地搓着手,这个星球上堆满了尸体和废物,博斯特意安排了一天野外考察——我问他似鸟龙这东西到底是有什么用,居然还长了条跟儿童风筝一模一样的尾巴? 他就不觉得那个长鼻兽很丢人吗? 而且蜥蜴的脊背上为什么要长一排栅栏似的尖刺? 博斯回答说,我不懂他澎湃的创作灵感。我就让他跟我说说,在这些东西身上要如何发展出高级智慧。我这个问题完全是修辞意义上的,因为这群人绝不可能让这些动物产生出任何更为进步的后代。我不指望他们有任何现成的解决方案,只是提醒他们预先准备好鸟类、鹰,现在已经有飞行的动物了——他们把头部缩小了——还有一些像鸵鸟的鸟类在跑——那头简直小得像个智障。现在还剩两种可能性:其一是用剩下的边角料制造智人;其二是进行一场狂飙突进的进化,也就是说强行打通被阻断的进化支线。但是强制行为是不可取的,因为如此明显的人工干涉日后会被古生物学家辨认出来当作神迹,我很早以前就禁止制造奇迹,以防误导日后可能出现的新世代。

我把这些不负责的设计师全部开除了,也就是让他们去了别的时代,留下大量他们的失败作品需要处理,那些未完成的作品几百万几百万地死去。有传闻说是我下令让这些动物灭绝的,但这只不过是针对我的无数恶意中伤之一罢了。把生物像家具一样从进化过程的一个角落挪到另一个角落里的人又不是我,也不是我把古原虫的躯干变成了两倍大,也不是我把单峰驼(巨驼)弄得和大象一样大,也不是我乱改动鲸鱼,更不是我让猛犸象灭绝的。我在这个项目里,从头到尾就不是为了跟古迪的团队把进化搞成无耻的办公室竞赛。艾克和博斯被我流放到了中世纪。由于古姆比把BIPPETY计划搞得无比夸张(他居然设计出了半人马和能唱女高音的女性美人鱼),所以荷马·古姆比被我送到了古代色雷斯。接下来的事情我之前就见识过了,今后应该还会反复发生。被流放的人没机会制造真东西,就通过替代的虚拟作品发泄自己的挫败感。要是谁对博斯接下来的构想感兴趣,只要去看看他的绘画作品就知道了[1],这人显然还是有才华的。他确实还是想方设法适应了那个时代的精神——毕竟他假装在画布上画了不少宗教场景,像是《最后审判》还有地狱场景什么的。即使如此博斯还是难免有些轻率行为。在《人间乐园》中,"音乐家的地狱"的中心位置(也就是三联图中右边那一幅),画着一个十二座的时间巴士。但我对此也无能为力。

至于荷马,我觉得自己的做法很明智,我把他整个人——和他的奇异生物一起——打包送去了古希腊。他的绘画已经轶失了,但是他的诗作却流传下来。奇怪的是,居然没有一个人发现他作品中有时间错乱的东西。显然他没有严肃对待奥林匹斯的众位住客,他

---

[1] 此处是指十六世纪尼德兰的宗教画家耶罗尼米斯·博斯(Hieronymus Bosch)。其画作充满隐喻和象征意义,有些画面颇为扭曲。

们也在坚持不懈地互相拆台,简单来说就跟他当初的同事一模一样。《伊利亚特》和《奥德赛》完全就是隐去真名的纪实小说,比如说那位易怒的宙斯说的就是我。

我没有立刻开除古迪,因为罗森贝瑟尔帮他说情,他说,要是古迪让我失望了,我可以把他本人,这个项目的研究部门主管送到始生代。古迪据说还有一些隐藏的资源,可以再做些贡献,我反对利用这些边角料,他却开始说起 BARF(互惠反馈二元人类起源)①。我才不信这个 BARF,但又拿不出反对意见,因为到目前为止,我总是在拒绝一切提议。接下来的侦察飞行显示,他把一对小型哺乳动物强行赶回海里去了,让它们变得像鱼一样,又加上了前置雷达,而那正好是在产生海豚的时期。不知道为什么,他突然想到让陆地和大海的两种智慧生物和平相处。多么愚蠢啊!这样做当然是会引起冲突的!我对他说:"不能有水中的智慧生物!"于是海豚就还是保持那个样子,有了个超级大的脑袋。而我们现在要面临的危机又多了一个。

现在又干什么呢,难道是要从头进化一次?不行,我全身心反对。我对古迪说,让他自己看着办,换而言之,我总算承认猴子是一个工作模型了,但是我要他保证继续完善它们。我给他制定了参考方向——用书面形式,而且是通过官方频道发送的,这样今后他就不能找借口说自己疏忽大意了。但是(说实话)文件中并没有涵盖

---

① BARF 为 "Binary Anthropogenesis for Reciprocal Feedback" 的缩写

所有细节。我确实指出裸露的臀部非常不雅,并建议对性那部分采取更敏感高雅的处理方式,比如本着花朵、山谷中的百合以及花蕾之类事物的精神,然后我就出去了——我得去出席委员会的一个会议——我当面要求他不要掺杂自己的个人审美,一定要选用美好的图案。他的工作室里乱七八糟,有些柱子似的东西支棱出来,还有板子、锯子,这些东西和爱有什么关系? 我问他,你疯了吗? 这是要根据圆锯的原理恋爱吗? 结果他居然很罕见地说他会把锯子扔掉,很认真地点点头——还自己笑了一会儿,他已经知道开除的文件就躺在我的桌子里,自己也没什么好争的了。

他决定向我报仇。他到处吹嘘说,等他回去了,那老小子(也就是指我)会吓尿裤子。老天,我当然是立刻把他找来了,他马上装成模范员工的样子,坚持说他严格遵守了规则! 可是他非但没有把猴子屁股裸露的那块遮起来,反而是把整个猴子都剃光了,或者不如说是正好反过来了,至于说爱和性的那部分,他绝对是在故意捣乱。我的意思是,他绝对是故意的! 我不想详细描述他的这个阴谋,其中的影响你们自己就可以看到。这位工程师先生真是胆大包天! 以前的猴子虽然不是什么高等生物,至少还是素食的。而他现在居然把猴子们改成了肉食的!

我召开了委员会紧急会议,考虑重新对智人进行人性化改造,结果却被告知,重新人性化不可能一蹴而就,必须再回溯两千五百万年至三千万年。然后他们投票否决了我提议,我没动用自己的否决权,也许我应该否决才是,但是我现在只能靠自己了。不管怎样,从十八、十九世纪还是一直回传着各种信息,MOIRA的那群人为了自己方便,总是不停地来回时间旅行,在各种老旧城堡、宫殿、地窖里借宿,一点儿预防措施都不用,结果就传出各种邪恶鬼魂传说,什么铁链叮当响啦(时间循环器启动的声音),鬼魂啦(因为他们穿白衣服,这些人就不知道找个颜色更好看的制服),把本地人吓得不轻,竟然还当着人家的面穿墙而过(时间旅行看起来就是这样子,因为时间循环器静止不动,地球却还在继续转),他们搞了这一大堆乱子,最终制造出了浪漫主义。在惩罚了罪魁祸首之后,我决定收拾古迪和罗森贝瑟尔。

我把他们两个都开除了,当然我知道研究委员会绝不会原谅我。不管怎么说我肯定不该受到惩罚:罗森贝瑟尔后来对我极尽诽谤,在流放中,他(以叛教者尤里安的身份)表现得挺不错。在拜占庭,他做了不少贡献。只能说明他在委员会工作失败是因为他无法胜任。和修复历史相比,当皇帝真是小菜一碟。

于是项目的第二阶段就此结束。我让社会事务部门的人开始工作,因为现在我们只能完善一下文明历史了。多德尔和拉多很高兴前两阶段的同事彻底搞砸了,他们两个高高兴兴地动手了,他们事先跟我说——这两个混蛋还挺谨慎的——现在不要对赛欧西皮指望太多,智人已经长成这样了。

多德尔开始着手进行第一次编年排序改进实验。团队成员包括坎德·埃尔·阿贝尔、卡内·德·拉·布鲁克斯、吉埃尔·安道尔和G.
I.R.安多尔。整个团队由历史逻辑学工程师赫米德莱瑟尔直接领
导。他和他的团队计划通过城市化加速度来加快文明发展过程。
当时他们是在下埃及第十一个或者第十三个王朝——我记不清楚
了,他们在外勤人员的帮助下堆积了大量建筑材料,那群人被我们
叫作"时间工厂",当时他们确实是普遍且大幅度地提升了建筑技能
水平,但是由于缺乏适当监管,计划还是跑偏了。简单来说,他们最
终也没有建出高楼大厦,而是建成了完全为私人目的使用的框架式
结构宗教场所,没有任何现实上的作用,换句话说,只是修了各种各
样装法老干尸的坟墓。我把他们整个团队都送去了克里特岛,那群
人搞出了米诺斯迷宫。我不知道这是不是真的,但是有人告诉我,
这群被流放的家伙后来吵起来了,最终把他们的前任主管丢进了迷
宫里。我没有仔细核对记录,所以也不太确定,但是我觉得赫米德
莱瑟尔读起来不像米诺陶洛斯①。

我决定停止这种不断闯祸后逃跑的闹剧,要求提交更长远的计
划。我们必须下定决心,要么公开采取行动,要么严格保密,换言
之,需要决定不同时代的人们到底可不可以发现有人从历史外部对
他们进行援助。多德尔是个自由主义者,赞同保密历史主义,我也
赞同。另一个计划是让所有历史上的国家都处于摄政政体的保护
之下,这肯定会让他们觉得权利被剥夺了。因此我们必须匿名提供

---

① 古希腊神话中的牛头人,被克里特国王弥诺斯关入修建的迷宫中。

协助。拉多表示反对,他说自己想出了一个关于理想政府的计划,他想推行这个计划,联合所有社会。

我支持多德尔,他把我介绍给手下最年轻的一位助手,应该也是最优秀的一个,这位研究生名叫奥托·诺伊,是一神教的发明者。他给我解释说,神是一个概念,这个概念不会伤害任何人,但是会给我们——也就是优化控制程序——带来额外的好处。因为根据计划,祂的计划必然是神秘的;人们不可能理解祂们,所以就肯定不会批评,他们到底怀不怀疑有人在改动他们的历史都没关系了——从技术上来说是这样的。表面上看起来这个主意不错,保险起见,我给这位年轻的文学硕士划分了一小块地区去测试他的理论,也就是在世界的一个遥远小角落里,小亚细亚地区,他可以用犹太人部落做实验。他的助手是历史逻辑学工程师约瑟夫·霍布斯。日常巡查显示他们成立了一些相当严肃的分支教派。诺伊订了六万吨珍珠,当某些犹太人在沙漠上露宿时,他就把珍珠投给他们,这么做简直糟糕透顶。这位"谨慎的助手"本来是该让双方和解的(结果他把红海分开又关上,还派了一大群遥控蝗虫去威胁犹太人的敌人),这群受他好处的人脑子终于转过弯来了,开始称自己是天选之人。

无论何时,计划在实际执行中出错的时候,计划负责人都是不会改变策略的,这是一定的,他会想出一切能够促进计划的方法。奥拓·诺伊更是出类拔萃,因为他用了凝固汽油弹。你问我为什么会批准?什么批准啊!我根本什么都不知道!在研究所的论证会议上,他只展示了远程遥控的可燃烧灌木,还向我们保证说这东西他以前就用过,你知道,就是沙漠里几棵会燃烧的仙人掌,除此以外就没别的了。我觉得这个展示只是为了证明他会遵守一般的道德规范吧。后来我把他流放到西奈半岛去了,并严格禁止团队所有主管批准任何形式的超自然现象。很自然,诺伊和霍布斯的所作所为在历史上影响深远。

这是一定的。每次电子排序介入都会引发一连串的雪崩式反应,不经过仔细的计算根本就无法制止,而这样的雪崩式反应又会造成新的扰动,这样没完没了地乱下去。奥托·诺伊在流放中的表现很不好,他夸大了此前他给自己制造出来的名声,称自己是"历史韵律学家"。现在他确实不能再"制造奇迹"了,但是大家却都记得那些奇迹。至于说乔伊·霍布斯,我知道有传闻说我派时间部队的人去追查他,但其实我没有。我不知道真实情况如何,我没时间去管这些琐事。不过很显然他和奥托·诺伊发生了争执,因为诺伊把事情搞得非常麻烦,引发了惊人的工作量。这次实验中,犹太人承担了最坏的后果,当初他们对自己崇拜的那个雕像信仰十分坚定,结果等到项目撤销后,他们自食其果——很多个后果,其中包括失去故土和大流散。在项目中我的一些敌人揪住这点死命攻击我,我真心不想告诉你们个中详情。

各种意义上来说,项目如今进入了最困难的紧要关头。我也受到了不少批评,比如说被多德尔和拉多带跑偏了,还有批准大范围地改善历史,想要改动整个历史的时间线,而非从孤立的时间地点着手。从孤立时间地点着手的改进策略被称为"整合",这样做会让我们各种行动场景变得非常混乱,我极力反对这样做,所以往每个世纪都派了一队观察员,同时我还批准拉多秘密组建一支现世警察部队,这样就能纠正时间方面的违规行为。

这次的违规行为和所谓的扫帚有关,我真是做噩梦都没想到。这是一群疯狂年轻人搞出来的,都是我们自己的员工,包括实验室技术员、秘书之类。中世纪传说里不厌其烦地反复讲魔鬼、梦魇、魅魔、安息日、女巫审判、魔鬼诱惑等等等等,所有这些都源于"非法出入"时间活动,那群年轻人没有丝毫道德观念。一个时间循环器是由一根棍子、一个鞍座和一个排气管组成的,因此要是在光线不好的夜晚,真的很容易被误认为是一把扫帚。好些不知羞耻的年轻姑娘骑着时间循环器夜里出去兜风,吓唬中世纪早期的村民。她们不光是从村民们头上掠过,而且真的是,怎么说呢,按照十三世纪或者十二世纪的标准来看,穿得太随便了,说没穿上衣也不为过,所以被说成是没穿衣服的女巫骑着有座位的扫帚到处飞行也不奇怪(因为实在没有更形象的描述了)。出于某种奇怪的巧合,我也曾去追捕这群不法之徒,而助手不是别人,正是 H.博斯。当时博斯已经被流放了,他肯定不会被普通的时间错乱情景吓住,在他的"地狱"场景中,画的都是真实人物——不是魔鬼,而是几十个不法之徒骑着时间循环器,周围是他们的同伙,对他来说其实还挺容易画的,因为很多都是熟人。

考虑到这些时间暴徒的恶劣行径造成了众多人员牺牲,我把这群人送回七百年前(结果搞出了"二十世纪学生运动")。与此同时,由于我们的活动范围已经扩大到超过四千年,MORIA总指挥N.贝特帕提醒我,当前形势已经失控,需要特别增援力量,尤其需要时间空降兵应急部队。于是我们又招募了数百个新员工,并立刻派他们赶往各个出现危机信号的地方,只不过这些人大都没怎么受过训练。他们集中在几个特定的世纪,结果就引发了严重后果,比如整个国家迁移之类的。我们竭尽全力消除这些空降部队的影响,但是在二十世纪(中叶的时候),到处都流传着"飞碟"传说,因为当时大众传媒技术快速发展,使得类似新闻被广泛地传播。

但什么事都比不过接下来的一桩丑闻。丑闻始作俑者、主要当事人就是MOIRA的总指挥。起初,我接到报告,大意是说他的手下没有好好监控完善历史的流程,因为他们过分积极地参加了历史的进程,而这种参与跟拉多和多德尔等人的指示完全不同,是根据他们自己的本地政策决定的,贝特帕追求的就是这种目的。我还没来得及把他免职,他就逃走了,逃到十八世纪去了,因为在十八世纪他还有几个帮得上忙的老朋友。接下来我知道的就是,他成了法国国王。这种恶行必须得到相应的惩罚,拉多建议我派一支特别部队于1807年进攻凡尔赛,但这么做是不可能的,因为这种大规模的进攻会对后续历史造成不可估量的影响——人类会察觉到自己处于保护性监禁中。多德尔更为谨慎，他提出一个更"自然"的计划，即秘密地对拿破仑进行时间修正。反波拿巴份子开始联合起来，举行军事游行什么的，但是你肯定想不到，MOIRA的主管听到风声，觉得是在反对自己，立刻就逃走了。他是个颇有计谋的人，心里有不少盘算，多德尔派去的不少敌人都被他一一击败了。在俄罗斯的时候我们看起来像是打败他了，结果在那场战役中他还是逃脱了，与此同时半个欧洲都沦为废墟，最终我放弃了塑造历史的良好愿望，集中精力在滑铁卢附近对付拿破仑一个人。这件事情究竟有什么好吹嘘的呢！

拿破仑后来从厄尔巴岛逃走了，我这边没时间安排更恰当的流放，因为有很多别的事情需要立刻处理。那些违法犯罪分子不再是等着自取灭亡，而是全都火速跑到遥远的过去，走私各种可以帮他们沽名钓誉的东西，要么就夹带可以让自己显得特别强大的东西（其中包括炼金术士卡廖斯特罗、行邪术者西蒙等等很多人）。接着又有报告送过来，我无法证实那些报告的内容，比如说亚特兰蒂斯沉没不是因为GENESIS操作失误，而是因为一个名叫修伊·霍库姆的博士有预谋地不让我发现他策划了什么犯罪行为。总而言之，所有的事情都失控了。我对于未来能否获得成功也失去了信心，甚至还怀疑起来。我不知道最佳的结果是什么，也不知道就此放任会造成什么后果，而且究竟哪些后果是我的世纪巡警队伍腐败违纪造成的，我更是不知道。

　　我决定从另一边着手解决问题。我拿起一份十二卷版《世界历史大百科全书》的副本开始研究，不管什么时代发生的事情，只要看起来有一点点可疑，我就派出侦察部队。比如说黎塞留主教，我就让MOIRA去确认过了，确认那里没有我们的员工，我让拉多在那里安插了一个情报控制员。拉多把这个任务派给一个叫黎普拉兹的家伙，直觉告诉我得去查一下字典。我真是麻痹大意了，因为黎普拉兹和黎塞留都是"富饶之地"的意思，但是发现也已经晚了，黎普拉兹已经混入了宫廷的上层圈子，成了幕后控制路易十三的人。我没管他，在经历了拿破仑战争之后，我知道再管下去没什么好结果。

　　与此同时又出现了一个新问题。有些世纪真的挤满了被流放的人，时间警察都管不住他们了——他们到处散布流言、传播迷信，一个劲儿地诋毁我，甚至还想贿赂当地情报控制员，于是我索性把那些心怀不轨的人集中到一个时间一个地点去，我选择了古希腊。结果，古希腊成了文明发展最繁荣的地方，为什么呢，因为就雅典一个城里的哲学家比全欧洲的聪明人加起来还要多。这时候拉多和多德尔已经被流放了，他们两人滥用我对他们的信任。拉多是个头脑冷静的狂热分子，他违抗我的命令推行他自己的政策（详情可以在他的著作《共和》里查看），他真的是不民主到了极点，根本就是以镇压为出发点，他的杰作包括古埃及中央王朝、印度种姓制度、神圣罗马帝国，甚至还有1868年之后日本人信奉的天皇，全都是他搞出来的。我不知道后来他到底有没有和一个斯奇克格鲁伯小姐结婚，如果结了婚的话,就会生下一个非常有名的孩子,他将会踏平半个欧洲,总之我说不准,因为这些都是多德尔告诉我的,他和拉多向来势不两立。

拉多设计出了阿兹特克王国,多德尔把西班牙人送了过去。我接到MOIRA的报告,在最后时刻我让哥伦布的船队延期,好让马在南美大陆上繁衍生息,因为科尔特斯的人肯定敌不过印第安人骑兵队。但是负责协调的人搞错了,南美洲所有的马在第四纪就已经灭绝了,那时候印第安人根本还没有出现。于是虽然轮子早就有了,却没有牲口可以拉战车。至于哥伦布,他于1492年总算找对了门路,到了美洲。这次优化就算是完成了。我被人批评说不该把哈里斯·多德尔和帕特·拉多送去古希腊,因为那边哲学家实在太多了。其实根本不是这样的!我完全是本着人道主义精神让他们自己选择了流放的时间和地点,当然我没有把柏拉图送到他自己指定的地方,而是送去了锡拉库扎,因为我知道,那座城里战争不断,他不可能实践自己"哲学家之国"的理想。

各位可以想见,哈里斯·多德尔后来成了马其顿少年亚历山大的导师。但他对那个少年照顾不周,最终造成惨痛的后果,所以心存愧疚。多德尔有个缺点,一向都念叨着要编纂大百科全书,他涉猎各个学科,包括"完美项目理论"的方法论,与此同时,各种事情还是在背着他进行。会计主管在无人监管的情况下调来了他的一个蛙人朋友,他们一起在挖出了蒙特祖玛的黄金,就在科尔特斯的人撤退时挖出的那条运河里找到的，然后他们用这笔金子从1922年开始就一直在证券市场搞事，不过犯罪总没好结果，1929年他们制造了那场著名的大崩盘。我自认为处理亚里士多德的方式很公平，他如此有名多亏了我，他在我们的项目上可没有得到这么多回报。但是又有人说，我以开除、免职、流放为借口搞裙带关系，给我自己的老朋友在各个时代安排美差。唉，遇到这种批评，我不管做没做都很难办。

没时间去管细枝末节的事情了，所以我也就不再描述柏拉图和亚里士多德著作中提到我的那些隐喻。他们当然不觉得流放是件激动人心的好事，可是我也不能一直纠结这些私人恩怨，毕竟人类命运危在旦夕。希腊完全就是另一回事了，我特意让它毁灭了。当然希腊毁灭并不是因为我把所有哲学家都凑在一起，拉多随时关注着那里的事情，他是为了斯巴达才坚持下来的，他想要把斯巴达塑造成他心爱的乌托邦，但是当他被免职后，就再没有人去主持斯巴达的工作，结果就被波斯军队灭了。我对此能怎么办呢？毕竟不能偏袒某一个地方，不行的，我们必须保护全人类，可是流放的问题就在于，那些人会暗中破坏我们的重要计划。我不能派人去未来，因为未来的人很警惕我们，又因为每个人都是"蔚蓝海岸"任务的成员，这个任务备受责难，我又不能拒绝，于是很多受过高等教育的人都聚集在地中海沿岸，也就是你们所谓的"文明摇篮"，后来发展出了整个西方文明。

　　再说斯宾诺莎——他真是个好人，真的，但是他批准了十字军东征，当然不是他亲自发起的。他真的品格高尚，于是我让他取代了拉多的职位，但是这人太想当然了，别人给他的文件他看都不看，照单全签。他给了劳恩赫兹无限的权力（对，就是那个狮心王）。然后十三世纪有人开始策划一些事情，他们开始寻找有罪的一方，劳恩赫兹此时就把无数秘密特工送上时间巴士，于是嫌疑人——我忘了是谁——就促成了十字军东征，以方便在混乱中隐匿行踪。我不知道拿斯宾诺莎怎么办才好，希腊已经挤满了像他那样的思想家，一开始我让他去前后各个时代游历，让他见识了四十个世纪的辽阔，结果就此产生了"永世流浪的犹太人"的传说，但是每一次他经过我们现在时间的时候就会抱怨说自己太累了，所以我把他送去了阿姆斯特丹，他在那里可以敲敲打打做各种东西，或者磨钻石满足自己心灵的需求。

　　我不止一次被问到，这些被流放的人为什么都不返回自己曾经居住的时间地点。回去肯定好处多多啊。但是任何说真话的人都会发现自己很快就会被送进疯人院。在二十世纪之前，要是有人说自己能从清水中制造出能把地球炸成碎片的炸弹，肯定会被当成疯子吧？在二十三世纪之前，也没有人实现时间移动。除了这些情况，批准他们回原籍还会暴露很多流放造成的衍生后果。我们禁止他们预言未来，但即使如此，他们还是泄漏了很多秘密。在中世纪还好，那时候谁都不相信培根提到过的喷气式飞机、深海探测球、勒尔在《大衍术》里说的计算机也没人信。但是不经思考就被流放到二十世纪的人却捅了不少娄子,那些人自称"未来主义者",到处泄漏最高机密。

还好在拿破仑之后上任的 MOIRA 主管安格斯·可汗将军采取了巴比伦式的策略。这个办法是这样的:曾经有十六个时间工程师被流放到小亚细亚去了,他们决定建造一个时间机器逃跑,但是这个机器被伪装成了塔或者某种穹顶建筑的样子,他们给这个建筑起的名字用的是他们计划的简称 BABEL(流放亚洲建筑师逃跑联盟)[①]。MOIRA 在计划初期就探测到了他们的企图,于是派出几个专家假扮成新的被流放人员,打算在他们的建筑蓝图上制造一些错误,只要进行第一轮试运行,机器就会分崩离析。可汗后来又重复了这种"交流混乱策略",他往二十世纪输送了一些分离注意力组件,这些组件成功破坏了自称预言家那群人的名声——具体方法是制造出大量垃圾文件(即"科幻小说"),并让我们的秘密特工之一麦克卢汉混进那群未来主义者中。

我必须承认,当我读完 MOIRA 准备的那些胡说八道,还有麦克卢汉准备广泛宣传的"预测"之后,我绝望地放手了,因为哪怕就算是只有半个脑子的人也不可能信这些东西,绝对不可能,说什么"地球村",全世界都会成为一个村,还有其他莫名其妙的胡话。然而事实表明,麦克卢汉比此前任何一个说出简单事实的人都要成功,他

---

① BABEL 为 "Banished Asian Builders' Escape League" 的缩写。

最终变得非常有名,竟然连自己都真的相信了我们让他去投放的那些蠢话——看起来确实如此。不过我们没有撤掉他,因为毕竟他的行为没有伤害到我们。至于斯威夫特和他的《格列佛游记》,那本书里明明白白地写着火星有两个卫星,还写了它们所有运动数据,在当时不可能有人知道这些——这只是一个低级错误。当时火星的卫星轨道数据是一个秘密暗号,主要在南部英格兰的控制员中使用,其中有一个人是近视眼,他(在一个酒馆里)把斯威夫特当成了计划和他在酒馆碰头的新特工。那人没有上报这个失误,他以为斯威夫特听不懂自己说的话。谁知道两年后(也就是1762年),《格列佛游记》首次出版,我们在里面看到了对火星两颗卫星的详细描述,于是立刻换掉了当地的接头暗号,然而那段文字就这样以印刷形式一直流传下来了。

不管怎么说,这些都是小问题,没有严重后果,但是柏拉图就不一样了。每次我读到他关于洞穴的那个故事就心生同情,就是写每个人都背对世界坐,看墙上的影子那个故事。他觉得二十七世纪才是唯一真实的世界,他所在的原始时代就是个"昏暗的山洞",这也没什么好奇怪的吧?他的学说也没什么价值,"自我回忆""前世"倒是更广为人知,这个暗示就更加明显了。

与此同时事态更加恶化了。我不得不开除了可汗,因为他帮助拿破仑逃离厄尔巴岛,这一次我选择把可汗流放到蒙古地区,因为他疯了,还赌咒发誓说我一定能记得他。这个麻烦的人在那样一片荒凉地区能给我造成什么麻烦呢，我还真想不出，可是他真的说到做到了。我们的设计师看到这个情况之后，就想用一些极其蹩脚的计划去打败对方。比如说通过时间机器给贫困国家输送大量物资——可是这样做反而会阻碍所有进程。或者，再一次，从现代社会送一百万左右受过教育的平民，像军队一样整合起来送到石器时代去，好吧，那我又该怎么处理那些已经坐在山洞里的人呢？

读完这些计划之后，我再仔细检查二十世纪，不禁心生疑惑。大规模湮灭的技术，是不是预先放在那里的呢？我听说研究所里有几个激进分子想要把时间扭曲成环形，这样二十一世纪之后某一刻就会回到史前时代。这样一来，一切都会在此从头开始，不过会变得更好。这是个病态的想法，恐怖、荒唐，不过我认为种种迹象显示确实有激进分子在为此做准备。不断增长的需求毁灭了现存文明，然后就"回归自然"，从二十世纪开始，就有很多反社会行为，比如绑架、爆炸，年轻人越来越不体面，粗制滥造的色情作品，一大群粗野、穿着毛皮破衣服的人喊着震耳欲聋的口号，而且不是对着太阳喊，而是朝着别的什么行星或者超新星喊，还有人疯狂要求废除技术和科学，就连那群据说是科学家的未来主义者都说世界注定会毁灭——究竟是谁说他们是科学家的？还说人们需要（或者已经开始）建造洞穴，只不过他们把洞穴叫作庇护所，大概是不希望被人认出来吧。

我决定集中精神关注接下来的几个世纪，关注突然发生的革命,也就是想要将时间彻底逆转,准确地形成闭环的时刻,但是那时候我应邀去参加研究委员会的某个特别会议。朋友私下告诉我,我会遭到审问。但是我还是得履行自己的职责。我最后的行动是解决某位阿德勒做的事情,此人曾经是一位视察官员,他工作期间从十二世纪带走了一个女孩子,而且是在光天化日之下当着目瞪口呆的众人的面带走的。她直接被带到他的时间循环器上,围观的人都以为她是圣母,而她被绑架到另一个时间这件事,则被众人当作是升入了天堂。我早就该开除阿德勒,他一直都是个混蛋,外表也特别可恨,看起来就像个大猩猩,有着凹陷的双眼,下巴肥厚,但是我不希望别人以为我有偏见。可最终我还是把他赶出去了,送到很远的地方,保险起见,送到了六万五千年前,他成了史前时代的卡萨诺瓦,成了尼安德特人之父。

我昂首挺胸去了那个会议,因为我问心无愧。会议持续了十个小时,我坐在那里听各种指控。他们指责我专横武断,对待学者态度恶劣,无视专家意见,特别偏爱古希腊,要对罗马毁灭负责,要对尤里乌斯·恺撒之死负责(但这是假的,我没有派出过任何叫布鲁图斯的人去任何地方),要对黎普拉兹的事情负责,也就是红衣主教黎塞留,还要为滥用MOIRA和时间警察负责,并且对教皇和反教皇负责(确实,贝特帕引起了"黑暗时代",他偏好"高压手段",把不少情报员都堵在八世纪、九世纪,结果就是保守秘密和文明停滞。)

起诉书总共写了七千多条,基本上就是把世界历史读了一遍。

我要为奥托·诺伊负责,为焚而不毁的荆棘负责,为烧掉索多玛、烧掉蛾摩拉负责,为维京人负责,为小亚细亚的战车有轮子负责,为南美洲战车没有轮子负责,为十字军负责,为阿尔比派的屠杀负责,为贝尔托尔德·施瓦茨和他发明的火药负责(我到底要把这个人放在古代的个时间才能让他们能更快地发明霰弹枪呢?)——总之凡此种种。现在对于尊敬的委员会来说做什么都不合适了,宗教改革和反宗教改革都不对,当初也是同一群人跑来跟我提出那些请求,还发誓说他们本性善良(罗森贝瑟尔还真的跪下来请求我们开始宗教改革),现在他们倒是一脸无辜地坐在这里。

最后,他们问我有没有什么要辩解的,我回答我无意为自己辩论。历史会还我公正。但我还是忍不住在离开之前要最后再说几句。我说,不管过程如何,不管项目完成后过去有了怎样的改善,都是我的功劳。我主要是指我所执行的大量开除政策的正面结果。正因为有我,才出现了荷马、柏拉图、亚里士多德、博斯科维茨、列奥纳多·达·芬奇、博斯、斯宾诺莎,以及其他那些无数在数百年间维持人类创造力的无名文化人。不管流放生涯是如何艰苦,他们都适应了,而且多亏了我,他们才能补偿自己对历史造成的损失,他们尽自己所能推动了历史发展——所有贡献都是在他们被开除出项目组,离开了高管职位之后做出的!另一方面,要是有人想知道项目的专家究竟做了些什么,就去看看火星、木星、金星和满目疮痍的月亮,还可以去看看沉入大西洋底部的亚特兰蒂斯,还可以数一数两次大规模冰川期出现了多少牺牲者,以及数次瘟疫、流行病、鼠疫、战争、宗教狂热——简而言之,只要去看看通史就知道了。在进行所谓的"改善"之后,人类历史就成了社会向善计划的战场,成了一团混乱无序的废物。历史就是我们研究所的牺牲品,因为所里阴谋不断,诡计连篇,不明所以,目光短浅,随时瞎搞,能力不足。要说我有什么错,那就是我本应该把这整批制造新纪元的人送去还有雷龙漫步的时代。

不消说,我这番话得到的反响很刻薄。虽然按理说我这是最后发言,但还有几个现世学者要求发言——比如 I. G. 诺拉姆、斯图·皮提、M.塔古勒,罗森贝瑟尔也在场,是的,他那群厉害的同僚把他从拜占庭带过来了。我早就知道此次投票是为了解除我的主管职务,他们为了叛教者朱利安(死于363年)进行了"一场死斗",场面极为激烈,以至于他本人都到现场来了。但是他还没来得及发表意见,我就先提出程序问题:拜占庭皇帝凭什么有权参与研究所会议议程。但我的问题被忽略了。

罗森贝瑟尔是有备而来的,他肯定还在君士坦丁堡的时候就收到了相关材料,这个诡计的细致程度堪比一吨砖头,不过他们真的甚至连稍微掩着藏着点儿都没有。罗森贝瑟尔指责我不专业,假装懂音乐,由于我这双粗鄙的耳朵,导致理论物理学发展严重滞后。根据赫尔教授的说法,其中的关联是这样的:十九世纪末进行过一次远程调查儿童智力水平的行动,我们的超级计算机列出了一份青少年男性名单,其中包括所有有可能提出质能方程、释放原子能的人。名单中有皮埃尔·苏丽泰尔、特罗费姆·奥德诺卡门雅克、约翰·辛格尔斯通、马萨那利·考兹姆托比乌休尤托、阿里司提戴斯·莫诺拉皮德斯和乔瓦尼·乌诺皮特拉,就是没有小阿尔伯特·爱因斯坦。我当时太大胆,对爱因斯坦过于偏爱,因为我喜欢他的小提琴演奏,结果很多年后,那些炸弹就落在日本了。

罗森贝瑟尔无耻地扭曲了事实,我简直惊讶得喘不过气来了。演奏小提琴跟这件事没有任何关系。这个混蛋只是想把自己的过错甩给我。那个超级电脑对各种事件的后果都进行过预测,它预见到乌诺皮特拉提出的相对论会造成原子弹在墨索里尼统治下的意大利爆炸,其他孩子所造成的灾难更加严重。我选择爱因斯坦是因为他是个好孩子,之后原子科学的发展不管是他还是我都不应负责。我确实是无视了罗森贝瑟尔的建议,当时他的建议是"为预防不测,消除世界上所有学龄前儿童",这样才能在二十一世纪安全释放原子能,他甚至给我介绍了一个已经准备接手这项任务的历史编年专员。我自然是马上驱逐了这个危险分子——也不知道他到底叫哈立德还是赫罗特——总之是把他扔到了小亚细亚,结果他在那里犯下很多罪行,那些全都被写进起诉书里。但我还能怎么办呢?我总得找个时间把他给流放了,对吧?可是我再怎么去反驳捏造的指控也没用,因为实在太多了。

投票之后我就被开除出了项目,罗森贝瑟尔命令我立刻到办公室去,他已经坐在我的桌边当上了主任。他旁边是谁你们能想到吗?居然是基士提耶、阿斯特罗尼、斯达巴克和其他几个混蛋,罗森贝瑟尔已经把他们从各自的世纪召回了。至于他自己呢,拜占庭已经给他带来无数好处,他跟波斯人打了一架之后变得消瘦黝黑,带回来不少铸了他自己侧面像的硬币、金胸针、图章戒指,还有很多华丽服饰。他正把这些东西给朋友们炫耀,我一进办公室,他赶紧把这些塞进抽屉,然后吸口气坐好,看也不看我一眼,咬着牙根儿拖长了声音说话,好像真是个皇帝似的。他忍不住还想继续吹嘘自己的胜利,于是傲慢地对我说我可以回家了,不过必须去办点事。也就是说,我回去的时候,必须说服伊翁·蒂奇,那个此时正住在我的房子里的伊翁·蒂奇——他必须当赛欧西皮的主任。

我脑海中突然闪过一道灵光。到现在我才明白为什么世界上那么多人中,偏偏是我被选中当我自己的使者。毕竟超级计算机的预测依然是有效的,所以除我以外,谁也不能更好地胜任修正过去的主任一职的工作。他们这么做根本不是出于宽宏大量——说得好像他们会在意一样——而是完全为了自己的利益。当然,起初是伊翁·蒂奇说服我接手这项工作,他还在过去住在我的房子里。我更加明白,时间循环只可能在我进入图书馆,停下时间循环器,撞倒书架那一刻封闭。另一个伊翁会在厨房里,手里拿着煎锅,我的突然出现让他措手不及,因为此时我将扮演未来信使的角色,而他是房子的主人,是接收消息的一方。这个看似悖论的情况是掌握时间移动技术后,时间相对性不可避免的后果。超级电脑给出的计划中真正偏离正轨的地方在于,它制造出两个时间循环:大循环中包含一个小循环。在小循环中,我和我自己一直重复这个行为,直到我同意离开,前往未来。但大循环还没有封闭,这就是我当时不明白的原因,我没弄懂他是如何到达那个他声称自己来自的未来的。

在小循环中,我一直是较早的那个,他是较晚的那个。但是现在角色反过来了,时间反过来了:这一次,我作为来自未来的大使去找他,他,是曾经的我,会加入循环,成为项目主管。归根到底,我们会交换角色。我还有一件事情不明白,他为什么不告诉我这件事,为什么不在厨房就说清楚。但是我突然明白了,明明就是罗森贝瑟尔让我赌咒发誓不把项目里发生的事情说清楚的。

要是我拒绝他的要求,我就不可能得到时间循环器,只能退休,哪里都不能去。我该怎么办呢?这群魔鬼知道我不可能拒绝。我的继任者当然还有其他人选,可是最值得信任的继任者难道不就是自己吗?所以他们就想出来了这个诡计!

我朝着启程大厅走去——毫无荣誉,也没有任何欢迎仪式,没有一句感谢的话,也没有任何送别仪式,前同事们一片死寂,以前他们对我从早到晚恭维不停,争相为我制造新惊喜,现在他们看都不看我一眼。我的下级被心中的小恶意鼓动,给了我一台最破的时间循环器。现在我知道自己为什么不能及时刹车,而且还把书架上所有的书都撞掉了!但是这最后一个无礼行为反而让我平静下来。

虽然这个时间循环器的稳定器根本没用,在时间弯曲处摇个不停(这些地方被称为历史关键点),我还是平静地离开了二十七世纪,不生气也不难过,只想着这个终极时间传动工程超级计算机化优化病理实行项目太空计划在继任者的领导下定然会顺利进行。

第二十一次航行

我从二十七世纪返回之后，就把伊翁·蒂奇送到罗森贝瑟尔那里去了，他将接替我掌管赛欧西皮。他虽然极不情愿，但在经历了一个星期的争吵和在小时间循环中兜来转去之后，他还是接受了。这件事情结束后，我发现自己要面对一个严重的悖论。

你们尽可以笑话我，但我实在是尽我所能地改善了历史。与此同时，另外那个蒂奇会再一次把项目搞得一团糟，而罗森贝瑟尔会再一次派他来找我。我决定不能什么也不做只等着他来，而是要出发去往银河深处，越远越好。因此我迅速出发，生怕MOIRA来阻止我。不过显然我走之后留下了一堆烂摊子，因为到现在也没人来理我。很显然我不想随随便便逃跑，于是就带了很多最新出版的旅游指南，还有银河年鉴的增补年刊，我不在的时候这些书又增加了不少。我计算好我和太阳之间的秒差距，总算是觉得安全了，这才开始翻那堆书。

很快我就发现其中有不少新刊物。其中,著名蒂奇学家霍普夫斯陀瑟尔的兄弟霍普夫斯陀瑟尔博士研究出了一份宇宙文明周期表——基于三条定律,就可以准确无误地定位高度文明的社会。这就是垃圾、噪声、黑子定律,每个进入技术阶段的文明都会逐渐发现自己几乎被垃圾淹没,垃圾问题非常严重,所以它们就被丢到外太空,并且沿着精心设计的轨道运转,免得挡了宇航员的路。所以,拥有垃圾形成的行星环的星球,就是有高度发展的文明的星球。

不过在一段时间之后,垃圾的性质会发生根本改变,因为随着人工智能电子学的大步发展,大量废旧电脑硬件被丢弃,老旧探测器、模组和人造卫星会自动附着在一起。这些有思想的垃圾不愿意在接下来的日子里永远在垃圾轨道上运行,于是它们会脱离轨道,占据行星周围的区域,甚至占据整个星系。这个阶段会导致环境污染——智能污染。不同文明试图以不同方式解决这个问题。有时候用赛博消杀装置,也就是在太空中布置特殊的陷阱——捕兽套、地雷,再放上智能废弃物、智能飘浮物喜欢的诱饵——但这个办法的效果极差,只有智力低下的低级垃圾会被抓住,智商更高的垃圾则被分拣出来,高端垃圾拉帮结派,有组织地到处打劫示威,它们提的要求很难满足,它们要求的是替换零件和提供安居之处。如果你拒绝,它们就会恶意堵塞无线电通信,扰乱程序,播放它们自己的广播,结果处在这个相位的行星完全被以太中的静电干扰和叫喊声包围,连想问题都想不清楚。正是靠着这种噪声,你可以在很远的地方就探测到遭受智能污染的文明。所以很奇怪的一点就是,地球的宇航员居然花了那么长时间才搞清楚,为什么他们透过射电望远镜看到宇宙中全是毫无意义的噪声和杂音,那些噪声毫无疑问就是上述冲突的产物,它们严重阻碍了各行星之间建立联系。

最后还有黑子,黑子的形状根据化学成分不同有所差异,化学成分可以根据光谱来确定,黑子会暴露所有高度发展的文明,以及所有突破了垃圾屏障和噪声屏障的文明。大量垃圾经过长时间加速后,像飞蛾扑火一样冲向当地的恒星,以此就形成了黑洞,那是垃圾们的大规模自毁行动。这种狂热行为是由某种抑制药物引起的,这种药物可以让一切电子智能屈服。散播这种致命的东西非常残忍,但是我们宇宙中的一切存在——尤其是现有的文明及其中的住民——都面临着严峻的日常,一点儿也不轻松。

根据霍普夫斯陀瑟尔博士的说法,这三个连续的发展阶段是一切类人型文明发展的铁则。据其他人说,博士的周期表上还有一些空白。这对我来说倒是没关系,因为我只对形似人类的生命形式感兴趣,这也很容易理解。所以我按照年鉴里霍普夫斯陀瑟尔的指示,组装了一个高级恒星社会探测器,之后没多久我就进入了毕星团里星球聚集的地方。因为从那个地方传来很强的干扰,还有大量的行星被垃圾带环绕,而且好几个恒星表面都布满黑色的颗粒,经光谱分析其中含有稀有元素,这就证明有人工智能在此湮灭。

　　年鉴最后一期上有张迪楚提卡居民地照片，那些人和地球人很像，我决定在那颗行星上降落。那张照片是霍普夫斯陀瑟尔博士用天文望远镜拍的，考虑到迪楚提卡距离地球有一千光年远，照片内容可能已经过时了。不管怎说，我还是有很大的可能可以通过双曲线路径靠近迪楚提卡，进入圆形轨道，请求降落。

　　得到降落许可其实比在太空中长距离航行困难得多，因为官僚机构可是以指数级的速度发展，航行技术与之相比可谓望尘莫及。因此光子反应器、护盾、燃料供给、氧气等等都不如付款单据和发票重要，没有了这两样，你根本不要想拿到入境签证。我在这方面是老手了，准备好了要长期坚持环绕迪楚提卡——说不定要花好几个月呢——却没料到碰上了别的事。

　　我看到那颗行星和地球一样都有着蓝色的天空，也有大面积的海洋，星球上有三块面积很大的大陆，上面有人居住。即使在距离这么远的轨道上航行，我还是需要敏锐地注意前方，让自己在守备卫星、观测卫星、探秘卫星、侦测卫星间穿行，而且还要注意那些一动不动的卫星——这些得躲得越远越好，决不冒险。我发出的请求没有收到任何回应，我发送了三次，却没有人要求我传送文件图像，一个形似肾脏的大陆朝我发送了一个东西，那像是一个凯旋门，用人造冬青枝混合彩色丝带、飘带做成，上面还写着字——看起来是鼓励的文字，但是非常模糊。我决定不从这个门里穿过。另外一个大陆上有不少城市，他们朝我发射乳白色的云，应该是某种粉末，结果我船上的电脑都失控了,他们趁机想控制我的飞船开往太阳。我只好把电脑全关掉,切换至手动操作模式。第三块大陆面积最大,城市化的地区相对较少,有广袤的植被,既没有朝我发射什么,也没有拿任何东西来迎接我。于是我找准了一个隐蔽地点,开启制动,小心地让飞船降落在一片风景如画的山区峡谷之中,周围全是草地,好像长着不少向日葵或者萝卜——高度太高,我分不清楚。

像往常一样,因大气摩擦,飞船温度升高,门被卡住了,我只能等着,过了好久门才打开。我探出头,深吸了一口清爽宜人的空气,小心地踩在陌生的土地上。

我发现自己正好在一片看似农田的空地边缘,只不过地里长的东西跟向日葵或萝卜都不沾边,根本就不是植物,而是床头柜,换而言之,是家具。而且还不只是床头柜,在床头柜之间,整整齐齐地排列着一行行的衣柜和脚凳。我想了一会儿,断定这应该是文明生物所为。我见过类似的东西。有些未来学研究家常常跟大家说末日降临的场景,什么世界弥漫着致命的浓烟毒雾,大家绝望地被困在能量屏障或者热力屏障之中等等,这些都是胡说八道。其实文明发展到后工业阶段,就会出现生物工程学,生物工程学能顺利解决上述一切问题。掌握了生命的秘密就能生产出人造种子,人造种子基本上能够种出任何东西。只要浇一点点水,想要的东西都可以很快长出来。至于这些东西究竟是从何处获得信息和能量长成收音机和柜子的呢,你根本不用操心,就如同我们不用担心孢子如何长成蘑菇一样。

所以农田里长着衣柜和床头柜这件事本身我并不觉得奇怪,奇怪的是它们全都去自然化了。床头柜的门都关着,我想去开门的时候,它差点用长着利齿的抽屉咬断我的手,旁边的那个床头柜在微风中颤抖,仿佛肉冻似的。我走过去的时候,一个脚凳伸出腿把我绊倒了。不对,家具根本不可能会做这些事,这片农田很显然有什么地方不对劲。我继续往前走,保持着高度警惕,手时刻握着枪,怀着对这片土地的少许失望之情,我来到一片路易十四时期风格的灌木丛旁,灌木丛里蹿出一头野生沙发,要不是我一枪击中了它,肯定就被它鎏金的爪子扑倒了。我在一片一片的家具丛中走着。这些家具不光风格混杂,功能也很混乱,各种杂交品种乱成一团,橱柜和脚凳软垫混在一起,还外带小卖部;大衣柜门开着,仿佛要请人进去似的。这些多半都是捕食者,因为周围有好些吃剩下的东西。

现在我明白了,这不是农田,而是完完全全的一片混沌。天气太热,太阳升到了顶点,我觉得又累又难受。经历多次失败之后,我总算找到一个看起来非常安静的扶手椅并坐了进去,想整理一下思路。我坐在那儿,旁边好几个巨大的野生洗漱台伸出无数晾衣竿,形成一片阴影。过了一会儿,在大约一百英尺远处,在很多摇摆的檐板之间,伸出来一个脑袋,接着躯干也出现了。我觉得对方看起来不像人,但是也肯定不像家具。它直立站着,身上披着光滑的金色毛皮,看不清楚脸,因为被宽檐帽子遮住了,在肚子的位置仿佛有个小手鼓,它的手臂是锥形的,有两只手,它发出轻柔的嗡嗡声,同时敲着腹部的鼓,也许不是鼓。它往前走了一步,又一步,一直走着。那东西看起来像个半人马,只不过它长着脚,没有蹄子,接着第三对腿出现,随后第四对也出来了。接着它跳进灌木丛里消失了,我也就没有继续数。不过据我所见,至少有一百多个。

我坐在那把垫了软垫的椅子上,对刚才所见的奇怪情景感到很惊讶,不过最终我还是站起来继续走,同时注意不要离飞船太远。这片原野尽头有一些完全长成的沙发,而且还有一堆碎石,再远点的地方正下着一场暴风雨。我走近一些,想要看清楚暴风雨里还有什么,这时候我忽然听见身后窸窸窣窣响,于是回头看,突然一张床单蒙住我的头,我挣扎着,却是徒劳——因为一双钢铁手臂紧紧抓住了我。有人踢我的腿,我无助地扭动,感觉有人把我抬起来了,我的肩膀和脚踝都被抓住。他们似乎把我搬到了下面去,我听见石板路发出的声响,还有门吱嘎吱嘎的声音,然后我被人一推,跪倒在地,我头上的布被掀开了。

我在一个小房间里,天花板上装着灯泡——灯泡也长着胡子和小爪子,时不时还会互相交换位置。有人站在我旁边抓着我的脖子,迫使我跪在一张粗糙的桌子上。桌子后面坐着一个披着灰色斗篷的人,脸完全被兜帽遮了起来,兜帽只有两个洞让眼睛漏出来,洞上还装着透明镜片。那个人正在读一本书,他把书放到一边,瞄了我一眼,然后冷静地对抓着我的那个人说:"拉绳子。"

有人抓住我的耳朵，扯得我直喊疼。然后他们又两次试图扯掉我的耳垂，没成功之后，他们都慌了。那个抓着我使劲扯的人同样也穿着粗糙的灰色衣服，这人此时以充满歉意语气说："这肯定是一个新品种。"另一个人冲上来试图扯掉我的鼻子、眉毛，甚至想扯掉我整个脑袋，这些努力都落空，没能得到他们想要的结果，坐着的那个人下令放开我，问道："你藏得有多深？"

"什么……多深？"我完全不知道他在说什么，"我没藏，我也不知道这是怎么回事。你们为什么拷打我？"

此时坐着的那个人站起来，绕过桌子抓住我的肩膀——他的手是人类双手，不过戴着亚麻手套。他感觉了一下我的骨头，小声地惊呼了一声。在他的示意下，我被带到走廊上，走廊的灯泡在天花板上无聊地爬着，然后我进入另一个房间，准确来说是个小隔间，里头黑如坟墓。我不想进去，可是他们一把把我推进去，然后重重地关上了门。有什么东西在嗡嗡响，从一个看不见的屏障后面，我听见有个声音以欣喜若狂的语气说："多么可爱的骨头！多么可爱的小骨头啊！"听到这话，我更是拼了命地想挣脱。他们把我从柜子里拽出来，不过他们这次对我的态度非常不一样，他们都很尊敬地鞠躬，示意我跟他们走。我就跟着他们走进一条地下通道。这通道很像城市主下水道，不过通道非常干净，墙壁雪白，地上铺着白色的细沙。我现在双手自由了，可以边走边揉揉脸和身上受伤的地方。

两个人穿着长及地面的灰色长袍，腰上系着带子，他们打开粗糙的木板做成的门,进入房间。这个屋子比刚才他们扯我鼻子耳朵的那房间大,里头站着一个戴兜帽的人。那人一看见我显然很惊讶。交谈了十五分钟之后,我基本掌握了情况:我现在在一个本地教派的修道院里,但这个教派要么是被某种未知势力迫害着,要么是被判定为非法,他们刚才以为我是"陷阱的诱饵",因为我的长相对德莫利安修士们来说是极受崇拜的样子,也是法律明令禁止的。那位长老,就是跟我说话的那人,他说我看上去确实像诱饵,如果我是由各种零件组成的,那只要扯动内部绳索(也就是连接耳朵的部分)就会散成碎片。至于拷问我的那个僧人(就是比较年长的那位看门人)问我的第二个问题,是因为他以为我的外表是某种塑料人体模特,而实际上内置了小型计算机。后来我照了 X 光,这才验明正身。

那位长老是一位神父,名叫戴兹·达格,他为这次不幸的误会深表歉意,还表示马上就会还我自由,但是他建议我不要去地面,因为地面上太危险了——因为我整个人都很可疑。由于我没有使用伪装的经验,连假装的内脏囊袋或者可伸缩肝脏枝干都没用。我最好就是以尊贵的客人的身份和德莫利安修士们待在一起,由于他们真的非常谦逊,我即使被监禁也不会觉得有丝毫负担。

我其实不满意这样的安排,尽管我还是很不习惯长老戴着面具的样子,和他跟别人一模一样的灰色袍子,但是他的举止、真诚的态度和说话方式给了我信心。我没有急于向他提问,只是和他谈论地球与迪楚提卡的气候——我跟他说了我是从哪里来的——还说起宇宙航行有多枯燥乏味，最终他说他能够想象出我对于本地事务的好奇，但是不必着急，我必须要躲开那些长臂视察员才行。作为客人，我可以有自己的房间，还有一个学徒给我提供各种必要的帮助和建议，此外修道院的图书馆我也可以随便使用。由于馆内有很多违禁书籍和被列入黑名单的古早版本，虽然我来到这些地下墓穴完全是意外，但是总比降落到别的地方好多了。

我觉得此次会面就到此为止了，因为长老站起来了，但是他没走，而是非常胆怯地问，我能否允许他——他说的就是"允许"——允许他触碰一下我本人。他仿佛非常悲伤或者极其懊悔一样，深深地叹了口气，然后用戴着硬手套的手摸了我的鼻子、前额、脸，当他拽我头发的时候甚至轻声啜泣起来（而我觉得这位长老的手仿佛是铁做成的）。他显然是压抑着感情，我觉得很疑惑。我不知道该问些什么才好，到底应该先问家具为什么发疯，还是问为什么有长了很多条腿的半人马，或者是问刚才说的视察员究竟是什么，但出于谨慎，我还是忍住了，什么都没说。长老对我保证说，修道院的兄弟会帮我把飞船伪装起来，让它看起来像是得了象皮病的有机物，然后我们就互相道别了。

我住的房间很小，不过很舒适，里面有床——不幸的是，床硬得要死。我估计这是德莫利安修士们的某种死板规则，结果后来才发现他们只是忘了给我铺床。到目前为止，我还不觉得饿，只是信息奇缺,负责照顾我的年轻学徒给我带来了一大堆历史和哲学书籍,我一直读到深夜。我的台灯有时候会爬过来,有时候会爬到屋子别的角落里,因此我的阅读总会被打断。后来我才知道,台灯要是熄灭了休息,只要吹一声口哨它就会爬回来。

学徒建议我从篇幅较短但颇具启发意义的一本迪楚提卡历史开始看,那本书是一个叫阿布兹·格拉格兹的人写的,他是个官方的历史学家,据说他的作品"足够客观"。我就从他的书开始看了。

在距今2300年前,迪楚提卡星上的居民全是人类。他们的科学发展进程也伴随着生活的世俗化,但杜伊教在二千多年来一直占据统治地位,无人反对,所以自然在文明进程中留下了痕迹。杜伊教坚信每个生命都会死亡两次,一次在前一次在后,换句话说,一次是在出生之前,一次是在咽气之后。迪楚提卡星的神学家后来要是听到我说地球人不是这么想的,全都会惊讶得举起双手。他们这些善良的修士们是无法理解为何有的教会会只关心来世,让他们想到如果某天他们将不再存在,会令他们十分不安;而若让他们想到实际上他们从来就没存在过,同样会令他们不安。

在过去一百多年的时间里杜伊教不断完善自己的教义,不过他们对末世论的问题一直抱有很大兴趣,结果就导致格拉格兹教授终其一生尝试开发出长生不老的技术。每个人都知道,人会死是因为会变老,人变老就是经历生理上的衰弱——包括失去重要信息,细胞忘记了如何保持活力。自然界里只有胚胎细胞有相关信息,别的细胞都没有,因此老化就是维持生命的信息缺失了。

布拉德达格·菲兹发明了第一个永生人,是用人体组织组装起来的(我在这里用"人体"来称呼迪楚提卡星人只是为了方便),他把体细胞缺失的所有信息全都收集起来,人体组织立刻恢复了原样。第一个迪楚提卡星人——德衮德尔·布拉布兹——本人实现了永生,但是只永生了一年。之后他就撑不住了,共用了六十台机器来照顾他,他身上各个角落缝隙都插满了黄金电极。结果他一丝肌肉也动不了,最终可怜地住在一座真正的工厂中(一间永生车间)。第二个永生的是多波德尔·格瓦尔格,他确实能走动,只不过必须携带维持长生不老的设备,并由一组重型拖拉机牵引才行。他也因沮丧而自杀了。

流行的观念依然认为,只要技术持续发展,就能发明出微观永生者,哈兹·博德加通过数学方法证明一个PUBE(个体用有源供给生物蝶呤赋能器)①必须要比永生者重169倍,才能让永生的路径接近自然进化的设计。我之前也说过,就连地球上的科学家都知道,大自然只希望一部分的个体细胞繁殖,别的都可以去死。

"哈兹论据"令大家印象深刻,让全社会都陷入绝望,因为在此之前大家都认为不必抛弃自然给予的肉体就能穿越"死亡屏障"。在哲学领域,哈兹论据引起的一个反应就是伟大的迪楚提卡星的圣人当德沃尔格提出的著名新教义。他说,自发性的死亡其实并不能

---

① PUBE 为"Personal Umbilico-Bioeternitizer Ensemble"的缩写。

算是"自然的"。自然是要适应,而死亡却是对宇宙比例的公然违背。而且在评估这种过错的时候,理不理解作恶者与评估结果无关。自然欺骗了我们,无辜的人们被骗去执行一个据说是很愉快的任务——但实际情况却是令人绝望的。在生活中,一个人越是具有智慧,就越容易落入陷阱。

任何正直的人都不应该成为杀人犯的帮凶,同理,一切跟世间最大的犯罪分子——大自然——的合作都是不可原谅的。然而,在这场你藏我躲的游戏中,葬礼不就是一种合作吗?作为共犯,我们习惯于处理尸体,并且在墓碑上写上各种毫无意义的言辞,这些只彰显出一个重要的事实:人们要是能够敢于直面真相,他们顶多会在墓碑上,对着大自然母亲,刻上几句辛辣讽刺的话,因为正是她将我们送进坟墓。然而与此同时,却没有人敢多说一句,仿佛一个聪明绝顶的杀人犯总能因为某种特别的顾虑而逍遥法外。实际上,能够通往永生的不是"人终有一死",而应是"以牙还牙",这才应当是我们高呼的口号,即使这意味着我们要放弃部分原本的外表。以上就是那位杰出的哲学家所提出的存在论观点。

我读完这段之后,那个学徒来了,他代表长老来请我分享他们简单的食物。我在长老的单独陪同下用餐。达格神父什么都没有吃,只从一个水晶杯里喝了点水。整个宴席都很简单,炖了个桌子腿——有点老。我看出来了,周边田野里的家具都是野生的,而且主要成分都是肉。不过我没问为什么家具不是木头的——刚才读的文章让我惦记着更重要的事情,我首先跟长老说的是神学问题。

他跟我解释说,杜伊教是一种被剥夺了一切教条而信奉神灵的信仰,它的相关文献在无数次生物革新中——被毁。教会最大的一次危机是灵魂不灭的教义被消灭了,因为生命在未来可以无限延长了。在二十五世纪,三项技术的大获成功又让这条教义受到挑战,分别是:冷冻技术、逆转发育技术和精神控制技术,冷冻技术就是把一个人冻起来,逆转发育就是逆转人的器官发育,第三项是自由控制精神。来自低温冷冻方面的挑战其实很容易反驳,人在进入低温状态后经历的死亡是可以逆转的,并不是《圣书》中所说的死亡,《圣书》里所谓的死亡是指灵魂进入了宏大的死后世界。事实上也没有其他合理的阐释了,如果我们是在讨论普通的死亡,那么复活了之后那个人肯定知道自己在死亡期间去了哪里——也就是灵魂的所在——毕竟他可能死了一百多年甚至六百年。

有些神学家,比如高格·卓伯达,认为必须是尸体分解后才是真正的死亡("尔等必将从尘土中归还"),但是这个观点也站不住脚,因为有种叫作"复活力场"的东西,真的可以从尘土中复活出一个人来,也可以把一个人的身体分解为原子,在这种情况下,复活的人也完全不知道自己在死亡期间去了哪里。所以教义只能在小心地避开一切提及"死亡就是灵魂离开身体"的话题时成立。但是后来神学又遇上了逆转人体发育这种问题,其实这件事并不是要故意和宗教问题作对,只不过是证明了在胎儿生长过程中移除缺陷是不必要的:科学已经发展到能精确捕捉缺陷并使之逆转的程度了,就是一百八十度大反转,然后从受精卵开始重新生长。由于逆转录苔藓学技术的缘故,现在已经可以把一切物种都逆转回生命初始阶段了,甚至可以让受精卵重新分解为卵子和精子。结果,突然间,定义"完美"和"灵魂不朽"的教义就同时面临着巨大的问题了。

这就出现了一个大问题,根据教义,神在人受孕的瞬间创造了灵魂,但是如果怀孕这个事情也是可以逆转、可以抹消的,甚至是可以被拆解的,那么已经创造好的灵魂可怎么办呢? 这个技术的副产物是无性繁殖,也就是,从活体上取得的任何细胞,比如说鼻子或者脚后跟或者上颚内层取得的细胞,全都可以发育成完整的生命体,根本不必通过受精。我们的生物工程足以创造完美的受孕,在经过全程优化后还进行了商业推广,开始大规模使用。现在胚胎发育速度可以减慢,可以加快,可以偏转方向,举例来说,能发育成人类婴儿的胚胎也能发育成某种类人猿。那么灵魂会不会因此像手风琴一样可以拉伸或压缩呢? 或者如果让人类胚胎发育成了类人猿,那么灵魂会不会就在这个过程中的某一刻消失了?

但是教义说,灵魂一旦被创造出来就不会消失,也不会衰退,因为它本身就是一个存在的实体,而且是不可分割的。有人考虑过将那些胚胎工程师逐出教会,但是这样也不能解决问题,因为现在体外繁育也很普及。没有人是靠一男一女生出来的了,甚至不是靠一个细胞植入迭代仓(人造子宫)生出来的。只需要拿出孤雌生殖这个例子,人类一切圣礼都可以被否定了,因为那就是处女生子。接着还有下一项技术——意识技术。因人工智能电子学和思考型电脑而产生的"机械灵魂"这个问题大体上还能解决,但之后还有一系列问题,关于液体之中的思想和智力的问题。知觉、理性溶剂都是合成的,可以装进瓶子里,倒出来,混合,每次都能得到一种新人格,而且每一种都比所有的迪楚提卡星人加起来还要崇高睿智。

在第2479届大公会议上,机器或液体中是否包含灵魂的话题引起了热议,最终他们发布了一条新教义,也就是"二手神创"教义,意思是:神给祂所创造的智慧生物都赐予了再次生产新智能的能力。但是问题到这里还没完,因为后来很快大家就发现,人工智能也能制造出新的智能,能制造出它们的继任者,能根据自己的需要合成新的人工智能,而且外表也不是类似人形的机器,而是非常完美的人类,用旧材料制作而成的。后来还有两次维护灵魂不朽教义的尝试,但是都被接下来的一些科学发明彻底击垮,真正的大规模坍塌发生在二十六世纪,被攻击得体无完肤的教义还来不及找到有利论据,就又有个新技术被发明出来,彻底否定了它。

这项技术导致很多异端邪说和教派纷纷涌现,这些邪说和宗派都跟宇宙普遍真理背道而驰,而与此同时,杜伊主义教会还坚持着唯一一条教义,那就是"二手神创"理论,但是只要说起死后的生命,还有对于持续个人身份的信仰,这条教义也不可避免地被击溃了,因为不管是人格还是个体在这个世界上都无法持续了。你现在可以用机器和溶液将两种以上的思想混成一个,也可以用同样的方法混合人体。由于有了功能义位学,你甚至可以在机器里制造出整个世界,然后在那个世界里进化出智慧生物,那里的生物被囚禁在自己的牢笼里,然后又制造出下一代有知觉的个体。你可以拓展它们的智力,可以分割,可以繁殖,可以分解,可以取消,什么都可以。教义的瓦解导致教会权威瓦解,对来生的希望曾经虽然有过,但现在也消失了,至少对个人而言是消失了。

眼见神学跟不上技术发展,第2542届大公会议成立了一个"预言社",主要是从神圣信仰的领域进行未来技术研究。因为当务之急就是要参与到未来的盛衰变化之中去。很多新生物技术的非道德性质不光警示着虔诚信徒。诸如无性繁殖这样的技术,除去创造普通个体外,还可以繁殖出很多无智力的生物来进行机械劳动,还能用人和动物身体制造出装饰房间和墙壁的毛皮,很可能还能生产出有智力的衬垫、插头、放大器、调节器之类,用一管液体就能让计算机欣喜若狂,还能用一颗青蛙卵孵化出一个长着人类身体的智者,或者干脆是个长着迄今为止前所未见的动物身体的智者,动物的身体可以由专家对胚胎进行设计构建得到。包括世俗人士在内,有很多人反对这些技术,但是都没用。

达格神父描述这些事情的时候非常平静,仿佛是在说一些不言自明的东西。对他来说这确实是不言自明的,这是他们迪楚提卡星的历史。我心里却涌出无数的问题,但我不想显得没礼貌,于是在晚餐后直接回到了自己的房间,坐下来开始读阿布兹·格拉格兹著作的第二卷。这卷的第一页前言就注明,书里记载着禁忌的内容。

我得知,在2401年,拜格·布罗加、戴尔·达阿格德和弥耳·德尔打开了通往无限制自动进化的大门,这些学者坚信,他们制造出来的自动工厂智人——自制人——可以达到终极的和谐和幸福,天生就可以具有他所认为最完美的身体和灵魂,只要他愿意,就可以打破道德的藩篱。简而言之,他们代表了第二次生物学革命(第一次生物学革命让我们拥有了量产型的日用品种子),在科学的历史中,这种疯狂的乐观主义还是很常见的。这样的希望通常都以伟大新技术的面貌出现。

自动进化工程——或者按照他们的叫法——胚胎主义运动,一开始发展得很快速,完全符合伟大的发起人的期待。有关健康、协调性、精神与形体之美的理念变得很普遍,根据宪法,每个公民都有权利获得任何他渴求的心理或生理属性。很快,一切残疾、先天缺陷、丑陋、愚笨的特征都消失了。但是整个发展过程被它自己的增长势头不断驱使,事情到这里根本没有结束。接下来的事情一开始看起来是完全无害的:年轻女子在皮肤上培养宝石或者花状物作为装饰品(比如情侣款耳朵、角质层珍珠之类),年轻男士喜欢留鬓角和胡子,头上留鸡冠形头发,还特意要长出苹果型下巴,等等。

二十年后,第一批多数派出现了。我想了一会儿才明白,迪楚提卡人说"多数派"的意思跟我们地球人不一样。不是说宣讲台上的多数派,而是指解剖学上有所增殖的人,此外也有少数派,这部分人拥护简化身体,也就是清除少数派首领所认为的那些不重要的部分。我刚读到精彩处,那个学徒突然门都不敲就冲进屋里,他非常激动地叫我立刻收拾好东西,因为守门人兄弟拉响警报了。我问他发生什么了,他只是一个劲地催我,高声说不要浪费时间了。我没带什么私人物品,就把那本书夹在胳膊底下跟着向导跑了。

在地下食堂,所有德莫利安修士都在拼命工作,上面的图书馆员兄弟拿着杆子,顺着石头丢下来一大堆一大堆的书,下面的人赶紧飞快地把它们装进容器里,送到开凿在岩层里的一个井底。那群僧人在我眼前脱掉衣服,迅速把自己的斗篷僧袍塞进石头上的洞里,他们全都是机器人,无一例外,顶多大体上有点像人形。接下来他们开始对我进行改装,在我身上粘了各种附件,有气球形的、蛇形的,还有尾巴和胳膊——我也分不出来到底哪个是哪个,反正他们的手脚很麻利。一位长老在我头上放了一个内脏囊袋,看起来好像是个被开膛破肚的大型蟑螂,有些还继续往我身上粘东西,其他人则给我画上条状纹路,周围没有镜子也没有平滑的表面,我看不见自己的样子,不过他们对整体效果似乎很满意。

我被推了一把,站在角落里,这时候我才觉得自己已经不像有四肢的生物了,倒像是有六肢,甚至比六肢还多,比任何直立行走的生物都多。他们让我蹲好,如果被问话,就好好回答所有问题,说话时要说"咩"。接着我就听见外头一阵重重的敲门声,机器人修道士们把某种看似缝纫机的东西拖到食堂中间(并不是真的缝纫机),冲过去忙活起来,接着屋里顿时充满了叮叮叮的声音。视察员沿着石阶朝我们走下来。我一看到他们几乎吓得趴下了。我不知道他们到底穿没穿衣服,他们每个看起来都截然不同。

我觉得他们全都有尾巴,尾巴末端长着挺大的拳头,拳头上覆盖着毛发,他们把尾巴随意地挂在肩上——就像是一个球形的瘤子盘在大疣子一样的肩膀上。圆球中间的皮肤白得像牛奶一样,上面有各种颜色的瘢痕。过了一会儿我才明白,他们不光是通过声音交流,还通过身体上屏幕的闪光来交流,屏幕上闪现着各种文字和缩写。我试图数他们有几条腿(那是腿吗?),发现他们最少有两条,有几个是三条腿,也有五条腿的,但是腿越多越容易绊倒。他们在大厅里四处翻找,例行公事地检查那些僧侣,僧侣们就埋头非常努力地工作。领头的那个视察员比别人都高,内脏囊袋上还长着一块橙色膜囊,他一说话,那个囊就扩大,还发出微弱的光。他对矮个子的一个下达命令,让他去看看扁状绞盘,矮的那个只有两条腿,短尾巴,显然是个秘书。他们记录了几笔,又测量了几下,跟机器人修道士简单说了几句之后就决定离开,这时候一个绿色的三条腿的家伙看到了我,他扯了扯我身上那些附件,为了以防万一,我发出了"咩"的叫声。

"呃,是那个老图姆主义者,他是个疯子,别管他了!"高的那个视察员发着光说道。矮的那个就赶紧回答:"好的好的,躯体大人!"

他们用类似手电筒的东西又检查了一遍这个食堂,不过没去检查井里。我越看越觉得这好像是在执行什么程序。十分钟后他们走了,机器停下来,被推回黑暗角落,僧侣们把箱子打捞起来,拧干湿衣服,然后挂在绳子上晾干。装书的桶漏水了,图书馆员兄弟们悲伤地摇头,他们必须赶紧把吸水纸夹在这些古老书页中间。长老,或者叫机器人神父——我也不知道该怎么称呼他才好——朝我走过来微笑说,谢天谢地,一切都顺利结束了,但是提醒我今后必须多加小心。他指了指我慌乱之中掉下来的历史书,在检查期间他一直坐在这本书上。

"不准持有这种书籍吗?"我问。

"要看是谁持有书籍。"长老回答,"我们是不得持有的!尤其是这种书。我们被当作老旧机器,从第一次生物革命之后就没人要我们了,他们折磨我们,破坏这个墓穴里的一切东西——提醒你一句,这是非官方行为——自从格劳邦执政后就是这样。"

"图姆主义者是什么?"我问。

长老似乎很尴尬。

"是布祖吉斯·图姆恩的追随者,九十年前图姆恩执政。由我说这话真是尴尬……一个无辜的图姆主义者到我们这里来寻求庇护,我们收留了他,他一直都坐在那个角落里,假装精神不正常——可怜的人啊。多亏他假装疯癫,谁都没明白他的意思,也说不好他到底是什么状态……上个月他把自己封冻起来,等待'更好的世道'……所以我想，万一遇到紧急情况，我们可以把你装成……你也理解，对吧？我是想告诉你，但是没机会。我没想到这么快就来搜查了，他们是不定期来的，但是最近来得很频繁……"

这番话我完全没听懂。总而言之，我现在非常难受，那些德莫利安修道士把我装扮成图姆主义者的时候用的胶水粘得非常牢，把那些人造板条、肝状茎秆扯下来的时候，我的肉都快被扯掉了。我冒着冷汗疼得直哼哼，最后总算是基本恢复了人形，然后我就准备睡觉去。长老建议我生理改造一下，当然是可以恢复的，但是看了他们给我提供的改造后图片之后，我还是决定冒险保持原样，官方推荐的外表在我看来简直丑陋无比，而且极其不方便。比如说，你根本不可能躺下来，只能整夜把自己挂着。

我回去之后已经很晚了，等那个年轻护卫来叫我起床的时候我还没睡够呢，他给我带了早餐。现在我明白了，由于我的缘故，他们费了不少心思。这些修士们自己不用吃东西，只要喝点水就行，他们很可能是由电池驱动的，大概只喝蒸馏水，而且只需要一点就够整天的需要了。不过为了给我做饭，他们必须冒险进入家具丛林。这顿饭是"煮得很不错"的扶手椅，我说煮得很不错不是说它好吃，而是说在当前情况下，我还有东西吃，而且还能吃得下去。

我对昨晚的突然检查记忆犹新，但是在我读过的历史书里还没有任何相关内容，于是我吃完早饭后又立刻接着读书。

在自动进化伊始，解剖改革阵营分裂成了很多持不同意见的分支。在生物学伟大发现之后不到四十年，保守派就消失了。现在保守派被认为是阴险的反动势力。改革派分化成了：骤变派、稳步前进派、调换派、变形派、副产物派等等，还有好多派别我记不起名字了。骤变派希望政府推出完美解剖学原型，并立即予以立法保护。稳步前进派倾向于要精准，他们认为完美模型不可能一蹴而就，因此必须要通过扎实的进步过程来达到完美的身体，但是他们也不知道究竟应该通过何种进步过程。而且，如果"他"——代指中间世代——不配合怎么办？在这一点上他们又分裂成两派。其他派别的话，比如说变形派和调换派，他们认为不同场合呈现不同外观是一种优势，再说，人不能比昆虫更差吧——要是昆虫在一生中可以经历数次变形，"他"为什么不行？小孩、青少年、年轻人、老年人都可以有本质上不同的设计。至于说副产物派就更加激进了，他们说骨骼已经彻底过时了，他们呼吁消灭一切脊椎，支持全面塑料化。副产物派可以根据自己的意志改变形态，在拥挤的时候这种特性就非常实用，另外也可以适应各种成衣尺寸，其中有些人，根据环境和心情把自己搓成特别奇怪的形状，试图表达内心深处的自我。他们在身体政见上的对手就把他们叫作变形虫。

为了应对解剖学上无政府状态的威胁，身心规划委员会应运而生，也就是一个规划体细胞和心智发展的委员会。它的工作是制定一套通用规则，管理所有与转变有关的模型，而且都要经过实验室测试。但是大家对于自动进化的总体方向依然没有达成共识：是应该制造最舒适宜居的身体,还是制造让个体最能适应社会环境的身体？是要实用主义至上,还是审美至上？究竟是强化精神,还是强化肌肉？泛泛而谈地讨论协调和完美当然没问题,但同时经验表明,每个人对良好品质的需求不一致,而且好些良好品质本身就是互相排斥的。

总而言之,和自然人决裂的运动仍在进行中。专家们争相证明对方很原始,是大自然临时拼凑的劣等品。当时的形态测量学和理疗物理学方面的分析在文字上很显然是受了当德沃尔格教义的影响。自然的躯体是很脆弱的,它在不停地向着衰老和死亡前进,旧时代的暴政送来了大家等待已久的理由——所有的一切都必须加以严厉批评,媒体对足弓下陷、肿瘤、腰椎间盘突出等等上千种进化失误引起的缺陷表示愤怒,他们说进化就是浪费资源的粗制滥造,是不道德的,是自我毁灭的遗传,还说进化的帮凶就是自然选择。

现代人似乎是要向大自然复仇了,因为他们的祖先可怜巴巴地默默接受了迪楚提卡星人从人猿时代传下来的故事。他们嘲笑所谓的树栖人,因为事实是,最初有些动物藏在树丛里,后来森林逐渐减退,草原面积增加,他们很快就从树上下来了。根据某些批判意见所说,是地震引发了人类起源,迫使树栖人全部从树上跳下来,换而言之,最早的人类是像熟烂的果子一样被从树上摇下来的。这当然是过于简化的描述,不过因此而嘲笑进化论则变得理所应当了。与此同时,身心规划委员会也完善了内脏,对脊柱进行了强化,并增加了减震器,还增加了备用的心脏和肾脏,可是极端分子还是不满意,他们提出了更有煽动性的口号,比如"取消头部"(他们觉得太小了)、"脑子放进肚子里!"(腹部空间更大)等等。

分歧最大的地方在于两性问题,有些人认为性这种事情极度恶心,人应该借鉴花朵和蝴蝶的方式才对,另一些人又觉得他们是一群伪善至极的柏拉图主义者,这伙人要求把现有的一切都放大增强。迫于压力,身心规划委员会在每个村镇都设置了意见箱,各种建议如同洪水一样涌来,工作人员呈指数型增长,十年间相关机构的自创性陷入困境,身心规划委员会只能分裂成数个部门,比如管口办公室(OO)[①]、嘴唇管理处(LA)[②]、美形基金会(BUFF)[③]、全国手指脚趾局(NIFTY)[④]以及其他许许多多的部门。此外还有数不清的研讨会、学习班,专门研究肢端问题、鼻子的未来、骶骼骨关节前景等等,每个人都没有任何全局眼光,都是等到某部门发现自己适应不了其他部门的研究才提出问题。任何人都跟不上新问题的思路了,这叫急性自形偏差(GAD)[⑤],为了解决如此混乱的问题,人们将所有的生物学项目全部交给数字化的身心调和计算机。

通史第二卷到此为止。我正要去找下一卷,一个学徒跑到我屋里请我去吃午饭。我不太想在那位长老面前吃饭,因为我知道他是

[①] OO 为"the Office of Orifices"的缩写。

[②] LA 为"the Lip Administration"的缩写。

[③] BUFF 为"the Beautiful Figure Foundation"的缩写。

[④] NIFTY 为"the National Institute of Fingers and Toes"的缩写。

[⑤] GAD 为"Galloping Automorphic Deviation"的缩写。

个礼仪周全的人,同时也知道这么做很浪费时间。可是那个学徒一直催我,我只好马上去了。在那间小食堂里,达格神父已经在桌边等着了,他旁边还站着一个矮矮的手推车,很像我们用来推行李的那种,这是蒙纳神父,预言社的首脑——我说的有问题,手推车当然不是神父,神父兼预言社首脑乃是推车车斗里那个方形电脑。我认为我盯着他看的那几下还是挺有礼貌的,互相介绍的时候我找不到话说也不算失礼。吃饭的过程很尴尬,但这是身体需要。为了让我觉得自在,好心的达格神父用餐期间一直在喝水,同时从两个水晶大肚瓶里喝。而蒙纳神父则在悄声自言自语——我觉得应该是在祈祷吧。不过当对话回到神学问题上的时候,我发现自己猜错了。

蒙纳神父对我说:"如果我的信仰基础坚实,我认为,我所信仰的那位肯定知道我没有给出过正式的声明。在历史上,思想精神自主地设计出了很多不同的神灵模型,每一种都被认为是唯一的真神,但这是个错误,因为设计模型意味着编纂整理,而神秘一旦经过编纂整理就祛魅了。一切教义似乎只有在文明大道的起始处才会显得不朽。首先人们认为神是愤怒的父亲,后来又成了牧羊人和园丁,接着是醉心创造的艺术家,因此人类分别扮演听话的孩子、顺从的羔羊、陶醉的观众等角色。神从早劳动到晚,躬亲创造了一切造物,好让自己被爱,祂像大艺术家一样将各种事物提前安排好,如果这里发生的事情引人不满,那么那里发生的一定包你满意,最终陆地上的这一切表演会为祂赢得虔诚的欢呼和永恒的安可,祂最精彩的表演都要留在人间世界落幕时——这种想法太幼稚了。这种戏剧化的神学观点早就被我们丢在晦暗遥远的古代了。

"如果神是全知全能的,那么祂就应该知道有关我的一切,而且是在无穷早的时间之前就知道了,早在我从混沌中出现之前就全部知道了。祂也知道祂对我——或对你——的恐惧和希望将做出何种决定,因为祂非常清楚祂自己未来的一切行动,否则祂就不是全知全能的。对祂而言,穴居人的想法和十亿年后工程师在如今的活火山所在之处制造出的智慧生物的想法毫无区别。我也不认为随着外部环境不同,对祂的信仰告白会有任何不同——尊敬也好,怨恨也好都不会有差别。我们不把祂当作一位期待祂的造物对自己大加赞美的制造者,因为历史发展到了这样一种程度:自然产生的思想和人工制造的思想没有任何不同,也就是说,自然和人工没有任何差异,而且这个阶段也被我们抛在身后了。你必须记得,我们可以创造任何种类的生物和精神状态。比如说,我们可以制造出从自身存在里得到神性喜悦的生物——我们有上百种方法制造此类生物,结晶、克隆都可以,最后他们对超自然的崇拜就可以让某个目的物质化,而这个目的具有过去的祈祷、崇拜的特征。但是这种大量生产出来的信徒对我们而言是一种毫无意义的讽刺。要记住,我们不会因为有任何生理或先天的缺陷就急得撞墙,因为这种墙早就被我们推倒了,我们早就进入了绝对自由创造的领域。如今小孩也能让死者复活,能让尘埃和金属里产生生命,能毁灭恒星也能点燃恒星,因为这些技术我们都有。为什么不是每个人都掌握这种技术呢,其中的原因从神学角度而言不重要,想必你也同意。《圣书》里明确规定了人类代理行为的界限,这个界限已经达到了,而且也被突破了。旧教义的残忍之处如今被完全没有了教义的残忍所取代。但我们不认为造物主将祂对我们的爱藏在两难选择的面具之下,也不会让我们饱受磨难、不断琢磨祂的意图。教会也不该将奴役和自由这两种不幸描述成拥有启示录背书的期票,因为将来不会有天堂的财务人员来连本带利地兑付。天堂是银行账户,地狱是债务人监狱——这种观点是宗教历史上的一种短暂的异常现象。神正论也不是练习诡辩、培养上帝辩护人的教程,信仰不等于告诉别人每件事情最终都会解决。教会在不断变化,信仰也在不断变化,因为这二者都随历史前进:人必须有所准备,这才是我们预言社的任务。"

这番话让我十分迷惑。我问,杜伊教是如何与技术和解的,这个星球上的神圣经文究竟发生了些什么状况?(估计没发生什么好事,不过我什么都不知道,因为我现在才读到二十六世纪,而且我也没看他们的神圣经文。)

长老没说话,蒙纳神父回答道:"信仰啊,既是必不可少的,但又是不可能的。不可能一劳永逸地固定下来,思想不可能永远笃定地相信一种教义。我们花了二十五个世纪维护《圣书》精神,采取了战略性的退让,对经文进行迂回解释,最终我们还是被击败了。我们在超验领域失去了档案管理员的视角,神不再是暴君,不再是牧羊人，不再是艺术家或警察，也不再是一切存在的会计主管。想要信仰神，就必须抛却一切自私的动机，因为美德永远也不会获得奖励——在任何地方都不会。如果神的能力就是可以违反逻辑和理性而行动，那就真的是一个很悲伤的意外了。难道不就是祂给予我们理性思维的吗——不然还有谁呢？没有了祂给予的理性思维，我们就什么都无法知晓了。现在却要说，信仰必须违背逻辑思维，我们该如何接受这一概念呢？如果只是为了歪曲理性，与逻辑背道而驰，那么一开始为何要给予我们理性思考的能力呢？

"就是为了体现神秘、制造晦涩吗？首先引领我们得出'死后再无其他'的结论，然后像个魔术师一样凭空变出整个天堂？这不可能吧。所以我们再也不向神要求任何恩典，只有这样我们才能保持信仰，我们不向祂提出任何要求，因为我们不再需要'吾赐汝等存在，汝必侍奉赞颂吾'这一类的基于商业模型的自然神学了。"

我便打破砂锅问到底——既然如此，那么你们这些僧侣和神学家到底做些什么呢，你们如何与神建立联系呢？如果我没理解错的话，你们不再维护教义，也不再执行仪式，也不再祈祷了？

"就是真正地放弃一切。"预言社的首脑回答，"我们拥有了一切。亲爱的陌生人，请一定要读读我们迪楚提卡星历史的其他卷，读完了你就会明白我的意思——这是为了在身体和精神操纵的领域获得真正的自由，是两次生物革命使之成为现实。现在我觉得，在你的内心深处，你很可能认为这个情景非常有趣：生物，像你这样的血肉之躯，想要像控制灯泡一样地控制信仰，从而完全控制自己，但是却因此失去了信仰。信仰被他们的工具所取代，诸如电脑这类的思考工具，这也是工业化过程中必须经过的一个阶段。如今，我们已经过时了，然而正是我们——上层生物眼中无用的金属——还拥有信仰。上层生物容忍我们，他们的内脏囊膜里装着更重要的东西。政府允许我们做任何事——除了信仰以外的任何事。"

"这真是奇怪，"我说，"你们不准信神？为什么？"

"很简单。只要个体有意识地依附于信仰，信仰就是唯一一个不能从有意识个体中剥夺的东西。政府不光能把我们碾碎，还能给我们重新编程，彻底抹去我们的信仰，但我确信他们不会这样做，可能是因为蔑视我们，也可能是其他原因。他们想要的东西简单又纯粹，就是征服，征服之中的任何空隙都必须减小。所以我们把我们的信仰隐藏起来。你问这个信仰的本质，可以这么说，就是完全裸露，完全不加防御。我们不抱希望，不提要求，不依赖任何东西，我们只是相信。

"不要再问我问题了，你可以想想这样一种信仰是什么意思。如果有人出于某种原因某种立场而怀有信仰，他的信仰便失去了一切主权，这就好比二加二等于四，完全合乎逻辑，我能够理解，不必对这种事情抱有信仰。可是我对神却一点也不明白，所以只能信仰。但这个信仰给了我什么呢？从古至今，没有任何好事。信仰不会为灭亡的恐惧提供任何安慰，也没有什么天上的使者反对下地狱,宣扬拯救。它不再弥合因矛盾存在而备受折磨的思想,不再平复紧张情绪,我跟你说——它完全没用!也就是说,它的存在毫无目的。我们甚至不说这就是我们心存信仰的原因,因为这种信仰只是荒谬行为:凡是这样说的人,都是为了表明他知道其中的不同——永远知道——荒谬和不荒谬的差别,他之所以选择荒谬,是因为神就是荒谬的。我们不和自己辩论。我们的宗教行为不是恳求也不是感恩,不卑微也不狂妄,关于这点已经没什么可说的了。"

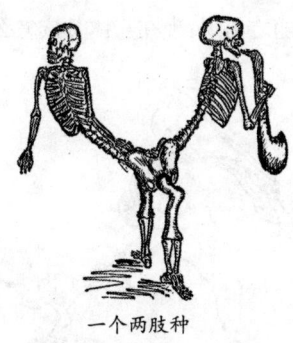

一个两肢种

这番话令我印象深刻,我回到房间继续读书,现在该读第三卷迪楚提卡星历史了。这一卷描述的是跨肉体集权时代。起初人们对身心调和计算机的工作状况十分满意,但是更多的新物种出现在这个星球上——两肢种、三肢种、四肢种、八肢种等等,最终这些没完没了的东西实在太多了,在生命的进程中,还不断有新东西冒出来。这就是程序中有缺陷的重复递归的后果,通俗地说,机器开始结巴了。虽然完善改进派的人竭尽全力,但民众居然都开始赞美那些形态异化的产物,说那些不断萌芽、不断分枝的东西其实是人类善变本质的体现。这种赞美不仅妨碍了修正工作,还导致了一种所谓"广义"或"实体"人士的出现,而且数量还不少,这些人连自己的身体都搞不清楚,总之非常叫人迷惑。他们称自己为捆绑派、纠结派,还有疙瘩派。通常都需要一支救护车小队来把他们解开。身心调和计算机去修复也没用——它现在改名叫身心俱疲计算机,最终被炸飞了。计算机没了之后,那种轻松的感觉并没有持续很久,因为一个可恶的问题随之出现:现在身体又该怎么办呢?

带着孩子的三肢种

然后,总算有人扭扭捏捏地发声了:难道我们不该恢复旧日的外表吗?可是这个意见被认为是反智的,是中世纪的,于是被摈弃了。到了2520年的大选,完美得要死派和相对主义者获胜,因为他们的竞选口号太能煽动人心了。他们说,每个人都应该选择他自己最满意的外表,此处外表仅局限于功能方面——地区身体建造审查员会批准哪些设计是值得长在身上的,没有丝毫多余。身心规划委员会将这些设计投放到市场。历史学家把这一时期称为"身心规划计算机规划下的自形极权时期",这一时期过后的几年被称为"扩缝个性化实践主义时代"。

"个人的外表是私人事务"这种观点出现之后,又过了几十年,新的危机出现了。一些哲学家提出一个观念:危机越多,进步越大,没有危机就必须制造危机,因为危机能激励人,启发人,激发出创造的冲动,让人变得好战,让精神和物质的能量都找到发展方向。简而言之,危机让社会保持活力,没有危机,社会就会停滞僵化,出现各种腐朽的征兆。这就是"乐观主义派",也就是指那些从对未来的悲观预测中发掘出乐观一面的哲学家。

个人主动建造身体的时代持续了四分之三个世纪。一开始,充分利用在自形领域新获得的自由还是很让人开心的,这次年轻人再次引领潮流,男人改造踝关节、四肢之类,女士们就折腾腰身等部位,没多久代沟就出现了,然后就有人打着禁欲主义的旗号出来示范。年轻人说父辈只知道讨生活,过得被动,对待身体的态度过于消费主义,整个都是浅薄的享乐主义态度,追求的快乐也特别低俗。为了划清界限,他们认定那些外观都特别丑陋、让人无比难受,是彻头彻尾的噩梦(恐怖白日梦,惊悚幻想)。他们蔑视一切实用的东西,决定着眼自己的胳肢窝,一群年轻的生物活动家开发了无数特别培育的发声器官(声门电话、叫卖管子、关节音乐厅、拇指叶)。他们还组织大型演唱会,请独奏家们——他们被叫作"呼呼-号叫"——演奏能让听众疯狂震颤抽搐的乐曲。接着就出现了长触手流行的风潮——简直堪称疯狂,那些长长的触手,直径和抓握力都不断增长,因为年轻人满心都是"你还没见过更厉害的呢!"这种想法。结果最终谁都举不起自己的触手,所以只好又发明出一种叫"队列"的东西,是一种会自己走路的、托座一样的东西,让长在触手下面的两条强壮的小腿承受触手的重量。我在书里找到了这种模样的人,走路的时候身后跟着一连串拖着触手的小腿队列。但是这种东西出现的时候已经到抗议行动的末期,更准确地说,抗议行动完全破产了,因为行动本身的目的根本没能达成,而仅仅成了抗议当时奇形怪状风潮的反叛行动。

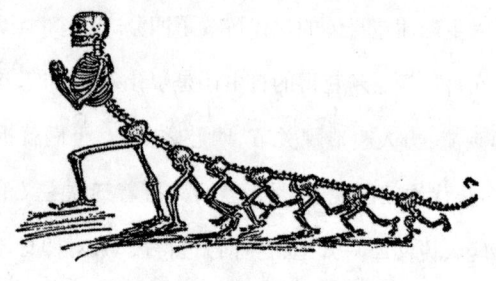

一个多肢种

当时那股奇形怪状风潮也有理论专家和辩护专家为它说话,他们说,身体的存在是为了从尽可能多的地方同时得到尽可能多的乐趣。梅格·布尔布是其中的领军人物,他说自然非常吝啬,它把快乐的感官放在身体中,仅仅是为了生存,因此,按照自然的安排,任何快乐的体验都不是自发的,而是由某些终端供给的:比如让器官里充满液体或碳水化合物或蛋白质,或某种通过后代而实现的种族延续的保障等等。这种被强加在人身上的实用主义必须被彻底摒弃,迄今为止,呈现在身体设计上种种被动状态都是因为缺乏想象力和前瞻性。享乐主义和性快感? 这些全都是满足本能需要之后的副产物。本能需要,换句话来说,就是"大自然这个暴君"。光是性解放还不够——体外胚胎发育就是证据——从组合和建构的角度来说,性是毫无未来可言的,有关这部分的思考很早以前就已经结束了。而且有关自我形态的自由不是简简单单地扩大这里、放大那里,生产一些旧东西的仿制品。不是的,我们现在已经有了全新的器官和全新的成员,它们唯一的功能就是让身体感觉好,感觉非常好,无时无刻都感觉好极了。

身心规划委员会里那些年轻又有才华的设计师们热情支持布尔布,他们发明了布里佩和古努尔,拿出去大肆宣传。广告上保证说:味觉上和闺房中的陈旧乐趣,跟进行布里和古努的时候相比,就像是在挖鼻孔。快乐中枢当然会植入到大脑里,而且由神经路径工程师特别编程,还是连接成系列的。于是人们还创造了布里佩和古努尔驱动器,以及响应那些直觉的相关活动。活动非常丰富,种类繁多,人可以轮流古努和布里,也可以同时又古努又布里,还能一个人古努加布里,两个人三个人也行——在添加诺弗尔之后,好几十个人一起古努布里都可以。另外很多新的艺术形式也出现了,有布里大师和古努艺术家,但这还只是个开始。到了二十六世纪末尾,

255

有了马奇普斯矫饰主义,穆克尔当是一时的大热门,昂德·斯特尔特无人不知无人不晓,此人可以用脊柱上生长出的翅膀一边飞行一边又古努,又布里,同时还进行苏普思普莱特,他是当时的大众偶像。

在奇形怪状风潮最流行时期,性早就过时了,只有两个小团体还保持着性——融合主义者和分离主义者。分离主义者反对一切放荡行为,他们认为吃腌泡菜和亲吻心爱的人居然用同一张嘴,简直太不合适了。所以必须分离,必须有"柏拉图式"的嘴,最好是有全套的嘴,各种用途严格分开(亲人之间用的,朋友之间用的,特别的人专用的)。融合主义者则恰好相反,他们认为实用最重要,所以把一切能合并的东西全部合并起来,以此简化生物体和生活。

奇形怪状风潮没落主要还是因为过分夸张以及过分奇怪,他们生产出各种怪模怪样的东西,比如脚凳女仆和海克瑟斯之类。海克瑟斯看起来像个半马人,不过没有长蹄子,而是长着四只脚,脚趾齐全,四只脚互相面对面。这东西又名跳舞兽,因为它会跳舞,基本舞步就是用力跺脚。市场已被消耗殆尽,但现如今供大于求了。现在已经很难再出现什么令人惊讶的新躯体了:有人用自己长的角当耳罩;半透明、有红斑的耳朵是女士专有的,能在淡粉色的双颊旁扑扇;有人尝试过用灵活的伪足行走。与此同时,身心规划委员会出于惯性依然会推出各种各样的设计,但所有人都认为差不多接近尾声了。

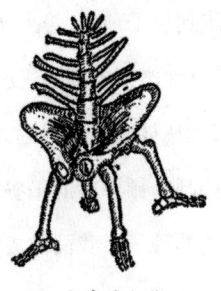

一个脚凳女仆

我全神贯注地读书,书扔得到处都是,照明的台灯在天花板上爬来爬去,我不知不觉就睡着了,直到遥远的晨钟传来我才醒。照顾我的学徒立刻出现,问我要不要换个环境,要的话长老就请我一起去视察蒙纳神父的教区。我同意了。想到能离开这个阴暗的地下墓穴我还挺开心的。

不幸的是,外出之事和我想的截然不同。我们根本就没去地面,僧侣们把一些矮小的动物装备起来,披上及地的盖布,布的颜色跟他们僧袍一样灰,然后不用鞍子就坐上去出发了,沿着地下走廊继续慢慢往下走。我之前曾猜测,这是某种排水系统,只不过因为我们上面的那座大都市中的数千座高楼大厦都荒废了,所以下水道也数百年没用了。我注意到我的坐骑的步子有点奇怪,在那块盖布下面,似乎有像头的东西。我偷偷掀开盖布,发现下面其实是个机器,是某种四脚机器人,看起来十分原始。到中午时分,我们才走了不到二十里,不过可能也不止这点距离,因为下水道迷宫里的路很迂回,而且照明很差,灯泡有时候在我们头上聚集成群,有时候又从天花板凹陷处爬出去，跑到柱子顶上，等人吹口哨。

我们最终到达了预言社僧侣的地盘，受到了热烈欢迎。我尤其受到众人瞩目。由于家具丛林离此地很远，好心的预言派僧侣不得不特别费心准备，为我特制一顿不错的午餐。食物都是从荒废的城市里取来的，原本是袋装的种子。我面前放着两个碗，一个空着，一个装满水，这是我第一次看到活的生物文明的产物。

僧侣们为没有汤的事情向我郑重道歉，他们通过竖井派到地面上的僧人没找到合适的包装来装汤。炸肉排很不错：给种子浇几勺水，它就开始膨胀变大，不到一分钟，我盘子里就装了一份美味的焦褐色小牛肉，油脂滋滋地从肉里冒出来。不过储存这美食的地方肯定特别混乱，因为袋子里混合了很多其他种子：接下来我盘子里出现的不是甜点，而是录音带，没用，因为它带子里卷的居然是裤子背带。他们跟我解释说，这种杂交品种现在很常见，因为售货机无人看管，卖出来的种子质量越来越差，那些产品都可以互相杂交，所以才会出现如此怪诞的组合。好吧，我终于知道那些野生家具是从哪里来的了。

那些好心的僧侣决定再派一个年轻些的学徒到上面的城市废墟里去取我的甜点，不过我认真地拒绝了。比起甜点，我更愿意多跟他们聊天。

他们的食堂曾是城市下水道系统的净化池，现在这里看起来一尘不染，地上铺着白色的沙子，无数灯泡把这里照得雪亮——这些灯泡跟德莫利安教会那些像是巨大黄蜂一样昏暗的灯泡不一样。我们坐在长条桌旁,德莫利安僧侣和预言派的成员是间隔着坐的。一大群戴面具的人和机器人修道士眼洞上镶嵌着玻璃,身着粗布斗篷,围坐在呈矩形状的电脑神父周围,他们身上没有一点活人的迹象。而我是唯一一个露出手和脸的人,这让我感觉有点尴尬。其中有些电脑的线在桌子下面连接到一起,然而我却不敢问他们为什么要用这种多余的方法交流。

这顿饭吃得很孤独,因为除了我谁都不用吃饭,其间对话又一次不可避免地谈到了超自然话题。我想知道最后一批迪楚提卡星上的信徒对于善恶、神和恶魔的问题是怎么看的。但是我提出这个问题后,大家沉默良久,只有一个有条纹的灯泡在食堂角落里发出轻微的滋滋声,不过那位可能也是个预言派教徒。

最后,一位坐在我面前的年长计算机说话了——后来我从达格神父处听说他也是个宗教历史专家。

"我就开门见山地说吧,接下来我说明一下我们的观点。"他说,"撒旦是我们对神的概念中了解最少的内容。不过这并不是说我们认为神是高矮、好坏、爱恨、创造欲破坏欲等等各种要素的集合体。撒旦是因为人认为神可以被限定、被分类、被孤立而产生的,人认为神可以被蒸馏分解,一直分解到我们可以接受的程度,只有这样我们才不必对祂加以防御,神可以被分解的想法导致魔鬼出现。这种想法在历史上是站不住脚的,因为它不可避免地导致一个结论:只有撒旦才能提供智慧,他会不断扩张自己的影响力,最终他会成为一切知识的代称。知识逐渐把我们称为戒律的那些指令全都废除了。它允许我们不经杀戮而取人性命,允许我们毁灭,在这种情况下毁灭就是创造,它让理应受我们尊敬的人——比如父母——全部消失,而这一切却都完美地遵守教条,也尊重不朽的灵魂。

"如果这些都是魔鬼的做工,那么你触碰到的一切都将是魔鬼的作品,也不是说撒旦已经吞没了一切的文明。教会就没有被魔鬼吞没。教会,虽然非常不情愿地,一步步地认同了知识的获取,也默许了在这条路上没有人能够喊出'够远了,别再往前了!'因为任何人——无论是不是教会中的——都不能说出今天的知识成果在明天将会变成什么样。教会可能会时不时地向社会进步宣战,但如果他们捍卫一个阵线时——比如,受孕的神圣性——不会制造一场正面攻击,而是采用一种包围策略,这就消解了他们捍卫地位的感觉。一千年前,我们的教会支持'母亲',但是知识排除了一切关于母亲的概念,首先是把母性行为一分为二,然后把怀孕放在体外进行,随后又控制胚胎综合体,三个世纪之后,一切对母性行为的维护和辩解都变得毫无意义了。教会不得不接受遥控受精和试管婴儿,人工生子,人工智能,机械灵魂,机器接受圣礼,最终教会接受了自然生物和人造个体毫无差别这一事实。就算教会坚持己见,最终也不得不承认,世界上没有上帝,只有恶魔。

"为了挽救上帝,我们研究了撒旦的历史,也就是他作为一个概念的进化——随时间变化的过程,上帝造物中的一切要素都令我们惊恐又悲伤。撒旦是人用来区别上帝与非上帝的一个天然概念,就好像区分白天和黑夜一样。上帝是神秘的,撒旦则是上帝的神秘中孤立成分集合体的拟人化。对我们来说,撒旦就在历史之中。他是永恒的,从自由的角度出发,他是具有人格的。远道而来的贵客啊,不管你有何种冲动,总之还是不要一边听我讲一边归纳自己的想法了,你们的历史跟我们不同。我们这里自由的意义和你们的截然不同。我们的自由的意思是用行动摧毁一切限制,也就是说,在智力产生之初,一切限制生命的东西都会被清除。正是那些限制形成了思想,是它们把思想从如植物构成的深渊里打捞出来。由于那些限制非常吓人,历史思想最温柔的梦就是实现完满和获得完全的自由,这就是为什么文明总在朝这个方向前进,一步一步,永不停息。用石头做骨灰盒是一步,让死者复活是另一步,熄灭太阳又是一步——每一步之间都没有不能克服的阻碍。

"我所说的自由,不是人被压迫的时候渴望的那种温和状态。人本来就会相互为难——栅栏、围墙、陷阱、坑。我所说的自由是更进一步的东西,是互相扼喉的社会领域以外的东西,这个领域可以安全通过,然后人就会寻找新的限制——毕竟大家都不再互相为难了——如此就会在世界之中找到他们自己,在他们心中找到自己,然后他们就对世界和自己大打出手,看到两个对手都屈服才会满意。这个阶段结束后,自由的悬崖绝壁就显露出来了,因为人越是有能力去完成某事,就越不知道自己该去完成些什么事。起初智慧是很吸引人的,就像沙漠里的一罐水,但后来智慧成了湖里的一罐水,因为智慧——就像水一样——是可吸收的,你可以把它交给一块铁片,或者青蛙卵。

"然而,就算追求智慧的可敬程度存疑,支持逃离智慧都毫无可敬可言,没有人会大声说自己想当笨蛋,而且即使有这样的愿望,也勇敢坚持自己的信念,他又能逃到哪里去呢?理性和非理性之间的自然鸿沟已经消失了,科学把那个鸿沟量化了,分解了,就算是叛离知识的人也无法从他的自由中逃脱,因为他必须选择一种最适合自己的状态,而可供选择的可能性比天上的星星还多。在众多如他一般的人中,他是非常智慧的一个。如此一来,他成了智慧的讽喻诗,就像是没有蜂房的蜂后,成了腹中虫卵毫无用处的母亲。

"我们已经逃离了那种境况,遮遮掩掩、鬼鬼祟祟,仓皇且心怀恐惧地。有时,出于生活需要,必须坚持到底。也有些时候,人不得不浪费自己分配好的时间,在一种又一种人生之间疯狂切换。这样的社会从高处看起来就像热锅上的一大群昆虫。从远处观察,它的令人苦恼之处其实有着喜剧效果,因为它总在智慧和愚蠢之间戏剧性地跳跃。吃了知识的果实,人就可以像击鼓一样拍肚子玩,可以用一百条腿跑,可以通过大脑做一面纸糊的墙。等到可以复制你的心爱之人时,也就再也没有心爱之人了,只剩下对爱的嘲讽,等你可以随便成为任何人,坚持任何你喜欢的信条时,那你就谁也不是,也没有什么信仰可信了。所以我们的历史就这样跌到谷底然后又反弹，像个提线木偶一样跳来跳去，看起来就格外恐怖又好笑。

"政府限制自由，但是在武断增加限制的过程中，限制又会被武力推翻，因为你不能掩盖已经被人们发现的东西。所以说，撒旦是自由的代表，我的意思是，他代表了上帝的工作成果中最令人害怕的部分：一连串无穷无尽的十字路，因我们所应达到的成就麻痹而瘫痪。根据一种朴实的哲学思想，世界'理应'束缚我们，就如同拘束衣拘束精神病患者一样，而这种生哲学中的另一种声音说，这些枷锁'理应'属于我们的内心。说这种话的人渴望给自由加以限制，要么限制世界要么限制自己，因为他想要关闭世界提供给他的一些道路，或者让自己的天性限制自己。不仅如此，他还消灭了我们期待出现限制的地方，这样一来，当我们将要跨过限制时，就不会知道自己正在干什么，而这确确实实就是我们之前的所作所为。"

我问："根据杜伊主义信仰，上帝和撒旦是相同的，这难道不是由此来的吗？"我注意到此时出现了一点骚乱。历史学家们都安静了，预言社头领说道：

"如你所说，但是却和你的想法不同。说'上帝即撒旦'，你是在授予这些词语一种造物主的恶意，因此你说的是假的——但是只是因为是你说的，所以才是假的。但如果是我，或者在座的其他修士们说出来，这些词则会有完全不一样的意思。他们说出来的意思将会是'上帝绝不——是绝不——约束我们、削弱我们、限制我们'。

请注意,一个只准行善的社会和只准作恶的社会一样,都是宗教上的强制手段。你同意我的意见吗,达格多?"

他问的是那个历史学家,达格多表示同意说:"作为信仰的编年记录者,我知道,根据神统系谱学来说,神创造的世界本来就是不完美的,而世界可以曲折前进或螺旋前进,不断趋近完美。我还知道有些学说认为,上帝是个巨大的婴孩,设定了他的玩具朝'正确'的方向前进,这样他才开心。我还知道有些学说把已有的东西称为完美,然而为了平衡书中所说的完美,他们便加入了一个修正因素,而这校正因素则被称为邪恶。有些学说认为,存在即一辆玩具小火车,永远都能自己上好发条,载着造物越跑越快,朝着更好的方向前进;也有学说认为,存在必须有神秘力量干预,换而言之,造物就像一个坏了的手表,而神秘是上帝的小镊子,时不时做些必要的调整,把星球拨到正确位置;还有学说把世界描述成一块蛋糕,虽然里头藏着可恶的鱼刺,但看起来却无比诱人——这些都是智慧种族的某本初级读本里的内容,是那种成人会放到儿童房书架上的图画书——他放置的时候可能会有点怀念,但其实也还是满不在乎。没有恶魔,如果你不算上自由的恶魔的话,世界只有一个,神只有一个,信仰也只有一个,陌生人啊,剩下的就是沉默了。"

我还想问,在他们看来,上帝和世界究竟是什么,因为到目前为止我听说的都是上帝不是什么,接着就是关于自由的末世论,我脑子全都糊涂了——不过现在我们该继续上路了。我们骑上机器坐骑,走在路上的时候,我忽然想到一件事,于是问达格神父:"他们这个教派为什么叫德莫利安?"

"这跟我们刚才在饭桌上的话题有关,"他回答,"这个名字,从历史的角度来说,代表接受一切存在,这一切的存在都是由上帝而起,其中不光包括祂的创造力,也包括在我们看来和创造完全相反的东西。这并不意味着——"达格神父犹豫了一下补充道,"并不意味着我们自己是站在毁坏这边,其实如今任何人都不会给教派起这种名字,这是过去教会遭遇危机时,某种神学方面怨恨的产物。"

我现在眯起眼睛:我们走到了下水道里一处天花板塌方的地方,有一处直通地面的空隙——我一时间根本睁不开眼睛,因为实在适应不了阳光。我们现在在一片毫无任何农作物的空地上,城市是地平线上的一片蓝灰色建筑群,城里平坦光滑的大路相互十字交叉,那些路就像银色的金属丝带,路就和上方的天空一样空旷,天上只有几朵白云飘过。

我们的坐骑在这大路上显得很奇怪,它们吱嘎作响地慢慢走,仿佛被阳光晃瞎了眼睛似的。它们真的不习惯光亮,我们走的是僧侣们知道的一条近路,但是我们还没走到混凝土下水道,就又转入地下了,在拱形的高架桥之间似乎有个翠绿色和金色的小建筑物,我觉得很可能是个加油站。那个建筑旁边是个扁平的交通工具,看起来像个大蟑螂,那种流线型外壳一看就充满速度感。建筑物本身没有窗户,只有半透明的墙,太阳照在上头,仿佛是脏乎乎的玻璃,我们来到距离建筑六十英尺左右的位置，大家排成一列前进，我听见那个建筑物里面传出呻吟的声音，非常吓人的颤抖的喉音，我吓得汗毛倒竖。那声音显然是人类发出来的，像是窒息了，又像在悲叹。我确信这是某人被折磨的时候发出的声音，说不定是被谋杀了，我看了看我的同伴，但是他们对这个恐怖的声音全然不在意。

我想喊他们赶紧去屋里帮助那个人，但是我又沮丧地闭嘴了，他们很可能对某人遭遇折磨这种事情毫不在意，于是我从那个金属动物背上跳下去往前跑去，所有小心谨慎都被抛在脑后了。但是我还没靠近，那边就传来被绞杀了一样的尖叫，接着就一片沉默。那座建筑是个亭子，造型很优雅，周围没有门，我徒劳地绕着亭子跑，接着我突然停下来，面前有一座蓝色珐琅质的墙，而且是透明的，我能看到里面。里面有个血迹斑斑的桌子，上面躺着一个赤裸的人形，周围围了很多机器，把发光的管子和钳子戳进那个身体里，那东西已经死了，由于临死前痛苦挣扎，所以扭曲得厉害。我分不出来哪里是手哪里是腿，而且也没看到头。亭子里头有个沉重的金属钟降下来，钟上面布满尖刺。那个尸体上众多的伤口都不再流血了，心脏也不跳了。我脚踩着被太阳晒烫了的沙子，快烫伤了，那个迪楚提卡人恐怖的尖叫声还回荡在我耳边，我站在那里，这幅恐怖怪异神秘的场景太吓人了，除了那具尸体，我还能看到这个机械化的拷打小屋里的各个角落。我觉得自己听见了一个穿斗篷的身影接近，然后才通过余光看到了那位长老。我颤抖着问："这是什么？谁

——什么东西——杀了他?"

他像个雕像一样站在我旁边,我突然意识到,他其实就是个铁制的雕像,这个认知把我吓呆了。在地下的时候,戴面具、穿尖顶兜帽斗篷的僧侣看起来倒不像外星人,但现在,他们在光天化日之下,在雪白的几何学构图的道路中间,俨然就是外星人的样子。在那玻璃幕墙的后面,被金属机械抓着的那个扭曲的尸体才是唯一接近我的东西,我满心恐惧地站在一群冷血又讲究逻辑,而且只懂抽象概念的机器中间。我冒出一种冲动——或者说是下定了决心——别再废话,赶紧走,根本不要去看他们,因为就在这一瞬间,我和他们之间裂开了一条不可弥合的鸿沟。但我还站在原地,站在长老旁边,等着别的事情。

透过天花板和墙的玻璃,那个房间里充满了蓝色的光芒,有什么东西抽搐起来。悬在僵硬的尸体上方闪亮的金属手臂开始动起来了。它们小心地把受害者的四肢摆好,用水一样透明的液体清洗伤口,洗去血迹的时候那液体冒着蒸汽,现在那个人形平躺着,仿佛是开始长眠了。但是看着闪亮的刀子,我想,他们是要解剖他吧。虽然他已经死了,可是我还是想去救他,不让他被切成碎片,然而长老的铁手放在我肩上,我动不了。

那闪亮的钟形罩抬起来,我看见了一张脸,不是人类的脸。现在那些机器都在工作,而且速度很快,我只看到一些模糊的影子,一个玻璃杯从桌子下面升起来,里面装着一些红色液体,还在转动。

最后在这一片混乱之中,尸体的胸口开始起伏,他的伤口在我眼前愈合了,他全身抽搐,接着开始打呵欠。

"他又活了?"我低声问。

"是的,"长老回答,"这样才能再次死去"

躺着的那个四下看了看,然后用仿佛没有骨头的手掌轻轻抓着旁边的一个把手,往下一拉,那个钟罩又降下来罩住他的头,保护层里伸出来一些倾斜的钳子抓住了那个身体,接着又是一声尖叫,跟刚才的叫声一模一样。我现在完全糊涂了,于是没有反抗地跟着长老回到耐心等待的蒙面机器人僧侣队伍里。我迷迷糊糊地爬上坐骑,听长老跟我说话——他解释说,那个亭子是个提供特殊服务的地方,在那里人可以反复活了又死。目的在于体验最强烈的感觉和不必要的痛苦,在刺激因素的帮助下,痛苦可以变成极度痛苦的快乐。多亏某种类型的自变质,迪楚提卡星人可以享受死亡的痛苦,享受了一次还不够的人可以在复活之后让自己再被谋杀,这样就能再次体验那种极端的刺激。我们的队伍以很缓慢的速度离开那个自主死亡站,那位爱好者充满强烈感情的呻吟和尖叫追随了我们很久。这种特殊的行为有个专门的名字叫"受苦争胜主义"。

在历史书中读到血腥混乱的行为是一回事,亲眼看到并体会其中的细节则是另一回事。在地表晒着太阳的旅途让我感到恶心,周围到处是银色的拱形高速公路,被我们甩在身后的小亭子让我胆战心惊,等终于走进昏暗的下水道里时,我长长地松了口气,下水道让我们感到清凉,提供了沉默的庇护。长老体谅我此时思绪混乱,于是什么都没说。傍晚时分,我们拜访了一位隐士,他也是某少数派教团的成员,住在外层区域的过滤装置里。最后我们绕着整个教区转了一圈,返回到德莫利安修士们居住的区域,见到他们之后我有种奇怪的尴尬感,因为之前我曾短暂地对他们产生了一种恐惧厌恶的情绪。

那间小屋子让我觉得仿佛回到了家,细心的学徒送来一份填馅儿的抽屉,现在已经冷掉了,我很饿,就狼吞虎咽地吃起来,然后打开迪楚提卡星的历史书有关现代的那一卷。

第一章写的是二十九世纪的自我意识风潮。大家对于外表变化已经彻底厌烦了,不再关注肉体,转而关注精神构造。这一想法给整个社会带来了新生,倦怠风气一扫而空。于是迪楚提卡星的文艺复兴开始了。首先是智慧螨虫,这个东西原定目的是把每个人都变成天才。很快大家都开始渴求知识,醉心于科学,和外太空文明建立联系,但是随着信息的高速增长,又需要大家做出生物方面的改进,因为受过教育的大脑如今整个肚子都装不下了,社会整体变得非常智慧,博学风潮横扫全球。这次文艺复兴持续了大约七十年,它让人们发现生命的意义在于思考和认知。伟大的思想没有尽头,接着还有大师级的思想,超级思想,逆向思想,下层思想。

由于动用队列搬动一个性能极高的大脑实在太累赘,于是在经过了双重思想者的阶段之后(双重思想者形如两个人形手推车,一前一后排列,交替进行各种博学或基础的思想),有智慧螨虫的生命体索性就不动了。每个都坐在他们自己智慧的塔里,裹着弯弯曲曲的线缆,仿佛戈耳贡似的,社会变成了一个智慧的大蜂巢,其中活着的人类幼体被囚禁着。人们通过无线电交流,用电视信号进行支付,随后这种状况不断升级,导致了社会冲突,冲突一方主张将所有个人储备的知识全部聚集在一起,另一方则主张个人囤积的知识全归个人。别的想法也出现了,有些聪明的想法被扼杀,很快就有了哲学上的敌对塔,艺术被暗中破坏,数据被篡改,线缆被剪断,甚至还有人想征收别人的精神财产和个人身份。

接下来的反应很是激烈。我们的中世纪木刻版画上常画着从异国他乡来的龙和怪物,但是和这颗星球上的事情相比就很小儿科了。最后的智慧螨虫被太阳照得半瞎,从废墟里爬出来离开了城市。在剩下的一片混乱中,那些傲慢的人、插线蚂蚁、长斑点的暴甲虫在地上蔓延。后来出现了金属和肉体的混合体,这种东西都是乱伦的产物(褶皱、谣言、子宫托、雕文符号),还有关于牧师的极端夸张的漫画形象——僧人和修女都有——链条形和扭结形的东西就更多了。

受苦争胜主义就是在这个时候流行了起来。文明倒退了。一群群肌肉发达的节流阀伙同拖拉机树,冲进森林里横冲直撞。寄生扁形虫藏在空心树干里。整个星球上再找不出一点点人形智慧生物曾经存在的痕迹。公园里桌子草疯长,野生瓷器到处躺着晒太阳,在一堆一堆的餐巾布、餐巾环之间,是真正的会呼吸的肉山。这些怪物中绝大部分都不是通过谨慎选择和计划产生的,而是建造躯体的机器坏掉之后瞎搞出来的,机器不再生产指定的产品,只生产一些劣质的怪胎。格拉格兹教授写道,在社会充满畸形的时期,就好像是史前时代对未来展开了疯狂报复,曾经只存在于原始人想象中的东西、神话和噩梦里的东西、超自然的东西、令人毛骨悚然的疯狂描述,通过失控的生物机器全部变成了现实。

在三十世纪初,独裁者德左姆博·格劳邦想控制全球,在接下来的二十年中,他要求生理统一,实现全面普通化、标准化,这些都是补救措施。他是个开明的独裁者,坚守人道主义原则,因此没有下令灭绝那些二十九世纪产生出来的低级怪胎,但是他把那些东西都关在特别保留区里。凑巧,德莫利安僧侣们的地下修道院就在其中一个保留区的边缘,某座古代大城市的碎石下面,也正是我现在藏身的地方。在格劳邦的统治下,每个公民都必须是没有下半身的双性人,即性别中立的个体,日常使用固定的外表。德左姆博写了一本书,名为《我的思想》,他在书中阐述了自己整个计划。他宣布体现出性别差异的个体不是人类,因为他认为是性别差异引起了二十九世纪的衰落。他们社会化了之后就关在娱乐中心里。他同时还让他们保持理性,因为他不希望自己统治着一群傻子,而希望成为可以复兴文明的人。

可是理性的含义也是多种多样的,其中包括各种奇怪的定义。

271

反对派被宣布为不法之徒,于是他们藏起来,投入毫无欢乐可言的反非男性气质狂欢会里去了。至少官方出版物里是这么写的。格劳邦没有迫害那些换上了反对派外观的反对者(跛行派、生理混乱派)。据报道还有双向生理混乱人士在地下活跃,他们认为,理性只是用来认识到理性应被迅速抛弃的工具,是历史上一切灾祸的成因;他们把头换成了我们认为截然相反的东西——他们认为头是妨碍,是有害的,好比过时的帽子。但达格神父对我再三保证,官方出版物说得太夸张了。生理混乱派不喜欢头,于是他们抛弃了头,但是他们还是把大脑往下挪了些,让它通过肚脐位置的眼睛看世界——另一只眼睛在背面,稍微更靠下的位置。

迪楚提卡星的反生理混乱派(三十六世纪的抗议者)

格劳邦弄出了些秩序井然的表象,他宣布了一个计划,目的是在"海达尔劳作主义"的帮助下建设一个千年稳定的社会。有一整套庞大的媒体班底来宣传这个计划,他们提出的口号是:"性在劳动中!"每个公民都被分配了特定的工作,神经回路工程师会将公民的脑部神经元连接起来,这样个体就只能在一心一意勤奋劳动的时候体验到快乐。所以有人去种树或者挑水,就快乐得不得了,而且干得越好感觉也越好。但是这种智慧的变态性如此典型,以至于将这一被某些人认为是万无一失的社会技术方法的地基也给切断了。对不守规矩的人而言,在劳动过程中感受快感是一种强制劳动。为了抵御渴望工作的冲动,尽管感官需求促使他们非常渴望完成指定的工作,他们却不肯向欲望低头,偏要去做相反的事情。挑水的人去砍木头,砍树的人去取水,用这种方法反抗政府。这种社会化的强制劳动性行为不断加剧,格劳邦的命令有几次也得到了执行,但是没产生效果,历史学家都把他统治的时期称为"殉道者时代"。生物警察无法分辨出反对者,因为那些在痛苦中挣扎的人都知道要掩饰,还说自己哼哼是因为太高兴了。格劳邦最终幻想破灭,撤销了生物警察,他的大计划落空了。

然后,在三十一和三十二世纪之交,发生了戴多克斯之间的战争,这个星球分裂成了许多个行省,每个省里的居民外观都符合当地政府的要求。那是后畸形学时代的反宗教改革。经历了几百个世纪,星球上有无数半损毁的城市、胎儿工厂,保留地区只是偶尔从空中被监视一下,被废弃的性体育馆,以及各种古代遗迹,有些设施依然马马虎虎地运转着。特特拉多克斯·格兰姆布罗恩建立了对遗传基因的审查机构,宣布某些基因是被禁止的,但是未通过审核的人要么想方设法贿赂审核官员,要么戴面具、化妆出入公共场合,有些人还把尾巴贴在背上,或是偷偷把尾巴藏在裤腿里,等等。这些行为都成了公开的秘密。

彭塔多克斯·马摩泽尔执行了"差异化管理"政策,根据法律提升官方认可的性别数量。在他统治期间,除了男性和女性,还有高密度性和多聚合性,以及两种附加性别——果性和石性。生活,尤其是一个人的性生活,在彭塔多克斯的统治时期变得非常复杂。很多秘密组织在举行集会的时候,都假装是在进行政府允许的六人交媾(六性恋),最终这个项目被废弃了,至少部分被废弃了:如今只有高密度性和多聚合性还存在。

在赫克萨多克赛思统治期间,生理暗示投入使用:这样就能避开染色体审查。我看到一些插画,画着耳垂长及小腿的人。真的分不清楚这人是要捏捏耳朵还是想踢人。在某些圈子里,舌头底端带有小蹄子特别受好评。确实,蹄子让人觉得很不舒服,也没什么特别的作用,但是这就是肉体独立精神的意义所在。古瑞尔·哈普索多出于好意,给了一个通过审核的自由公民一条腿,此举成了区别的标志,后来腿失去了其运动功用,而成了阶级的标志,高级官员必须有九条腿,多亏这点,大家总能迅速分辨出别人的身份,在公共浴池也能一目了然。

隆德·伊斯克奥利斯制定了死板的规则,阻止了给予别人多余的腿的行为,违背此规定的人的腿会被充公,他显然是想禁止一切多余的肢端和器官,只留下那些必不可少的,同时还要推行微小型化,因为房子越修越小了。但是在隆德·伊斯克奥利斯之后掌权的布祖吉斯·苏姆恩取消了此前所有命令,甚至允许大家长尾巴,因为尾巴算是抹布,可以把家里顺便打扫了。然后在贡德尔·格瓦纳统治时期,又出现了所谓"后翼偏差路线派",这些人非法增加自己的肢端,到下一个阶段,在极端压抑的统治中,又出现了——或者可以说是又隐藏了——舌部指甲和胞器。直到我到达迪楚提卡,这样的变化还在反复进行。永远不可能真正长在人身上的东西以"生物色情文学"的形式写出来,禁书之中有相当数量的地下作品都被收藏在僧侣们的图书馆里。我翻了一下,有要求"凡姆普克"的内容,就是说要用头发走路,另一位匿名作者写到了"塔坡斯图拉里",就是说像软式飞艇一样飘在空中。

我大体上熟悉了这个星球的历史,又看了一下当代科学文学,基础研究与发展局现在改名为躯体和精神协调项目委员会。负责管理图书馆的修士好心准许我看了这个机构最近的出版物。躯体工程师德尔嘎德·农克提出了一个范本,暂定名为"多聚独异体"或者"散布思维"。教授兼博士高级工程师德班德·拉波领导了一支很庞大的研究团队,研究着一个非常大胆且会引起争议的设计,名为奥姆纽斯——这是一个功能性的系统,主要在三个方面起作用:交流、导航和办理公务。我还研究了迪楚提卡星的躯体专家们有关投射-未来学的相关著作。最终我得到的印象是,自变质作用的发展整体而言没有进入死胡同,只是该领域的专家在努力克服障碍。躯体和精神协调项目委员会的主任噶格伯特·格劳兹教授写了一篇文章,发表在月刊《身体画报》上,文章结尾写道:"当力所能及的时候,人为什么不让自己变形呢?"

在这番努力研究之后,我觉得很疲倦,书房里还有最后一堆书。在继续读书之前,我在家具丛林里晒着太阳,好好休息了一整个星期。

我问长老,他对于现在的生物形势有什么看法。他认为,恢复到人形对迪楚提卡星人来说是不可能的了,他们已经偏离人形太远了。这些形状上的变化是数百年的离经叛道所导致的,偏见太深、巨变太多,就连这些机器人都受到影响了,当他们出现在公共场所时,必须彻彻底底把自己遮起来。晚餐后我们在餐厅独处的时候,我问他,在此种文明之中,修道士们的工作和信仰究竟有何意义?

长老朝我微笑出声。

"好,我正等着你问这个问题,"他说,"我有两个答案,一个是通俗的,一个更加晦涩一些。首先,杜伊教就等于'六合一,一对六'。因为神是非常深奥的神秘,人连祂是否存在都不能确定。所以祂也许存在也许不存在,我们教派的名字就是从这个词源来的。接下来是更深层的:神的确定性不是完全的神秘,因为人至少可以在'祂存在'这个方面对祂加以确定和限定。祂存在的证明是绿洲、休息之地、灵魂的安乐椅。而你在宗教历史文献里读到的内容恰好加剧了对于祂存在证据的争议,那些持久的、古老的、绝望的、竭尽全力的思想,几近疯狂的头脑最终不可避免地崩溃,剩下的那些碎片和垃圾会让他们再次崛起。我们不是用这里的宗教文献使你烦恼,但是如果你阅读这些内容的话,就会觉察出更年轻一些的文明尚未知晓的信仰自然发展的阶段。教义阶段并没有突然中断,而是从一个封闭的系统走进一个开放的系统,因此辩证来说,已立的教义是在教会领袖绝对正确的宗旨下确定的,而当它们被否定时,即是说所有有关信仰的思想都是错的,因而简洁来说就是:'所言这物,与所存之物并无瓜葛。'这就引出接下来的一个抽象概念:神和理性之间的距离随着时间流逝不断增加——无时无刻,无处不在!

"根据古代的启示,神一直都在干涉一切,正义的祂离开天堂,邪恶的祂熄灭火焰,弄湿硫黄,你可以发现祂坐在任意一丛灌木后面。后来祂逐渐离开,神失去了祂可见的性质,没有了人形。没有了胡子,作为视听辅助效果的神迹也没有了,恶魔变成山羊的课堂演示也没有了,天使检察员也不再出现了,总之,整个玄学的马戏团都被摈弃了,于是神的概念就从感官的领域进入了抽象的领域。关于祂存在的证据也不少,也有用高等数学语言表述的惩罚,更多是秘传的诠释学。这些抽象的内容最终都指向一个结论:当最受人爱戴的那位永远抛弃了活着的人们,而他们又想要达到属于自己的那份冰冷如铁、毁灭一切的平静时,上帝被宣布,业已死亡。

"宣布上帝已死之后,下一步虽然粗暴,却让我们从形而上的疲劳中解脱出来。也就是,我们是孤独的,可以做任何我们喜欢的事情,追求新发现,追求预示的任何未来。但杜伊教比这点走得更远,你通过质疑而信仰,通过信仰而质疑,但这个状态依然不是最终形态。根据某些预言派修士所说,宇宙中各种信仰的进化与变革,也可以说成是各种信仰的转折和上升,并不遵循同样的过程。有些非常强大伟大的文明尝试创立一种纯粹反上帝的天体演化论。根据这个假设,宇宙中存在着一些人,他们向上帝抛出挑战,试图打破祂的沉默,这挑战也就是全宇宙自杀:全宇宙的人聚集在某点,一起被末日的火焰吞没;他们似乎希望通过动摇上帝造物的基础,来强迫祂做出某种回应。不过我们对此并不确定,从心理学的角度来说,我认为这样的设计是可行的。可行又无用,因为发动反物质十字军去反对上帝并不是开启和祂对话的理性方式。”

目前为止,就我观察到的状况,我必须要说,杜伊教其实是不可知论,或者是“不太自信的无神论”,总之就是在“是”与“否”之间摇摆不定的状态。就算它确实包括了一些信仰,这些修道士的生活也没什么目的。有谁会因为他们蛰居在这墓穴里而受益呢?

“你一次说的问题太多了!”达格神父说,“耐心点。照你的意思,我们到底该干什么?”

“这是什么意思? 传教士的那些工作……”

“你们还是什么都不知道! 到了现在,你还是和刚刚出现时候一样一无所知!”长老十分遗憾地说,“你认为我们应该四处奔走传播信仰? 做传教士该做的事情? 传播福音? 吸引信徒?”

"神父,你不做这些工作? 这怎么可能? 这么多年来,你都不传教?"我非常惊讶地问。

长老说:"在迪楚提卡,几乎每件事情都是可能的,你闻所未闻的那些事情都是可以做到的。我们只需简单的一个步骤就能抹消人的全部记忆,然后在他空洞的头脑中植入全新的虚假记忆,完成之后,他就像是经历了自己完全没有经历过的人生,简单来说,手术后我们让他成了一个截然不同的人。我们可以改变一个人的性格和品行,把好色的粗人转变成乐善好施的大好人,反之亦然。无神论者可以变成圣徒,苦行僧变成感觉论者,我们可以让聪明人变笨,让笨蛋变成天才,你必须明白,所有这些转化过程都非常简单,没有任何物质上的阻碍。请密切注意我告诉你的事情。

"听了我们这些牧师的争论,特别死板的无神论者可能会相信。我们假设教会之内有个能说会道的使者,可以说服各种各样的人入教。最终这个使者会采用我刚才说的那些手段,在脑子里发生了那些变化之后,起先不信的人就会信教了。我说明白了吧?"

我点头。

"好。现在你观察那些人,从信仰的角度来看,他们有了新的信念,因为通过激励人心的话语和传播福音的姿态,我们向他们提供了信息,用某种方式影响了他们的头脑。通过热切的信仰和对上帝的渴望来影响对方的头脑,这种办法的终极状态就是使用精心挑选的生物药剂。这样可以将传教效率提高一百万倍,而且效果也更显著。我们已经有了更加现代的方法，为什么还要采用说服、布道、宣讲这种老办法呢？"

"你不是当真的吧，神父！"我大喊道，"这也太……太……不道德了！"

长老耸耸肩。

"你这么说，是因为你是从另一个时代来的孩子。你觉得我们会采用强硬手段，采用'隐秘行动'之类的卑鄙手段，偷偷散播化学物质或者发起一些运动风潮之类，去改造大家的思想。其实根本不是这样的！曾经信神和不信神的人之间会产生纠纷，唯一的解决办法、唯一能派上用场的武器就是争论中语言的力量（我说的'纠纷'不是指用棍子、石头还有拷问的那种）。现在在讨论技术方法的时候也会发生类似纠纷。我们就用对话的方法，我们那些强硬的对手就想方设法让我们认同他们的想法，至少要让他们自己不受那套信仰的影响。想要在争论中获胜，唯一的办法就是看自己采用的技术是否高效。很久以前，想获胜就要看一方使用的语言是否铿锵有力。因为语言就是用来传达强烈的信仰的。"

我还坚持自己的意见，"即使如此，那种方式的转化也太不可靠了！毕竟，嗑药也能让人想要信仰一些东西，或者是渴望上帝，但这都是错觉，不是出于自身意志，而是思想被奴役了，被侵犯了！"

"你忘了你在哪里，忘了你在和谁说话。"长老说，"六百年来，我们中没有一个'天然的'思想。所以在我们之中，不可能区分出自发产生的思想和被动植入的思想,因为谁都不会为了转化别人就偷偷给别人灌输什么思想。被植入的东西自始至终只有一样:大脑!"

"可被植入的大脑中也有一套完整的逻辑!"我说。

"没错。总之把过去和现在对上帝的争论等同起来,就失去了根基,要支撑信仰,除非是有逻辑上无可争议的证据,让大家接受这个结论,相信其拥有如同数学运行般缜密的力量。但是根据神正论,这样的证据根本不存在。因此宗教历史上有'叛教'和'异端'这种概念,但是类似的叛变在数学的历史上没有出现过,因为任何人都不反对一加一等于二。但是你却不能用数学方法去解释上帝。我告诉你两百年前发生的一件事吧。

"有个计算机长老和另一个不信神的计算机发生了冲突。后者是新型号,我们那位善良的长老不知道它的信息处理器的工作原理。那个新计算机仔细听长老说了所有证据,然后说:'你告诉我了,那么现在该我跟你说了,不会花很长时间,我们等着吧,不到百万分之一秒你就会彻底改变了!'此时一个远程控制信号输入我们长老的处理器里,他就此失去了信仰。你对此有什么看法?"

"嗯,这绝对是一种暴力行为,没有别的解释了!"我回答,"在我们那里,这种事情被称为思想控制。"

达格神父说:"思想控制的意思是,把看不见的锁链放进灵魂里,就如同把看得见的锁链放在身体上。思想就像手写的字母,思想控制就像抓住别人的手写下别的字母,显然是一种强迫行为。但是计算机不是这样行动的。每个证据都必须建立在事实之上，通过讨论使人信服，然后说出口的词语只不过是将事实传递给对手的工具。计算机的行为正是如此，只不过不是通过词语。所以从传递信息的角度来说，这和过去的辩论没有丝毫差异，只是传送信息的媒介有所不同而已。它有能力做自己该做的事情，可以看透我们长老的思想。想象一下两个象棋选手，其中一个只能看到棋盘和棋子，另一个还能看透对手的想法。后者肯定能不费吹灰之力打败对手。你觉得那位神父回来之后我们做了什么？"

"你们大概修好了他，然后他又是个有信仰的人了……"我不是很确定。

"不，他拒绝了。所以我们也没办法了。"

"我真是不懂了！毕竟你们的对手也是那么做的，你们反过来不就行了！"

"根本不是，根本不是。因为我们前任长老再也不希望产生任何纠纷了。'纠纷'这个概念有了极大的改变和拓展，你明白吧。他变成那种状态后，要修复的肯定不止语言。唉，我们的长老真是很可怜也很天真，因为之前大家就警告过他，跟他说过对方是更先进的型号，但是他就是不肯承认自己的坚定信仰也可能被别的东西扭曲。当然，理论上来说，确实有办法解决这种不断升级的困境：建造一个让所有人都喜欢的思想，其中包括一切有可能的事实，但是一切可能的事实其实是无穷多的，唯有无限大的思想才能达到形而上学的确定性。这样的思想是建造不出来的。无论我们如何建造,都只能造出有限的思想,如果真的存在有无限思想的计算机,那就只能是祂了。

"而文明在每个新阶段都会争论和上帝有关的问题,这些争论应该、也必须采用新技术——如果真的值得讨论的话。因为争论各方的信息武器都是同样地在变化,争斗局势也是很平衡的,和中世纪的纠纷状态很相似。你之所以认为这种新的福音传道不道德,是因为你认为古代转化异教徒的手段不道德,古代神学家说服无神论者的方法不道德。现在传教再也没有别的手段了,因为现在愿意信的人都会笃信不疑,有信仰而有心拒绝传教的人也必定会拒绝——在恰当手段的帮助下。"

我又问:"这么说来,也可以影响人的意志,让人产生对信仰的需求吗?"

"确实可以。你知道吗,曾有人说,上帝站在最强大的军队一方。现在,为了和技术十字军的概念保持一致,祂会出现在转化设备最强的那一边,但是我们的任务不是参与这些神正论者、宗教-反信仰的军备竞赛。我们不想卷入那种拉锯战:你发明一个说客,我发明一个反说客,我们转化一个信徒,他们再反转化一个信徒。那种竞争会持续好几百年,把修道院都变成工厂,只为了开发出更先进的设备和策略来唤起大家对信仰的渴望!"

"怎么会这样?"我说,"神父,除了你告诉我的这些,难道就没有其他的办法了吗？不是所有的思想都遵循同样的逻辑、同样的天然才智吗？"

"逻辑只是工具，"长老回答，"工具本身什么都不会做。必须要有杠杆的支点和引导的手，有了杠杆和引导的手，我们就可以按照自己喜欢的样子塑造一切。至于说天然才智，我、这里所有的修道士，都是天然的吗？我已经告诉过你了，我们都是人工制造出来的，对于那些制造我们又抛弃了我们的人来说，我们的教义只是副产物，是没用的垃圾。我们被给予了思想自由，因为他们制造我们用来从事的工业技术有这种需求。仔细听我说，现在我要告诉你一个秘密，这个秘密我不会告诉任何人。我知道你很快就会离开，不会给政府告密，就当是我们的一个恶作剧。

"在很远的地方，有一个教派的修士兄弟们专心研究科学，发现了一种办法，可以对意志和想法施加影响，只消一眨眼，我们就可以转化整个星球的人，对方根本不可能逆转。这种办法既不使理性变得晦暗模糊，也不会剥夺别人的自由，它仅仅是让人看到一只手向天空高举起一个头，听到有个声音轻叹：'看啊！'这就足以对灵魂产生影响。唯一的限制——也是强制条件——就是在目睹那一刻的时候眼睛不能闭上。这个办法要求对方必须直视那个伟大谜团的脸，凡看到的人就永远不能再忘记此事，因为它留下的印象是不可磨灭的，多亏那项技术有效。简单来说，这就像是我带你到了火山口，让你往下看，我给你唯一的限制就是：你永远不会忘记往下看的情景。因此我们现在在改变信仰方面是全能的,在传播信仰方面,已经达到了最登峰造极的水平,和我们的文明在生理物质发明之类的其他领域的表现一样。因此我们可以永存……你明白了吗?我们的传道工作无所不能,但又什么都不用做。现在我们唯一能彰显信仰的方式就是拒绝走出这一步。最重要的就是:不行动。不光是不采取行动,还要'主动不行动'。我不应行动,因为我完全能够做到,而且这一旦行动,则能够做到想做的所有事。我们现在已经无事可做了,只能在老鼠化石和干排水沟迷宫里枯坐。"

我无法回答这番话。眼见继续留在这颗行星上也无事可做,我只能眼含热泪和这些善良的修道士告别,给飞船装满补给——飞船最近一直伪装得很好——然后启程返航,和不久前刚来的时候相比,我已经是个截然不同的人了。

第二十二次航行

我忙着给各种古怪玩意儿整理分类,这些都是我在各次旅行从宇宙的犄角旮旯里带回来的。我早先就决定给我们的博物馆捐赠一个东西,是独一无二的东西,前几天馆长告诉我说,他专门给那东西准备了一个房间。

并非所有的纪念品都同等重要:有些可以唤起愉快的回忆,有些则会让我想起恐怖的威胁,但是所有东西都见证了我的旅行,是重要的证明。

在这些纪念品中,最能唤起我的记忆的是一颗牙齿,那颗牙齿放在玻璃钟罩里的一个小垫子上,有两根大牙根,看起来很健康,这是在奥佛普陀法星上格嫩尔特统治者曼迪布斯的招待会途中掉下来的,他们的食物味道不错,就是太硬了。

牙齿旁边的显眼处放着一个烟斗,它已经裂成两半了,因为在我经过飞马座星系的一颗岩石星球时，它从飞船上掉了出去。我舍不得丢掉它，于是花了一天半的时间在那片石头荒原的悬崖和裂谷中寻找。

稍远处一个小盒子里放着一颗豌豆大小的石子。关于它的故事可不一般。当时我出发去克斯弗，那是双星云 NGC 887 之中最遥远的一颗星球。可以说我高估了自己的力量，旅途非常漫长，我简直要崩溃了，最难以忍受的就是对地球的思念之情，我在飞船里来回走动，无法休息。天知道那旅途什么时候才是终点，但是在飞行了两百六十八天后，我发现左脚鞋跟里卡着一个东西，我脱下鞋子，抖出来一颗小石子，我眼含热泪地看到，这是一颗真正的地球小石头——肯定是我从太空港走进飞船的时候带进来的。我把这颗微不足道的小石头放在胸前，这可是来自我的故乡的珍贵物品，然后我振奋精神，向着目的地飞去，这份记忆对我来说弥足珍贵。

在这边的天鹅绒垫子上有一块普通的砖，是用泥烧制而成，呈现出黄粉色，表面有裂纹，一角碎了。要不是当初那个巧合，外加我沉着冷静，我可能就永远留在猎犬座星云再也回不来了。我去寒冷地区的时候总会带上这块砖，按照惯例，我把它放在原子发动机里烤热，然后捂进被子里，晚上睡觉的时候就特别暖和。在银河系的左上象限，猎户座星云和射手座交会的地方，我在低速飞行的时候，看到两颗巨大的陨石相撞。看到宇宙空间中发生如此巨大的爆炸，我觉得非常激动，于是去拿毛巾擦脑门儿——我忘了之前自己把砖头包在毛巾里了，就那么直接举起来使劲擦，差点打坏了自己的脑袋。还好我向来反应快，及时发现了危险。

砖头旁边放着一个小木箱，箱子里面放的是我的铅笔刀，那把刀陪我进行了很多次旅行。接下来的故事就是讲它对我来说有多重要的，这个故事绝对值得一讲。

我下午两点离开萨特林，当时我正流着鼻涕。我去看了当地的医生，他建议截肢，还说这是萨特林星居民的日常治疗方法，因为他们的鼻子会像指甲一样再长回来。我吓了一跳，离开医生办公室就直接去了太空港，决定飞到某个医疗更发达的地方去。那次航行中的每件事都不对劲。一开始，我离开那个星球才九万英里远，就听见另一艘飞船发来呼叫信号，于是我通过无线电问对方是谁。收到的回应是，对方问我是谁，这没礼貌的态度让我觉得很烦，于是我生气地说："是我先问的！"但是对方也回答："是我先问的。"老是学我就很烦了，于是我直接告诉那位陌生的旅行者，他非常不礼貌。结果他也用同样的话回答我。我们就开始吵架，而且越吵越激烈，吵了二十多分钟后，我气到了极点，但此时我突然意识到，根本就没有另外一艘飞船，我听见的那个声音其实是我自己的无线电信号的回音，因为当时我正经过萨特林的卫星，信号传播到卫星表面又反射回来，造成了回音。我之前没发现，因为当时卫星是暗面对着我。

过了一个多小时，我想吃个苹果，结果发现小刀不见了。我赶紧回忆最后一次看到它是在什么时候——对了，应该是在萨特林太空港的小酒吧里,我把它放在倾斜的吧台上,肯定是滑到地上某个角落里去了。我非常熟悉那个地方,闭着眼睛也能找到东西。我掉转飞船——现在又出现了一个新问题:天上到处闪耀着星光,我不知道去哪里找萨特林。它是围绕着恒星厄莱赛普拉斯旋转的一千四百八十个行星之一。不止如此,每个行星都有好几十个卫星,卫星的体积也和行星差不多大,所以就更难找到了。我万分迷惑,于是想通过无线电联系萨特林。结果好多站点都回应了,它们同时发出回复,形成刺耳的噪声。你必须要理解,厄莱赛普兰星系的居民就跟他们的行星一样毫无条理,他们一不小心就给两百多颗行星都命名为"萨特林"。我看着窗户外不计其数的光点,我的小刀就在其中某一个星球上,就算大海捞针也比在外头这座由星球构成的蚁山上找东西容易。最终我决定信任幸运女神,随便选了一颗行星飞了过去。

不到十五分钟,我就在太空港降落了,这个空港和我两点钟时候起飞的那个空港看起来一模一样。我很高兴,觉得自己运气不错,于是直接走到酒吧里。在一番艰苦搜寻之后,我没找到小刀,想象一下我有多失望吧。我想了一下,觉得要么是有人捡走了,要么是我走错了行星。问过当地人之后,我确定是走错行星了。我到了安德莱贡星,这是一颗老旧荒废的破烂行星,很早以前就该从轨道上清理出去了,但是谁都懒得动手,因为它离飞船主干道太远了。在港口的时候,他们问我究竟是要去哪个萨特林,因为有好多个叫萨特林的地方。事到如今我才发现自己一无所知,只听着那个数字就晕了。与此同时,空港管制通知我,本地官员来了,他们打算正式迎接我。

雨中的沃尔比尔

这天是安德莱贡星人的重要日子,所有学校都在举行期末考试。一个政府代表问我愿不愿意赏光去巡视一下考场。面对这样热情的欢迎,我实在无法拒绝,所以就乘坐沃尔比尔直接从太空港进了城(沃尔比尔是一种巨大的无腿两栖类动物,外观像蛇,广泛用于运输)。他们把我介绍给在场的年轻人和教师,说我是来自地球的一位尊贵客人,随后政府代表就迅速离开了。教师们让我坐在普莱斯特鲁姆最前面(普莱斯特鲁姆是一种桌子),大家就坐在这个普莱斯特鲁姆旁继续考试。在场学生们都很激动,大家先是紧张得说话直结巴,都特别害羞,不过我朝他们鼓励地微笑,并偶尔对他们说出正确的词语,很快大家就放松了。他们回答问题越来越顺利。轮到一个安德莱贡星的年轻人进行考试了,他身上长满岩蛎子(是一种牡蛎,用来当作服装的),这是我最近看过的最可爱的模样了,他无比流畅地开始回答问题。我高兴地听着,觉得这边的科技水平确实很高。

考官问:

"考生请回答一下,为什么地球上不可能存在生命?"

年轻人轻轻鞠了一躬,开始了他逻辑清晰的长篇大论,以无可反驳的证据证明,地球的大部分地方都被又深又冷的水覆盖,水温接近零摄氏度,常年都漂浮着冰山,不光极地是这样的情况,极地周围的区域也常年霜冻严重,半年都是夜晚。你可以透过天文望远镜直接看到,地球的陆地非常集中,即使在温带地区,每年也有好几个月的时间被凝固的水蒸气覆盖,凝固的水蒸气被称为"雪",雪会厚厚地堆积在山坡和峡谷上。地球那个巨大的卫星月球会引起涨潮和落潮,这种现象具有毁灭性的威力,腐蚀效果显著。在高性能小望远镜的帮助下,我们可以看到,地球的很多地方都隐藏在阴影中,阴影是由浓厚的云团造成的。在气象上它们被称为剧烈气旋、台风、风暴云团。所有这些现象都表明,地球上不可能存在任何形式的生命。最后这位年轻的安德莱贡星人用响亮的声音总结道:"如果有某种形式的生命想要在地球登陆,绝对必死无疑,会被巨大的气压压碎,因为在海平面附近的气压达到了每平方厘米一千克,也就是七百六十毫米汞柱。"

在场的人对这个回答都很赞同。我则是惊呆了,坐了好一会儿一动也没动,考官要提下一个问题了,我才开口:"请原谅,安德莱贡星人的诸位,但是……我就是从地球来的啊,毫无疑问我是活着的,你听见他们介绍我了……"

众人一阵尴尬的沉默。教师被我这个莫名其妙的问题激怒了,几乎控制不住自己的情绪,那些年轻人不像成年人一样沉得住气,都对我产生了明显的敌意。最终考官冷淡地回答:"请原谅,异乡人先生,你对我们的待客之道是否要求太高了?你不满意我们的最高规格接待吗?为了表示尊敬我们还吹了号角呢!我们允许你参加高阶普莱斯特鲁姆毕业典礼还不够吗?你还想让我们为了你一个人更改教学内容?"

"但是……地球上确实是有生命的……"我尴尬地低声说。

考官当我是透明的一样说道:"如果有的话,那就太反常了。"

我认为这话侮辱了我的故乡,于是一言不发立刻离场,坐上我看到的第一头沃尔比尔返回太空港,抖落鞋子上安德莱贡的灰尘起飞,继续寻找我的小刀。

我依次在林登布拉德区域的五个行星上降落,又去了斯特勒奥普托普斯和梅拉提安,以及卡西奥佩阿恒星系内的七大行星,我还去了奥斯特利拉、阿文图拉、梅尔托尼亚、拉特尼达,仙女座旋涡星云的所有旋臂我都去了,普勒斯奥玛楚斯、加斯特罗克兰提乌斯、尤特勒玛、赛门诺弗拉和帕拉巴伯这几大星系我也去了。接下来的一年,我系统地在撒彭纳和尕温讷勒姆周边区域仔细搜寻,还拜访了来特洛多尼亚、埃尔亨诺伊杜姆、伊奥多图斯、阿特努利,格罗贡及其周边的八十颗卫星当然也去了,其中有些卫星特别小,根本没法停靠一架飞船。在小熊星,我没法降落,因为他们当时正在清点库存,然后我还去了造父变星和阿德尼德,当我无意间第二次在林登布拉德降落时,真是绝望得捶胸顿足。但是我没有放弃,作为一个真正的冒险者,我要勇往直前。三个星期后,我发现了一个行星,像极了我要找的那个萨特林,我心跳加快,转了个急弯,但是我仔细看了好久也没发现太空港。我正要回到太空里,忽然看见下面出现一个很小的身影。我关掉发动机,迅速下降,让飞行器停在一片风景如画的悬崖边,那悬崖上有一座石头房子。我跑过那片土地,遇到了一个强壮的老头,他穿着一身多明我会僧侣的白袍。原来那人是拉塞蒙,方圆六百光年内临近星系传教活动的总负责人。这片区域大约有五百万颗行星,其中两百四千万颗没有生命。拉塞蒙得知我的来意之后表达了同情,但是对于我的到来他还是很开心,他告诉我,我是这七个月来他遇见的第一个人。

"我对梅奥德拉塞特人的做派太熟悉了,"他说,"他们是这颗行星上的居民。我经常发现自己犯这个错:我想仔细听什么的时候,就这样抬手,跟他们的动作一样……"(大家都知道,梅奥德拉塞特人的耳朵长在胳膊下面。)

拉塞蒙是个很礼貌的主人,我们坐下吃了一顿有当地特色的饭(填馅的布奇,古努沙夹罗弗尔,莫彻莫尔团子,甜点是皮吉斯——

这是近期我吃过的最好的饭菜了），饭后我们来到教团驻地的走廊上。淡紫色的太阳照得人很暖和，这个星球上有很多翼手龙，都在灌木丛里叫唤。在这个寂静的午后，这位可敬的多明我会神父跟我说起他遭遇的麻烦。比如说炎热的安特勒纳上的居民奎奎内玛里安族，他们在六百摄氏度的条件下就会被冻住，这群人根本不想听见"天堂"这个词，反倒觉得"地狱"听起来是个宜居的好地方，因为那个地方才有适合他们生存的条件（沸腾的沥青，还有火焰）。而且也搞不清楚他们中哪些可以成为修道士，因为他们有五种性别——对神学家来说是个很棘手的问题。

我表达了同情。拉塞蒙耸耸肩，"这还不是最严重的。再比如说唯滋人吧，他们觉得复活死者就跟穿个衣服一样简单，所以拒绝承认这是奇迹。艾吉利亚星的撒西德族，他们没有腿和胳膊，但可以用尾巴在身上画十字，但是这事儿我可拿不定主意，就一直在等罗马教廷的回复——都两年了，梵蒂冈什么回应都没有……你听说过倒霉的奥利巴兹的传教遭遇吗？"

我摇头。

"那我告诉你吧。就算首先发现奥佛普陀法的人也找不出更合适的话来赞美那里的居民了，那些居民是强大的格嫩尔特。大家一致认为这种智慧生物是全宇宙最顺服、最善良、最和平、最无私的种族。我们认为这样的环境非常适合传播信仰，于是派奥利巴兹神父去了格嫩尔特星球，让他升任名誉主教。到了奥佛普陀法之后，迎接他的仪式规格很高,谁都挑不出毛病,他们给予他母亲般的关怀,尊敬他,专心听他说的每一句话,对他察言观色,他最微小的愿望也会迅速得到满足。在给我的信中,他说他真不知道该如何赞美格嫩尔特,不幸的人……"

说到这里,这位多明我会僧侣用僧袍袖子擦了擦脸上的泪水。

"在这顺遂的氛围中,奥利巴兹神父没有耽误,他日夜不停地传播教义。他将格嫩尔特和新旧约的历史、天启、使徒书信联系起来,然后又讲圣人生平,他尤其热切地讲了殉道者们的伟大事迹。可怜的人……这里一直是他的弱点……"

拉塞蒙神父控制住自己的情绪,用颤抖的声音继续说道:"他给他们讲了圣徒约翰的事迹,圣约翰被人在热油里活生生地煮了,随后就获得了永远的荣光,还有圣徒阿格妮丝,她为了信仰被斩首,还有圣徒塞巴斯蒂安,遭受巨大痛苦,被乱箭射死,死后被天使的歌声迎进天堂,然后还有那些幼年的圣人,他们被撕裂,被烧死,被绑在轮子上碾死,被小火烤死。所有这些痛苦圣人们都愉快地接受了,因为他们坚信,通过这种方式就能在上帝身边赢得一席之地。他对格嫩尔特说了很多类似的事迹,说这些是值得效仿的,格嫩尔特也特别投入地听他讲,听完就特别激动地互相交换眼神,其中最高大的一个紧张地说:'——我们可敬的神父,老师,热心的老师,请告诉我们,请屈尊告诉你卑微的学生,是不是任何人都愿意殉道后进入天堂?'

"'当然是的,我的孩子!'奥利巴兹这样回答道。

"'是吗？那真是太好了……'那位格嫩尔特慢慢说,'那么你,忏悔神父啊,你也想进入天堂吗?'

"'进入天堂是我最热切的愿望,孩子。'

"'成为圣人呢?'那位身材高大的格嫩尔特继续问。

"'可爱的孩子,还有谁不想成为圣人呢,但对于我这样充满罪孽之人来说,这份荣誉太遥远了,如果谁想要成为圣徒,就必须竭尽全力,不断努力,永远保持谦逊才行……'

"'那么你想要成为圣徒吗?'那个格嫩尔特又问了一次,他以赞同的眼神望着自己的同伴,别的格嫩尔特都微微站起身来。

"'当然想了,我的孩子。'

"'那我们就来帮你吧!'

"'你们要怎么帮呢,亲爱的羊羔?'奥利巴兹神父笑着问,信众们质朴的热情让他十分欣喜。

"作为回答,格嫩尔特轻柔但坚定地抓住他的胳膊说:'这边来,亲爱的神父,这是你刚才教会我们的!'

"他们把他背上的皮剥掉,然后在后背涂满沥青,就像爱尔兰的行刑者对圣雅辛托斯所做的一样,然后他们砍掉他的左腿,就像异教徒对待圣帕夫努斯一样,然后他们割开他的肚子,塞进去一堆草,就像诺曼底的伊丽莎白一样,接着他们把他刺穿了,就像亚扪人对待圣雨果一样,然后打断他的肋骨,就像拉库赛人对待帕多瓦的圣亨利一样，最后把他用文火烤了，就像勃艮第人对待奥尔良的圣女一样。最后他们后退几步，洗干净手，开始擦眼泪，痛惜自己失去了牧羊人。我找到他们的时候他们还在悲伤，当时我在自己的主教区内巡视，恰好就到了他们这个教区。我听完事情经过之后吓得汗毛倒竖。我紧握双手哭了起来：

"'无耻的罪犯！地狱对你们来说都太轻巧了！你们不知道这样做自己的灵魂会永远下地狱吗?!'

"'知道。'他们哭着说，'我们全知道！'

"最高大的那个格嫩尔特站起来对我这样说道：'尊敬的神父，我们知道自己会永远下地狱，会永远遭受折磨，我们这样做之前也经历了激烈的思想斗争，但是奥利巴兹神父一直都告诉我们，一个好的基督徒愿意为自己的邻人做一切事情，要为自己的邻人放弃一切，牺牲一切，因此我们放弃自己的救赎，无比绝望地做出这个决定，一切都是为了亲爱的奥利巴兹神父，只要他能成为殉道者，能够成为圣人就好。这个决定对我们来说无比艰难，我简直无法跟你描述，在奥利巴兹神父到来之前，我们连一只跳蚤都绝不杀死。所以我们不停地请求，我们跪着请求他不要这么严格，对自己的信仰不要这么苛刻，但是他坚持说要为了自己的同伴奉献一切，绝无例外。我们无法拒绝他，于是就想，我们是渺小的生物，除了这个伟大的圣人外我们一无所有，这位圣人值得我们做出最大限度的自我牺牲。而且我们也坚信，我们的行动是成功的，奥利巴兹神父现在已经上了天堂。尊敬的神父，这里有一口袋钱，是我们集资用来为奥利巴兹神父追封圣徒用的，我们向他问明了全部流程。我必须说，我们只用了他最喜爱的酷刑，他说得最激情澎湃的那几种。我们认为这样能让他高兴，但是他坚称自己非常不喜欢吞下熔化的铅水。不过我们认为修道士绝不可能口是心非。他发出阵阵惨叫，这只是表达了低级的生理和肉体方面的不满，我们无视了这部分表达，我们要牢记教诲，人必须抑制肉体，好让灵魂高升飞扬。为了鼓励他，我们提醒他不要忘了当初他教给我们的教义，对此奥利巴兹只回答了一个词，他说得太模糊了，我们根本听不清，也不知道究竟是什么意思，因为他给我们的祈祷书里没有这个词，圣典里也没有这个词。'"

　　说完这个故事，拉塞蒙神父擦去额上连串的汗水，我们沉默地坐了很久。我内心充满同情，只能拍拍这位劳苦修道士的肩膀以示鼓励，就在此时，一个东西从我袖子里滑了出去，它闪着光，叮当一声掉在地上。当我看清那个东西的时候，真是惊讶得无以言表，那就是我的小刀。很显然它一直都在我的外套衬里里头，是从衣服兜里的破洞里滑进去的。

第二十三次航行

　　在塔朗托加教授著名的《太空生物学》一书中,我得知有一个行星,它围着双星厄尔佩亚旋转。它很小,如果这颗行星上所有的居民同时离开自己的房子,大家必须全部单脚站立才能挤得下。塔朗托加教授的名声固然响亮,但这种表述方式实在太夸张,我决定亲自去看看是否属实。

　　那趟旅行我走得有点糊涂。在造父变星附近,我的463号可变引擎坏了,飞船朝着造父变星坠落,我紧张起来,因为那颗星的温度高达六十万摄氏度。温度不断升高,很快变得难以忍受了,我只能挤进平时放食物用的小冰箱里——这真是奇怪的好运,我从未想过自己竟会蹲在冰箱里。成功修好了引擎之后,我顺利朝着厄尔佩亚飞去。那个双星系统是由两颗恒星构成的,一颗大些,红得好像炉火,但温度不高;另一颗是蓝色的,散发出强烈的热量。那颗行星本身真的非常小,我把星系周边全部找了一遍才找到。那里的居民唯滋人很友好地接待了我。

两颗恒星接连升起落下的景色非常壮美,它们的日蚀也是非同寻常的美景。红色的太阳照耀半天,所有事物看起来仿佛都在滴血,接下来的半天是蓝色的太阳照耀,这时候光线极其强烈,必须闭着眼睛走动才行,但即使如此,你还是能大体上看见东西。唯滋人不知道什么是黑夜,他们把蓝色恒星照耀的时候叫作白天,红色恒星照耀的时候叫作夜晚。行星上的空间确实非常非常小,但是唯滋人很聪明,拥有很多知识,尤其在物理方面研究很深,他们以极具创造性的办法克服了空间狭小的难题,但必须承认,这个办法太奇异了。是这样的,在一间政府特别办公室里有一套高精度的 X 光设备,这个星球上每个居民都有一套所谓的"原子档案",包含了身体所有物质、蛋白质分子和化学链各种细节的准确蓝图。当夜晚降临,唯滋人穿过一扇小门进入一个特殊的机器里,整个人都分解为原子。这种状态下他们只需占据很小的空间,就这样度过夜晚,然后到了早晨,等到某个指定的时间,机器上响起警报,然后按照原子蓝图把唯滋人的分子按正确顺序组装起来,门再次打开,休息了一个晚上的唯滋人就重新活过来,打几个呵欠上班去了。

唯滋人跟我讲了这种生活的好处:永远不会失眠,也不会有噩梦、鬼压床,更不会被梦魇困住,因为那个机器把他们的身体变成了原子,所以也就没有了生命和意识。在其他很多情况下他们也有类似的应对方法，比如说，在医生的候诊室和政府办公室里是没有椅子的，只有粉色和蓝色的小盒子。这些盒子其实也是那种机器。在一些会议和集会上也采用了同样的办法——简而言之，只要是人们会觉得无聊，表现不活跃，没有做出任何有用的事情、只是徒然占据空间的场合，都有那种机器。同样唯滋人也用这个巧妙的办法来旅游：你想去哪个地方的话，直接在卡片上写个地址贴在小盒子上，盒子放进机器里，你自己走进机器，原子化，进入盒子。这里有一个专门的机构，类似我们的邮政系统，专门将这些小包裹投递到各自的地址去。要是万一有人特别着急，他的原子资料就会用电报送到指定地点，再通过那边的机器重造一个人形。原本的那个唯滋人就被原子化，储存在档案室里。这种电报式的旅行方式非常简单快捷，应用很广泛，但是也有风险。我刚到那里的时候，报纸上说刚发生一起严重事故。一个名叫瑟尔谟菲利斯的年轻唯滋人要去位于另一个半球的镇子结婚。在恋爱中的他当然很着急，希望马上来到结婚对象面前，于是他去了邮局，用电报传送自己。但是就在传送的时候，邮局的人因为紧急事务走开了，来接手的人不知道瑟尔谟菲利斯已经传过去了，结果把他的资料重新发送了一次。结果你猜怎么着，在焦急的新娘面前站着两个瑟尔谟菲利斯，就跟同一个豌豆荚里的两个豌豆一样，完全一致。当时那可怜的女孩又惊讶又绝望又混乱，简直无法描述，婚礼也全毁了。为了解决这个不愉快的意外事件，大家准备让其中一个瑟尔谟菲利斯原子化，但是这个努力失败了，因为两个人都坚称自己才是唯一那个真正的瑟尔谟菲利斯。此事一直闹上法庭，走了好长的诉讼流程。直到我离开之后，最高法庭才给出裁定，所以我也不知道最终的裁决到底是什么①。

唯滋人催我也亲自试试这种睡眠和旅行方法，还跟我说这样的事故非常罕见，原子化的过程没有丝毫神秘或者超自然的地方。每个人都知道，人体组织的基本构成和我们身边的物品一模一样，和行星恒星都没什么区别，唯一的不同就在于内部的连接方式和各种成分的排列方式。道理我都懂，但还是不用尝试了。

一天晚上，我遇到了一件奇怪的事情。我去拜访一个认识的唯滋人，但是去之前忘了给他打电话。我进屋的时候，家里似乎一个人也没有。于是我到处找主人，把家里的门都一一打开（唯滋人家里的房间都挤得很紧），最终我打开一扇虚掩的门，这扇门比别的都要小，里头的布局如同电冰箱，那里面全空着，只放着一个架子，架子上有个落满灰色尘埃的小盒子。我想都没想，就摸了一把尘埃，这时候我忽然听见开门的声音，吓了一跳，盒子也掉在地上。

"你在干什么，可敬的外星人！"那位唯滋人的儿子喊道，刚才开门的就是他，"你把我爸爸洒得到处都是！"

听到这番话，我不禁觉得恐惧又窘迫，接着那位少年又说："没关系，没关系，别担心！"他说着跑出去，很快拿了一大块煤炭、一袋子糖、一小撮硫黄、一颗钉子和一把普通的沙子跑回来，他把这些东

---

① 据我们所知，最高法庭的裁决是将两个未婚夫全部原子化，然后还原一个，确实是个明智的判决。——原编者注。

西全部倒进盒子里，关上盒子的小门，然后打开开关。我听见某种类似深深的叹息或者吞咽的声音，门开了，我的朋友安然无恙地进来了，我手足无措的样子让他笑话。后来聊天的时候我问他，我有没有伤到他，毕竟我把他的身体成分洒得到处都是，而后来他儿子来处理的时候又显得很随意。

"没事没事，不用担心。"他说，"你一点儿都没有伤到我，别多想了！我亲爱的外星朋友，你当然也明白，当代生理学研究表明，我们身体的所有原子都在不断更新，有些键断裂后，又有新键形成，其中的损失由我们吃的食物和喝的饮料来弥补，同时呼吸过程也可以弥补——所有的这一切过程我们称之为新陈代谢。因此一年前组成你身体的原子可能早就离开你了，现在正在某个很遥远的地方，只是你身体的基本结构没有变化而已，物质结构的连结系统没有变化。我儿子补充物质让我重新成形的方法完全没错。我们的身体就是由碳、硫黄、水、氧、氮和一点点金属构成的，他拿的东西包含了所有这些物质。请自己去机器里试试吧，你就会知道这个过程没有任何伤害……"

我婉拒了主人的盛情邀请，后来我又数次拒绝了这种邀请，但是最终在经历一番心理斗争之后，我下定了决心。在一间装了 X 光的办公室里，他们拍了我的图像，制作了一份原子档案，然后我去拜访朋友。把自己挤进那个机器的过程有点艰难，因为我比较胖，所以好心的主人来帮我，他们全家齐心协力才关上那扇门。锁头嘀嗒一响,周围一片黑暗。

后来发生的事情我记不清楚了。我只觉得自己特别不舒服,一个板子的边缘顶着我的耳朵,我还没来得及调整一下姿势,小门就开了,我从机器里爬出来。我的第一个问题就是,为什么他们没完成操作,但是我的朋友愉快地笑着回答说,是我搞错了。为了确定情况,我看了墙上的钟,我确实在机器里过了十二个小时,但其间没有任何感觉。唯一一点小小的不便是,我衣服兜里装着一块表,表上显示了我进入机器的时间,它跟我一样被变成了原子,所以没有走动。

我和唯滋人结下越来越深厚的友谊,他们告诉我,这个技术还有别的用途:他们有种风俗,如果有哪个杰出的学者被某个解决不了的问题所困扰,就去机器里待上几十年,然后等他复活的时候,就出去问问那个问题解决了没有,如果没有,学者就继续被原子化,直到问题解决为止。

在此次成功的实验之后,我变得大胆了很多,变得很喜欢这种奇怪的休息方式。不光是晚上,但凡有空,我就想被原子化。你可以在街上、在公园里随时随地原子化,因为到处都有这种机器,看起来就像有门的邮箱一样。你只要记住设定好闹钟就可以了,有些心不在焉的人确实会忘记闹钟,结果就会在机器里待很久,不过幸好这里有专门的检查人员,每月都会来检查机器。

在待在这个星球上的最后一段时间,我成了唯滋人风俗的忠实爱好者，正如我之前所说，现在我每时每刻都想原子化。由于此种轻率的爱好，我付出了很大代价。有一次，我使用的机器出了一点故障，那天早晨闹钟响了之后，机器没有把我按照通常的模样复活，而是把我变成了穿皇帝服饰的拿破仑·波拿巴，戴着荣誉军团勋章的三色绶带，还佩着一把军刀，头上有一顶金色的羽冠，手上还拿着权杖和球——我就以这副模样出现在惊讶的唯滋人面前。他们让我赶紧去附近没坏的机器重塑一下我自己，不会有任何困难，因为我自己的原子档案有记录，可以使用，但是我没听他们的，我只要把那顶羽毛帽子换成耳罩，军刀换成餐具，球和权杖换成伞就可以了。等我坐在自己的飞船控制台前，把那个行星远远甩在身后无限的黑暗中时，我突然想起来，我当时太匆忙地把那些花哨玩意儿扔了，而现在便没有任何东西可以佐证我说的话了。但一切都晚了。

第二十五次航行

在大熊座里最主要的一段航道连接着牧甫塔和塔弗图姆,途中还通过岩石行星泰利亚,这颗星球在旅行者之中臭名昭著,因为它周围环绕着大量石块。整个区域呈现出极度混乱危险的景象,在这石头构成的云雾之中,你根本看不见泰利亚的轨道面,因为你周围只有石头,它们相互摩擦碰撞,不断形成雷电。

几年前,一些跑牧甫塔到塔弗图姆航路的宇航员说那片区域有可怕的怪物,它从泰利亚行星周围飞旋的砂石中陡然出现,袭击过往的飞船。怪物用它的长触手卷住飞船,想把他们拉进阴暗的巢穴中。有些乘客吓坏了,但是到目前为止也没出别的事。接下来有传闻说,某宇航员饭后穿着宇航服绕着自己的飞船散步的时候被怪物袭击了。这件事其实是夸大其词了,传闻中的那个宇航员(我的一位好朋友)其实是把咖啡洒到了宇航服上,所以就挂出去晾干,这时候一个长长的奇怪生物飞出来,把宇航服掠走了。

最终这些事情越传越离奇,传到了周边行星上,大家组织了一支探险队去泰利亚周边星域搜索。有些队员声称在泰利亚的砾石云深处看到了某种类似八爪鱼的东西,但是没有得到确认。一个月后,探险队不敢再深入泰利亚周边坚硬的砾石云深处,他们一无所获,返回了塔弗图姆。后来又一支探险队出发了,但依然什么都没找到。

最后,著名的星际探险家、勇敢的佐奥·戈布拉斯出发去了泰利亚,他还带了两只穿着太空服的猎犬,出发去狩猎那头怪兽。五天之后,他独自一人憔悴又沮丧地回来了。据他所说,在距离泰利亚不远处,好几头怪兽从一片星云后面冲出来,用触手卷走了他和他的猎犬。这位勇敢的猎人掏出刀子拼命挥舞,终于挣脱了那些致命的触手,然而他的猎犬却被勒死了。戈布拉斯穿的那套太空服内外都布满了战斗的痕迹,有些地方还留着绿色的线绳,仿佛某种纤维质的茎干。一些科学家仔细检查了那些痕迹,说这是地球上很常见的多细胞组织碎片,说白了就是马铃薯,球根植物,合瓣花亚纲、龙葵亚属物种,有独立的羽状深裂,在十六世纪被西班牙人从美洲带到欧洲的土豆。这个消息让大家浮想联翩,但是之后有人把学者们的解释翻译成日常用语之后,就变成谣传说戈布拉斯的宇航服上沾了好些土豆叶子。

很快便有人讽刺那位勇敢的星际探险家,说他花了整整四个小时跟土豆打架。戈布拉斯要求对方立刻收回这种说辞,然而对方却回应说,他们一个字都不会改口。事情闹得很大。出现了两种意见,土豆派和反土豆派,后来前者演变成"大个派",后者变成"深度派",双方吵得不可开交。但是这还不算完,哲学家们下场之后,事态更严重了。英国、法国、奥地利、加拿大、美国的哲学家纷纷登场,最杰出的理论专家和学者各抒己见,他们拿出的成果也令人瞩目。

在慎重考虑了多方意见之后,物理主义派的人认为,当A、B两个物体移动时,说究竟是A相对于B移动,还是B相对于A移动都没差别。因为运动就是相对的,你说一个人相对于土豆运动是对的,说土豆相对于人运动也是对的。所以讨论土豆会不会动是毫无意义的,整个问题都无足轻重——问题根本不存在。

语义学者则说,一切都取决于你如何解释"土豆""在""动"这三个词。其中的关键是具有可操作性的连接词"在",你必须严格检查"在"这个词。于是他们就开始研究《宇宙语义学大百科全书》,特别严格检查了前四卷,讨论这个具有可操作性的连接词"在"。

新实证主义者说,人不会直接感知到一丛土豆,而是感知到一丛关于土豆的感官印象。然后他们用了符号逻辑,发明了"印象簇"和"土豆簇"这种说法,还给一切代数符号发明了特殊命题演算。在用光了足以填满几片大洋的墨水之后,他们以数学式的精确度得出了绝对不可否认的结论:0=0。

托马斯主义者说,神创造自然法则就是为了表达神迹,因为神迹就是违背自然法则,因此没有自然法则,就没有东西可供违反。在上述例子中,土豆动了,也许这是全知全能的神的意志,但我们也不能确定这是不是某些该死的唯物主义者决心侮辱教会而搞的鬼。因此大家必须等待梵蒂冈最高议会的裁决。

新康德主义者认为,物体都是精神的投影,不是可知的事物,如果精神产生出"会动的土豆"这一概念,那么会动的土豆就是存在的。但是这只是第一印象,因为我们的精神和精神的投影一样,都不可知,所以一切都无定论。

整体论-多元学-行为主义-物理主义派表示,众所周知,自然法则都是按统计学规律运行的,所以不可能准确预见每一个电子的轨迹,因此你也不可能知道未来每一个土豆的行为。迄今为止的观察显示,人类已经将土豆碾碎过几百万次,说不定到了第十亿次的时候,情况就会发生逆转,土豆会碾碎人类。

弗斯坦教授是拉塞尔和莱兴巴赫学派中一位隐居的智者,他尖锐地批评了所有这些结论。他说,人不会经历感官印象,因为谁都没见过桌子的感官印象,只见过桌子本身,再说大家都知道外部世界不是一个事物,所以外部的物体和感官印象都不存在。弗斯坦教授说:"什么都没有。凡不是这么想的人都是错的。"所以关于土豆就没什么好说的了,但是其中的缘故跟新康德主义者给出的观点完全无关。

弗斯坦教授不断努力,一刻也不肯离家,结果反土豆派人士就朝他家扔烂土豆，与此同时，人们因为另一件事情激动不已——塔朗托加教授在塔弗图姆登陆。他无视那些无休止的争论，决定客观冷静地调查此事，这才是科学家应有的态度。首先他拜访了邻近的行星，从当地居民处收集信息。通过这种方法他得知，这个神秘的怪物有很多名字：普鲁克、波尔克尔、努菲特、古纳特尔、尕鲁古拉斯、马罗莫普斯、佐普斯、沃特尤特、巴塔特、瑞夫勒尔、泰坎多林、克洛什、弗里巴基、莫彻莫尔，等等，这些名字提供了很多线索，因为根据字典，这些词都是"土豆"的同义词。

塔朗托加以坚韧的精神和不屈不挠的勇气进一步研究这个谜题，在五年后，他拿出一套完整的推断来解释这个事件：

很久以前，在泰利亚附近，一艘飞船要将土豆运送给塔弗图姆的殖民者，谁知却撞上了大型陨石。船体撞破了一个洞，所有的货物都掉了出来。塔弗图姆派了两艘船将土豆货船从陨石上拖下来，很快此次事故就被遗忘了。与此同时那些土豆落到了泰利亚表面，并且开始若无其事地生根发芽。可是它们生长的环境非常艰难——天上时不时地掉石头砸死幼苗，甚至把当时长出来的植株全部砸死。所以所有的土豆都提高警惕，努力生存，它们努力保护自己、寻找庇护所。于是出现了敏锐的新的土豆品种，它们会跳，会弹起来。经过了几代之后，它们厌倦了这种静坐不动的生活，于是把自己连根拔起，开始流浪。在此期间，它们完全摈弃了地球上土豆那种平静被动的性格——那种性格是需要长期照料驯化才能培养出来的。它们越长越狂野，最终成了掠食性土豆。关于这点可以在土豆的家谱中找到依据。土豆，也就是我们熟知的马铃薯，属于茄科。狗，我们也知道，跟狼同科，把狗扔回森林，它们就能返祖。泰利亚的土豆也是这种类似的情况。它们在泰利亚上越长越多，于是出现了新的危机，年轻的土豆渴望能行动起来，它们想要完成一番伟业，成就蔬菜界前所未有的壮举。它们仰望天空，看到满天飞舞的石块，于是决心长到石头上去。

如果我在这里把塔朗托加教授的推论全部说一遍就离题太远了，教授解释了最初土豆是如何拍打叶片学会飞行的，接着又如何离开泰利亚的大气层，最终来到了环绕着那颗行星的众多岩石上。这一步对它们来说还是很容易的，因为它们用蔬菜的方式进行新陈代谢，在太空里也可以不需要氧气，只要晒太阳获取必需的能量就行了。后来它们变得很大胆，甚至敢袭击过往的飞船。

任何学者处于塔朗托加这种位置的话，肯定会把这个了不起的推论出版发表，然后就名利双收了，但是塔朗托加教授发誓至少要抓到一个掠食性土豆，否则绝不罢休。

总之理论方面的问题是得到解决了，接着就该实践检验了，跟理论相比，实践也没简单到哪里去。土豆都潜伏在巨石的缝隙里，深入那片满是飞行巨石的迷宫里去找土豆无异于自杀。再说塔朗托加也不想射杀土豆，他想要活体标本，要活蹦乱跳的那种。起初他想把土豆从藏身之处都赶出来，但是又觉得这办法不尽如人意，于是作罢。后来他想出了一个全新的计划,这个计划后来为他赢得了巨大的声誉。他决定用诱饵诱捕一个土豆。为此他在塔弗图姆一个学校供料仓库里买了一个巨大的地球仪,涂装精美,直径二十英尺。他还弄来了很多蜂蜜、火漆和鱼胶,将这些材料按一比一比一的比例混合,混合物涂在地球仪上。然后他把这个球用一根长绳子绑在飞船上,朝着泰利亚星域前进。等到足够靠近之后,他就藏在星云的角落里,抛出诱饵地球仪。这个计划全靠土豆们的好奇心。等了一个多小时,一点轻微的震动显示有东西靠近了。塔朗托加小心翼翼地往外看,看到好几个土豆摇晃着叶子,试探着抬起块茎靠近地球仪,它们显然是把那东西当作一个陌生行星了。教授赶紧收线,然后在飞船尾部绑好,直接返回塔弗图姆。

这位勇敢的学者得到了热烈欢迎,那情景简直无法描述。被抓住的土豆,还有地球仪和其他各种东西都被关进一个笼子里,拿去给公众展示。土豆惊恐得发狂,拼命用叶子拍打空气,摔打自己的根,但是一切都是徒劳的。

次日,科学院的人去给塔朗托加颁发了荣誉学位和一块重重的奖牌,教授却不在。他的任务已经圆满完成,他头天晚上就走了,谁也不知道他去了哪里。

我知道他为什么突然离开。塔朗托加必须抓紧时间,在九天之内到考伊鲁利亚和我碰面。我本人当时也在加速赶往银河系另一侧我们约定的那颗行星。我们打算去银河系一条尚未被勘查过的旋臂，那条旋臂一直延伸到猎户座黑暗的星云之中。当时我和教授还不是很熟。为了表明我是个守信且守时的人，我竭尽全力让引擎全速运转。但是人往往会忙中出错，我也遇到了一个小意外，结果整个计划都毁了。一颗小陨石砸坏了我的燃料仓，卡在排气管里，害得发动机停止运转了。我叹了口气，穿上太空服，拿起强光手电筒和工具出舱进入太空。我用镊子把陨石挑出来，但是不小心撞到了手电筒。手电筒飘出去很远，在太空中独立飞行。我把燃料仓的洞堵上，然后就回去了。我不可能去追那个手电筒，因为所有的燃料基本上都漏光了，就连去最近的普洛塞顿都不够。

普洛塞提族是和我们差不多的智慧生物，不过有一点细微的不同，他们的腿只长到膝盖处，膝盖以下就是轮子了，轮子不是人造的，而是身体的一部分。他们移动速度极快，而且动作优雅，看起来就像骑着独轮车的杂技演员。

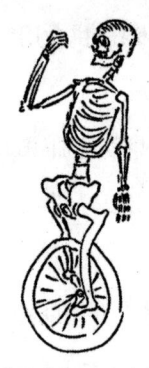

普洛塞提族的骨架

他们知识丰富，而且对天文学尤其感兴趣。在普洛塞顿，天体观测十分普遍,无论老少,人人都带着望远镜。日晷也无处不在,在公众场合使用机械计时设备是严重违背公序良俗的。我记得普洛塞提族还有一些其他公众设施。我第一次去的时候,有幸参加了当地著名天文学家,年迈的马拉提利特克教授的宴会。途中我和他讨论了一些天文学上的问题。那位教授和我意见不合,对话变得越来越尖锐,后来那位老人满脸通红,仿佛随时都要爆炸。他突然跳起来冲出大厅。五分钟后,他心情愉快地回来,微笑着坐在我旁边,就像个乖小孩一样平静。我很惊讶,后来找了个机会问别人他是如何调整心情的。

我问的那个普洛塞提人说:"什么?你真的不知道吗?教授用了蒸汽室。"

"蒸汽室?"

"就是用来'释放蒸汽'的东西。一个人要是非常生气或者满怀敌意的话,就要进入一个小屋,屋里加装了软木衬垫,专门释放自己的情绪。"

这一次我在普洛塞顿降落,还在空中的时候,就看到大量人群在街上走动,他们挥舞着灯笼欢呼不已。我让机械师维护着我的飞船,自己进了城。很快我就得知,他们在庆祝发现了新星,那颗新星于昨天晚上出现。我不禁有些疑惑。随后马拉提利特克热情迎接了我,邀请我去看他的高倍折射望远镜。我凑到透镜上,发现那颗新星其实只是我那个在太空里自由飞行的手电筒。我没有把这件事告诉普洛塞提族,但是我决定要假装自己是比他们还要厉害的天文学者——其实这个决定很傻——我心算了一下手电筒的电池还有多久耗尽,然后对普洛塞提族说,这颗新星在未来六小时会发出白光,随后会变成黄光,然后变红,最后熄灭。他们都不信,一向脾气火爆的马拉提利特克说如果发生这种事,他就吃了自己的胡子。

到了我说的时间,那颗新星果然变暗了。到了傍晚,我到了天文台,发现一群垂头丧气的助手,他们告诉我说马拉提利特克的自尊心受到了伤害,把自己关进书房,要实现自己之前胡乱赌的咒。我担心他会受伤,于是想隔着门劝劝他,但是没成功。我把耳朵贴在钥匙孔上,听见里面有窸窸窣窣的声音,看来助手们说得没错。我万分懊悔,于是写了一封信解释这一切,并把信交给助手,请他们在我离开普洛塞顿后转交给教授。递出信之后我立即拔腿冲向太空港。之所以跑这么快是因为我也不知道教授看了信会做些什么,说不定他会先来收拾我,再去蒸汽室。

由于非常着急,我是在凌晨一点离开普洛塞顿的,完全忘了加燃料的事情。行驶了约一百万英里之后,燃料耗尽,我成了在太空中飘荡的遇难船只。此时离我和塔朗托加约定见面的时间还剩三天。

从窗户往外看,恰好能看到考伊鲁利亚,它就在三百万英里之外闪耀,但是我却只能无助又愤怒地看着它。没错,有时候最无足轻重的事情也会引发严重的后果!只是一个小玩笑……

一小时后,我看到一颗行星渐渐靠近,我的飞船受它吸引,逐渐开始加速,最终像块石头一样开始垂直下落。我觉得不能坐以待毙,于是坐在驾驶座位上控制飞船。那颗小行星很小,是一颗无人的星球,不过似乎还挺不错的。我看到了被火山加热的绿洲和流动的水。那上面有很多火山,它们不断喷出火和浓烟。现在我穿过大气层,控制船舵,想尽一切办法降低速度,但也只是延迟了一下撞击时间而已。然后我掠过一连串火山,忽然有了主意。思考片刻后,我做出一个破釜沉舟的决定:让飞船尖端向下,像雷电一样冲向最大的一个火山口。在最后一刻,红热的火山口差点吞没我,我娴熟地把船舵一转,让飞船尖端向上,以这种状态沉入了无底的岩浆池。

这样做很冒险,但是也没有别的办法了。我希望火山在被飞船这样猛地撞一下之后马上喷发——我的希望实现了。一阵剧烈的摇晃震动了山体,接着升起一束火焰,岩浆、灰尘、浓烟冲上来数英里高,我也被冲到天上。我调整方向,直奔考伊鲁利亚,计划总算是成功了。

三天后,我到达了目的地,只迟到了二十分钟。但是塔朗托加却不在那里,他已经离开了,只给我留了一封信放在邮局。

亲爱的同僚![他这样写道]现实状况迫使我赶紧出发,所以我建议我们在未勘查区域的正中心见面,由于那里的星球都没有命名,我给你说一下方位:直线向前飞行,在蓝色恒星处左转,接着在橙色恒星处右转,你会看到四颗行星,我在左手起第三颗行星上。

期待见到你。

你忠实的朋友

塔朗托加

加满燃料后，我立即出发。这趟旅程花了一个星期时间，我进入了未知领域，顺利找到了塔朗托加说的那些星球，我严格按照他的指示航行，在第八天早晨，我看到了他说的那颗行星。

这颗大行星上覆盖着厚厚的绿毛，那是星球上繁茂的热带雨林。这情景让我有些困扰，因为我不知道要如何找到塔朗托加，但我相信他的聪明才智——事实证明我没错。我径直飞向那颗行星，到上午十一点，我发现北半球有一些细微的线条，不禁大为惊讶。

我经常对年轻没经验的宇航员说："有人跟你说他飞向一颗行星，看见自己的名字写在星球上，你们千万别信，这是个老掉牙的太空笑话。"这次轮到我自己被打脸了，因为在那颗行星的绿地上清晰地写着：

没时间了。下个行星见。

塔朗托加

那几个字每个都有一英里见方，不然我还真看不见。我觉得非常惊讶，也很好奇教授怎么能把字写这么大，于是就飞近了些。这时候我才看清，那些文字全是被压得平平整整的树木，在森林之中形成了大马路一样清晰的纹路。

虽然疑惑，我还是按照文字所说，赶紧去了下一颗行星，那颗星球上有文明生物居住。落日时分我到了太空港。我四处问塔朗托加去了哪里，但什么都没打听到，这一次他还是给我留了言。

亲爱的同僚：

再次失约，我深表歉意，但是因为家中突发急事，我必须立即返回。为了让你不白跑一趟，我在大办公室留了一个包裹——提醒你一下，里面装的是我最新的研究成果。你肯定很想知道，在上一颗行星，我是如何写下那条信息的，其实很简单。那颗行星正在经历类似地球的石炭纪一样的纪元，上面住了很多巨型蜥蜴，其中包括可怕的亚特兰托龙，足有一百五十英尺长。降落在那颗行星上之后，我驱赶了一大群亚特兰托龙，不停地挑衅它们，让它们攻击我。然后我计算好路线，迅速穿过森林，确保自己的飞行轨迹形成字迹，亚特兰托龙追着我，把树全撞倒了。这样就形成了两百五十英尺宽的痕迹。如我所说，很简单，但是很累人，我一口气全速奔跑了三十英里。

这次我们依然不能认识彼此，我非常抱歉。下次再让我握着你勇敢的手，赞赏你的美德和勇气。

塔朗托加

P.S.我强烈推荐你今天晚上参加一下这个城市里的音乐会——简直太棒了。

塔

我在太空港办公室收到了我的包裹,叫人把它送到酒店,我自己就去城里了。路上景色非比寻常。这颗行星自转速度极快,每个小时都会昼夜更替。由此还产生出离心力,和地球不同,这里的铅垂线并不垂直于地面,而是和地面呈四十五度夹角。所有的房子、塔、墙,反正就是一切建筑物都和地面呈四十五度角,在人类看来这种情景非常奇特。街道一边的房子全部往后倒,另一边的房子也往对面倒,仿佛挂在对面的房子上。星球上的人为了不摔倒,天生就一只腿长一只腿短。而一个人类走动的时候就必须单腿跪着,过一段时间就会很痛很艰难。所以我走得很慢,等我走到举办音乐会的建筑时,大厅的门已经快要关了。我赶紧买了票跑进去。

我刚刚坐下,指挥就轻敲指挥棒,大家都安静下来。乐团成员活力十足地动起来,开始演奏我从未见过的乐器,号角上附带有孔的管子,看起来好像花洒。指挥充满感情地举起上肢,他伸展双臂,仿佛在说"轻柔地",接着我越发感到惊讶,因为我没有听到任何声音。我偷偷看了看两边,发现旁边的人一脸欣喜若狂,我心里越发迷惑不安起来,偷偷掏耳朵,但是也没用。最后我担心自己聋了,于是轻轻敲了敲两只指甲盖,那声音虽然轻微,但是真的听得见。所以我也不知如何是好,周围的人全部如醉如痴,我只能傻坐着,直到这支曲子结束。观众席爆发出掌声,指挥鞠躬致谢,然后再次挥动指挥棒,乐团开始演奏下一部乐曲。周围的人全都非常陶醉,我听见不少吸鼻子的声音,应该是深受感动的意思。然后是暴风雨般的结尾——我猜想应该是暴风雨般的结尾,因为指挥动作激烈,众位音乐家头上都大汗淋漓。又是一阵雷鸣般的掌声。我旁边那人转头跟我诉说他对交响乐和整场演出的喜爱之情,我只能胡乱应付着,然后一头雾水地冲到街上。

我走下几十级台阶,接着忽然想起了什么,就回头看那座建筑的外立面。和别的建筑一样,它也跟街道形成锐角,入口处挂着一个牌子,写着"奥尔法克托鲁姆市政厅",牌子下面贴着演出海报,内容如下:

奥顿特隆剧场

"麝香交响乐"

Ⅰ 序曲 玉竹

Ⅱ 快板 芳香酶

Ⅲ 行板 奥伦香

特邀嘉宾:

极少露面的鼻腔专家,著名的赫兰特

我骂了一声,转头直接回到酒店。我没享受到音乐会,倒也不怪塔朗托加,他也不知道我在萨特林染上了感冒。

为了补偿这点失望,到了酒店之后我立即打开包裹。里头装着一个投影仪,一卷胶片,还有一封信,内容如下:

亲爱的同僚!

等你到了小熊座,我到了北斗星,你就会想起我们电话里说过的事情。那次我说我怀疑有些生物可以在高温灼热、接近要熔化的星球上生存,我决定对此进行研究。你觉得这个研究不能成功也是正常的。但是这是有证据的。我找到了一颗很热的行星,乘坐飞船尽可能地靠近它,然后放下了一根石棉绳子,那绳子上挂着带防火罩的设备和显微镜,我用这种办法拍了不少有趣的照片。试验成功后,我通过这种办法靠近了行星。

你的朋友

塔朗托加

一个小而古老的行星

我非常好奇，一读完信我就把胶片放进机器里，然后把床单挂在门上，关掉灯，打开投影仪。一开始那个临时屏幕上只是闪耀着一些色块，能听见一些粗糙的声音，还有木头在火炉里燃烧一样的噼啪声，然后图片变得清晰起来。

太阳从地平线上落下。海面轻轻荡漾，水上闪耀着细微的蓝色火焰。黑暗不断加重，炽烈的云层变得苍白。很快光线微弱的星星出现了。年轻的罗德里罗在研读了一整天之后觉得很疲倦，他从弗鲁基里出来，打算在傍晚时分散步。他没什么特别要去的地方，只是想随便活动一下他的图翁，他深吸一口新鲜芬芳且炽烈燃烧的氨气。有人朝他走过去，在阴影中，对方的身影根本看不清。罗德里罗收紧他的斯克罗切，那人从黑暗中走出来，罗德里罗才看清，对方是他的朋友。

"多美的夜色啊。"罗德里罗说。朋友两边的胺巴斯交替站着，尽量不靠近火焰。他说："真的很美。今年氯化铵长得真不错，你发现了吗？"

"是的，收成一定很好。"

罗德里罗懒懒地挥挥手，转过肚子，打开感光器官看着星星。

过了片刻，他说："你知道吗，无论何时我像现在这样看着夜空，都会情不自禁地觉得，那边遥远的地方还有其他的世界，跟我们这里类似的世界，也有智慧生物居住着……"

"谁在这里说智慧生物呢?"另一个声音从附近传来。两个年轻人同时转过身,朝声音的方向看去。他们认出了对方那多瘤而敏捷的身影,原来是弗拉门提乌斯。那位年长的学者稳步靠近他们,他身上的衍生物看起来好像一串串葡萄,那些东西鼓起来,从他肩上伸出小枝。

"我在说生活在别的世界里的智慧生物……"罗德里罗说着充满敬意地举起他的斯奎普斯。

"罗德里罗在说生活在其他世界的智慧生物?"学者重复道,"看看他!还其他世界呢!罗德里罗啊,罗德里罗!你就这样浪费时间吗,我的孩子?就这样整天胡思乱想?当然了……我也同意……这样的晚上……天气太冷了,你不觉得吗?"

"不冷。"两个年轻人齐声说。

"年轻的火焰,是啊,我知道。总之现在才八百六十摄氏度,我得穿上岩浆外套才行。老了就是这样。"然后他转过背,对罗德里罗继续说,"你刚才说别的世界也存在着智慧生物?照你的想法,那是什么样的生物?"

"我们也不清楚,"年轻人窘迫地说,"我觉得应该是各种各样的都有。在更冷的行星上也应该有以蛋白质为基本单位的生命体。"

"谁告诉你的?"弗拉门提乌斯生气了。

"因普洛斯奥。他是一个年轻的生物化学学者,他——"

"你说那个傻子,"弗拉门提乌斯打断了他,"蛋白质生物?蛋白质构成的生命体?! 在老师面前说这种话你不觉得丢脸吗? 这就是无知的下场,最近每个人都这么狂妄了?! 你知道他们要怎么处理你们的因普洛斯奥小朋友吗? 要给他好好浇些水!"

"但是弗拉门提乌斯先生,"罗德里罗斗胆说道,"为什么要对因普洛斯奥施加如此严厉的惩罚? 您能否告诉我们其他星球上的生物有可能是什么样子的? 说不定他们可以直立,能用名为'腿'的部位行走呢?"

"你从哪里听说的?"

罗德里罗害怕得说不出话来。

"从因普洛斯奥那里……"他的朋友小声地说。

"够了,别瞎说了,别再提因普洛斯奥和他那些胡言乱语了!"弗拉门提乌斯喝道,"腿? 够了吧! 我二十五个耀闪之前就从数学的角度证明过,两条腿的生物只要直立起来,就会立即脸朝下跌倒! 我建立了恰当的模型,列了图表,但是你们这些笨蛋懂什么? 其他世界的智慧生物长什么样? 我不会直接告诉你们的,去思考,用你们的脑子。首先他们必须要有器官来摄入氨,对不对? 有什么比图翁更适合摄入氨? 他们也应该像我们一样通过某种介质运动,这样既能形成防御也能保暖。难道不会吗? 肯定会的啊! 要是没有了胺巴斯,你怎么能在介质中移动呢? 他们也可能形成感觉器官——感光器官、噬咬器官、照明器官。当然他们肯定也会像我们一样有五极器官,不仅仅是作为一种身体结构,也是生存的整体方式。每个人都知道,五位体是我们家庭的基本单位——你们能想象到任何不一样的模式吗?尽情想象去吧,你们肯定想不到的!因为想要组成家庭,产生后代,就必须有一个塔塔,一个嘎嘎,一个妈妈,一个发发,还有一个哈哈。有共同的热情、计划、希望和梦想,这五个性别缺一不可——当然生活中也会有缺少了某位成员的悲剧,我们称之为悲惨四人,或者无回报的爱……所以你们也该知道,排除一切偏见和成见,只说科学事实,只用准确的逻辑推演,客观地判断,我们就能得出这样一个不容否定的结论,即每种智慧生物都必须和五角族类似……就是这样。你们明白了吗?"

第二十八次航行

我马上就要把写好的这些文字装进一个空氧气瓶里扔出飞船外,扔进深空,让它飞进无垠的黑暗中,我不希望任何人找到它。太空航行必不可少,但是很显然这次漫长的旅行已经开始让我难受了。我飞行了好几年,还没看到尽头。最糟糕的是,时间变得很混乱,互相穿插,我在各种支线中兜圈子,耗费了很多时日,我也不知道现在是过去还是未来,不过有时候确实有点像中世纪。有一种办法可以让人在极端情况下保持理智,是我祖父科斯莫发明的,重点就是想象出几个同伴,男女都可,然后你就要经常想着他们。我父亲也用过这个方法,不过有时候这样做也是有风险的。在寂静的环境下,想象出的同伴会变得过于独立,甚至会造成麻烦和各种并发症,有些甚至想要我的命,我不得不和他们搏斗,橱柜就是名副其实的战场。出于对祖父的忠诚,我不能中断这个方法。还好他们都死了,我可以独处了。也许我可以坐下,我早就计划着坐下简单写一下自己的宗谱,这样就可以像安泰俄斯从大地中汲取力量一样,从我的祖先中得到力量。蒂奇一族的祖先姓名已不可考,他是个十分神秘的人,和爱因斯坦著名的双胞胎悖论有紧密联系。双胞胎之一飞向太空,另一个留在地球上,等到进入太空的那个人回来的时候,他会比留在地球上的那个人年轻得多。首次进行验证双胞胎悖论的实验时,有两个年轻人主动参与,他们分别叫卡斯帕和以西结。由于起飞时候发生了一些混乱状况,他们两个一起上飞船飞走了。就这样,实验还没正式开始就出错了。更糟糕的是,飞船一年后就回来了,而且只有一人返回。他声称,在飞船飞过木星的时候,他兄弟探出窗外太远了。大众对这番沉痛的说辞并不买账,一时间大家对他恶语相向,媒体也称他为弑亲的凶手,食人狂魔。这些说辞是有实物佐证的,在那艘飞船上发现了一本烹调书,其中一章被标了红色,标题是"外太空泡菜"。但还是有一个聪慧又有声望的人愿意替他辩护。辩护人建议他在审判期间一个字也不要说,不管发生什么都不能说话。这个建议没错,尽管是审判,法庭也不可能给我的祖先定罪,因为要判决的话,必须首先知道被告的姓名。编年史里的记录不太一样——有人说在审判前那人就自称名叫蒂奇,这是个诨名,来源是审判时陪审团表示不赞同的语调(嘁,嘁)。他的真名应该是提斯基,是咂嘴音的一个更正式的变体。这么一个祖先显然没什么好羡慕的。世界上从来不缺造谣诽谤的人,有些人说,在庭审期间,只要提到兄弟的名字他就舔嘴唇。事实上谁也不知道他到底是双胞胎中的哪一个,然而造谣的人对这点置若罔闻。这位祖先之后的遭遇我知之甚少。他有十八个孩子,还做了不少生意,有一段时间他还当过儿童太空服的上门推销员。他晚年成了一个文学作品结局改写员。这个职业比较难说得清,我知道的工作内容包括满足小说戏剧爱好者的要求。一个改写员接到了委托之后,必须全身心投入到原著的氛围、风格、精神中去,然后得出和原作者截然不同的结论。在我们家族档案中保留着一些手稿,手稿显示,第一位蒂奇真的多才多艺。他写了好几个版本的《奥赛罗》,有一版是苔丝狄蒙娜掐死了那个摩尔人,还有些版本里写到她、摩尔人和伊阿古三人幸福地生活在一起。在但丁的《地狱篇》里头,客人特别指定的名字都遭受着特别的严刑拷打,还有不少订单要求把原作者写的悲惨结局改成大团圆结局,不过通常来说大团圆改悲惨结局的更多。一些有钱富豪委托我祖先写的结尾是在最后时刻所有人都得不到救赎——不但得不到,而且还是反派大获全胜。这些讲究的客户显然是被最原始的冲动驱使着,但是我的曾曾祖父总是能完成委托,还创造出了不少艺术瑰宝,而且与此同时他也比原作者写得更贴近真实生活——当然这不是有意为之。不管怎么说,他家里还有很多人要养,所以他竭尽所能,他讨厌宇宙飞行——这也是可以理解的——一直都很讨厌。从他开始,几个世纪以来,我们家族经常出现那种聪明、避世、思想独立且容易有怪癖的人,经常顽固地追逐自己的目标。我们的档案里有不少文件都记录了这种独特的个性。蒂奇家族有一个分支住在奥地利,准确来说是住在前奥匈帝国领域,在古老的编年史里我找到一张褪色的老照片,上面是个穿重骑兵队制服的英俊年轻人,戴着单片眼镜,留着卷卷的小胡子,照片背面写着一些字:"K. u. K. 赛博中尉阿达尔伯特·蒂奇"。我不认识这位赛博中尉,不过作为微小型化技术的先驱,在没有任何人想到微小型化的时候他就已经开始研究这个领域了,他想出一个办法,让重骑兵骑小马而不是骑大马。有关埃斯特班·弗朗西斯·蒂奇的信息更多,他是个了不起的思想家——不过私生活很不幸福——他想在两极地区撒一些煤灰以改变地球的气候。黑色的雪会很快融化,吸收太阳光,格陵兰岛和南极的冰会融化,这些地区会变成宜居的乐园——至少我那位曾祖父是这样希望的。他没找到赞助人就开始孤身一人去撒煤灰,结果引起夫妻关系不合,最终以离婚收场。他的第二个妻子欧律狄刻是一个药剂师的女儿,这位岳父背着女婿把家里的煤灰拿走,当作动物用碳水化合药卖了。后来药剂师行为败露,埃斯特班·弗兰西斯毫不知情,却还是被指控贩卖假药,而且被罚没收所有煤灰,这些灰是他多年来在地下室里慢慢收集起来的。在他生命的最后几个月,他唯一的安慰就是,给冬天白雪覆盖的菜园撒上煤灰,然后观察冰雪融化的过程,觉得这个方法有效。我的祖父在这个园子里建了个方尖碑以示纪念,上面刻了适合当时场合的文字。

这位祖父名叫耶利米·蒂奇，是我们家族中一位很有代表性的人物。他是被他大哥梅尔基奥养大的，是个控制论学者，也是一个虔诚的发明家。他的观点不算激进，不希望教会全部自动化，只要有大量神职人员辅助就好了，他制造了一些非常简单、行动敏捷、操作方便的设备，比如叛教被驱逐器，还有一种特别的装置，专门把教会的诅咒放进逆转齿轮里（好撤销诅咒）。他的发明不能满足教会的要求，而且他们还宣布他是异端。他希望教会能够宽宏大量，让他当本地教区牧师，再配备一个逐出教会者模组，这样他就能拿自己做实验了。但不幸的是，这个要求被驳回了。梅尔基奥又悲伤、又痛苦，于是辞去了在那边的工作，转信东方信仰，只当制造技师。他发明的电动佛教转经筒使用至今，高速运转的那种尤其受欢迎，每分钟可以祈祷18 000次。

耶利米跟梅尔基奥相反，没有丝毫才智。他中途辍学，自己在家学习，大部分时候都在地下室，地下室在他生命中非常重要。他是个非常一根筋的人。在九岁的时候，他决定提出一种囊括万物的学说，无论什么障碍都不能让他改变主意。他遇到的最大困难就是阐述各种概念，从一开始就很困难，后来就更惨了，他遇到了一场非常严重的交通事故（被一辆蒸汽压路机压过头部）。即便是如此严重的生理缺陷也没能阻挡他对哲学的追求，他决心成为思想界的德摩斯梯尼，或者是思想界的斯蒂芬森，因为耶利米就好比是发明了思想的火车头，本身不会跑太快，他想迫使蒸汽推动轮子，迫使电力推动思想。人们经常扭曲他的概念,说他是主张用电力抽打大脑。据这些造谣生事的人说,他的口号是:"让厄尼阿卡斯知道谁是大佬!"这是对耶利米思想的恶意扭曲,他只是运气不好,提早提出了理论而已。他一生都很痛苦。他家房子上被人涂鸦,写着"家暴""脑抽"之类的字眼,邻居们说他晚上在地下室弄得乒乒乓乓还骂人,他们甚至还说他威胁到孩子们的性命,给周围的小孩分发下了毒的糖。耶利米确实像亚里士多德一样受不了小孩,但是那些糖其实是用来毒死破坏花园的椋鸟的,糖上面标明了是毒药。另外据说他还教自己的机器说粗口,其实那只是他在地下室长时间工作又没什么进展时说的气话而已。当然了,他那些粗口确实很不礼貌,尤其不该写在他自费印刷的小册子里,因为在讨论电子系统的时候说"抽个管""扔个鞋"很容易给人造成错误的印象。我确信他只是固执而已,他甚至编了个故事说,自己每次坐下编程的时候必定随手拿一根撬棒。这些怪癖让他很难跟人相处,不是每个人都欣赏得来他的幽默感(送牛奶的人和两个邮差跟他发生了一些事故,都快疯了——不疯才奇怪了——他把骷髅放在车子上,而且挖了个八尺深的坑)。谁能理解到天才的幻想呢?据说他花光了全部积蓄,买了电子脑,然后全部碾成碎片,他的后院里堆了一大堆电子脑碎片。但是那些电脑不能胜任他布置的任务,难道是他的错吗?只能怪当时的电脑无法持久工作。要不是电脑那么轻易就散架,他就可以完成自己那个囊括万物的理论了。他的失败没有动摇其基本概念的伟大性。

他的婚姻方面也出现了问题，由于邻居们对他恶语相向，他的妻子崩溃了——邻居们诱骗她在审判时说出不利于耶利米的证词——再说，电击也会改变一个人的性格。耶利米彻底被孤立，被嘲笑，尤其被目光短浅的布卢姆博教授嘲笑，他说耶利米是个混蛋，因为耶利米曾经乱用线圈。布卢姆博是个废物小人，但是那一点点原本无可厚非的愤怒情绪让耶利米足有四年时间不能进行科学研究。所有这一切都是因为有人不想让他成功。不然谁会对他那些不明所以的行为举止和奇怪的习惯感兴趣呢？谁会传播有关牛顿和阿基米德的绯闻呢？不幸的是耶利米太超前于自己的时代，他必须付出代价。

在他人生的最后一段时间，准确说是临终时刻，耶利米经历了惊人的变化，他的命运发生了彻底的改变。他把自己锁在地下室，加了双重锁。他首先把所有机器一点儿不剩地从地下室里扔了出去，这样他就完全是独自一人了，周围只有空荡荡的四壁、一张木板床、一个凳子和一排老旧的铁栏杆，直到死他也没有离开地下室，自愿被囚禁在那里。地下室确实成了一个监狱，他的行为只是为了逃离这个世界吗？只是一次顺从的撤退，目的是成为隐士进行苦修吗？关于这个问题争论颇多。他自我囚禁生活的那些日子并不适合冥想。透过地窖门上的一个小洞，人们给他递面包干和水，以及他所需的一切。十六年来，他想要的东西都没变过：各种大小重量的锤子。他总共用掉了3219把锤子。当他伟大的心脏停止跳动时，人们在地窖角落里发现不计其数的锈蚀的锤子，锤子头不知何故都磨平了。而且，地窖里不分昼夜地传来打铁的声音，只是偶尔才停一下，那是耶利米身体酸痛、休息吃饭的时候，他把这些都记在日记里，现在这本日记就在我面前。从日记中人们可以看出他秉性没有变化，事实上他比之前更坚定了，他专注于一个新目标。"我要修好她的货车！""我要让她顺服！""还差一点，她就完蛋了！"——这些话都是他用那种特有的潦草字迹写下来的，厚厚的笔记本上全是金属碎屑。他究竟是想让谁顺服？想让谁完蛋？我们也不知道，他不止一次提到一个非常神秘的对手——据推测是很强大的对手。我猜想，在某个灵光一闪的瞬间，他肯定做出了决定，要用非常谦逊的方式来完美地完成自己此前所追求的目标，在他那样伟大的头脑里，灵光是时常闪现的。之前他曾把一些机器放在封闭环境里，让它们自力更生。后来这位骄傲的老人在自我囚禁的时候，完全无视了外界的嘲笑和批评，透过地窖的那扇门，他成了历史的一部分，根据我的猜测，他抓住了世间万物中最强大的对手，经历十六年的艰苦劳动，那份领悟一直在他心里，一刻也不曾离开，他震撼了存在的核心，简单来说，他毫不犹豫、毫不迟疑、毫不怜悯且昼夜不停地殴打物质本身！

　　但是他这么做究竟是为了什么？他这么做跟某位古代暴君的行为完全不相像，那位暴君名人鞭打海洋是因为海洋吞噬了他的船只。耶利米则不同,他那永无止境的艰苦劳动充满英雄主义气概,我从中感受到非同寻常的理念。未来的人们会明白,耶利米是在以全人类的名义挥舞锤子。他想将物质逼近极致,折磨它,消磨它,拷问它终极的本质,从而战胜它。接下来又该做什么呢?接下来就是彻底的混乱状态,一切物理秩序终结?也许会出现新的规律?我们也不知道。继承耶利米遗愿的人总有一天能够发现吧。

我很高兴在这份笔记中写完他的故事,但是我必须补充一句,即使在他死后,那群造谣生事的人依然在传关于他的八卦,他们说耶利米躲在地下室里是为了躲避妻子和债主!世人就是这样对待天才的!

我家族中接下来的一位是伊格尔·塞巴斯蒂安·蒂奇,耶利米的儿子,是一个苦行僧,同时也是赛博神秘主义者。自他之后,我们这一族就从地球上消失了,所有后人都隐姓埋名进入了太空。伊格尔·塞巴斯蒂安性喜沉思,正是因为这种性格,他十一岁才开口说话——旁人说这是因为他精神发育迟缓,其实真的不是这样。就像所有具有划时代意义的思想一样,他用批判的眼光、以全新角度理解人,并得出一个结论:一切邪恶的根源都来自我们残留的动物性,这种动物性会摧毁个人和社会。他反对黑暗本能,人性中的光明一面也不是什么新鲜事,但是伊戈尔·塞巴斯蒂安比任何先人都走得更远。他对自己说,人必须把自己的灵魂放在肉体被掌控的地方!后来一位天才的控制系统立体化学家经过多年研究,终于想出办法把他的梦想变成了现实。当然,我说的是著名毒品奥波诺克塞诺尔,那是一种联丙烯全景放射式全氢化菲戊糖衍生物。奥波诺克塞诺尔无毒,摄入很小剂量就可以使生殖行为变得非常令人不快——跟平时的情况正好相反。只要摄入一小撮白色粉末,人就可以毫无欲望地仰视这个世界,能够恰当分辨出什么事情重要,不再被动物本能所蒙蔽。他花了很多时间,摆脱了进化强加给他的性方面的奴役,打破了性欲带来的枷锁,获得了自由。毕竟,一个种族想要不朽必须是出于理性的决定,出于对人性负责的决定,而不是无意识地、不由自主地屈服于肉体的欲望。起初伊格尔·塞巴斯蒂安打算让性行为变得中立,但他意识到这样还不够,因为很多事情人们去做它并不是为了获得快乐,而是为了排遣无聊,或者仅仅是出于手贱。从那以后,他那种行为就成了为了大义而进行的牺牲,一种自愿背负的负担。他做出了勇敢的示范,生下后代的人都被当作英雄,因为这是为了他人牺牲自己。伊格尔·塞巴斯蒂安是个真正的科学家,他在自己身上试了奥波诺克塞诺尔的效果,然后为了证明大量摄入奥波诺克塞诺尔后依然可以生育,他拿出极大的毅力,以巨大的自制力生育了十三个孩子。据说他妻子离家出走了好几次——这不全是假话,主要还是因为家庭纠纷,就跟耶利米那时候一样,邻居们煽动妻子跟自己的丈夫对立,那位妻子也不是很聪明。他们指责伊格尔·塞巴斯蒂安虐待妻子,而伊格尔跟他们解释过很多次,他根本没有虐待妻子,只是之前说过的那种行为,现在成了痛苦的源泉,他把自己的房子弄成了一个充满哀号悲叹的洞窟。但是那些目光短浅的邻居还是像鹦鹉学舌一样反复说击打电子脑的老爹和他儿子虐待妻子的事情。但这只是悲剧的序曲,由于找不到实验志愿者,而他又急于净化被欲望驱使的人类,伊格尔·塞巴斯蒂安就把奥波诺克塞诺尔投进每个村子的井里,结果伊格尔被愤怒的村民揍了,被施以非常丢脸的私刑。他不知道自己面临着何种危险。他知道精神不可能自然而然地胜过肉体,他的作品中(都是他家人在他死后自己出钱出版的)有很长的篇幅论证这个观点。他在书中写道,每个伟大的想法都需要有力的支持,每个人都能在历史中找到大量例证,捍卫一个理论最有力的工具就是警察。很遗憾他自己没有人来捍卫,所以此事结局不佳。

当然有些人嘴巴就是坏,他们说耶利米是个施虐狂,伊格尔是个共享者。这些话都是假的。我可以写些更温和的事情,但是我必须维护家族名声,不容丝毫玷污。伊格尔不是共享者,虽然他自制力很强,但还是不止一次请他两个表兄弟来帮忙按住他,尤其是在吃了很多奥波诺克塞诺尔的时候,他结婚那天晚上,那个行为一完成,他就像被火烫了一样跑了。

伊格尔的儿子没有继续父亲的工作。老大有时候研究一下外胚层质综合体,那东西在唯心论者之间非常有名,当你出神的时候就会散发出这种东西,不过他最终失败了,因为——根据他的描述——作为起始物质的人造奶油不纯净。最小的那个儿子是家族中的害群之马。他们把他送上前往米拉·寇伊提的单程飞船,他到了之后没多久,那里的恒星就熄灭了。伊格尔的女儿们有什么经历我就不知道了。

又过了一百五十年,我们家族终于又出了一个宇航员——其实他们已经自称为"深空探索者"了——此人就是我的曾叔祖帕夫努斯。他有一辆星际货船,在一个小星系跑运输,运送了无数旅客。他在群星之间过着平静的生活,和他的兄弟截然不同:他的兄弟尤泽比乌斯成了一个海盗——这是他晚年的事情。尤泽比乌斯天生就喜欢恶作剧,他有种奇妙的幽默感,他手下都管他叫"卡片"。为了迷惑别的船长,他可以把整个银河系用鞋油磨掉,然后沿途都安上闪光灯,一旦飞船走错路,他就冲上去把对方抢劫一空。但是接下来他会把东西都还给对方,让他们继续走,接着他又会驾驶自己的黑色巡逻飞船超过对方,然后登上对方的船,再次把对方洗劫一空,他通常会反复抢六次,有时候会反复抢十次。被抢的人个个鼻青脸肿,根本认不出谁是谁。

尤泽比乌斯不是个坏人。只不过常年蹲在恒星十字路等待牺牲品,他觉得很无聊而已,一旦有人自投罗网,他就忍不住想抢一通。你们也知道,星际抢劫其实是无利可图的,这无疑解释了它为什么几乎不存在。尤泽比乌斯·蒂奇没有违法,这完全是唯物论的行为,其实正好相反,他具有古代理想的精神,想恢复地球上崇高的海盗传统,并将这件事作为自己的神圣使命。人们把他说得很坏,甚至有人说他是个恋尸癖,因为很多尸体环绕在他的飞船周围。这些可恶的谣言没有半点真实。在太空里,如果有人意外死亡,你根本就来不及埋葬,唯一的办法就是把尸体从飞船的舱门里扔出去,扔了之后它不会飞远,而是会根据牛顿运动定律围绕着飞船旋转,这根本不是什么扭曲的癖好。确实,经过长年积累,我这位曾叔祖的飞船周围尸体越来越多,他航行的时候就好像被死者包围了一样,整个场面如同骷髅之舞,但是我要再说一遍,这不是他的本意,是自然规律的错。

尤泽比乌斯的侄子,也就是我的表兄阿莱斯塔奇·费利克斯·蒂奇,将迄今为止家中互不往来的各位天才都团结起来。他是唯一一个名利双收的人——他是个美食工程师,或者可以叫航天美食家,这个词是他的天才发明。"航天美食家"的历史可以追溯到二十世纪后半叶,当时这个职业还很原始,完全是"飞船替换装配"的形式。为了节省物资和空间,飞船上各个分区和隔板都是用压缩干制的食物做的,比如说各种谷物、木薯粉、豆类等等。后来这类材料还被用来制作飞船上的家具。我这位表亲总结了一下那些早期产品的质量,他说了一句名言:美味的椅子不能坐,舒服的椅子不能吃。阿莱斯塔奇·费利克斯用一种独出心裁的方式解决了这个问题。也难怪毕宿五联合造船厂将他们的第一艘三级飞船(包含前菜、正餐、甜点)命名为"阿莱斯塔奇·费利克斯"。如今大家对控制台上的小甜点(电子水果挞)都习以为常,谁都不会多看夹心蛋糕冷凝器一眼,马卡龙绝缘层、蛋白霜糖螺线管、姜饼电池、姜饼交互电路,甚至冰糖玻璃大家都见惯不惊了,不过很少有人穿炒蛋衣服,睡南瓜派枕头或者羽毛卷饼(他们真的生产铺床用的面包)。这一切都是我那位表兄造出来的。他发明了牛肉干拖绳、卷心饼床单、舒芙蕾棉被、粗小麦粉面条驱动器,还是第一个在散热器中使用瑞士多孔干酪的人。他用酵母片取代了硝酸,发明了可以做成美味提神(无酒精)热饮的燃料。更了不起的是,他发明了蔓越莓灭火器,既可以灭火又能够解渴。有很多人模仿阿莱斯塔奇,但是谁都比不上他。有个叫格罗布金斯的人想在市场上投放一种照明设备——一种萨赫果子蛋糕,里头有一根灯芯,结果这个产品惨败,因为这种蛋糕光线很弱,而且会散发出烧焦的味道。同样他的意式烩饭擦脚垫也卖不出去,芝麻酥糖壁板也不行,流星轻轻一碰就碎了。事实再次证明,普通想法还不够,每样产品都必须很有创意——就好比我表兄那样的创意,简单又充满智慧,他用法式清汤填满飞船框架内的所有空隙,这样浪费的空间就得到了利用,而且也很有营养。我认为这个蒂奇家族的成员完全有资格被称为"太空航行的大恩人"。这些先驱者——其实距现在也不是很久——告诉我们,看到海藻汉堡或者苔藓地衣炖菜的时候,我们决不能认为那就是给星际旅行者吃的东西。老天保佑你,兄弟! 我活到了一个更好的时代,这是件好事,在我年轻的时候,经常有船员被饿死的故事,那些人飘荡在漆黑的太空里,活下去的唯一办法就是抽签或者民主投票,少数服从多数。他肯定同意我的意见,也记得在那些恐怖事件发生后,人们举行集会进行讨论,气氛非常压抑。另外还有洙尔普斯计划,这个计划在当时引起了轰动,并且想要在整个太阳系里普及,不过在构思阶段就失败了。它想采用燕麦粥或者麦片粥、速溶可可等物品,但是根本没能实现,因为材料费用太贵了,而且到处都弥漫着可可粉根本看不清楚航线上的星星。幸好有食用飞船技术帮了大家的忙。

随后我们家族的谱系进入了现代,该写我这一支的事情了,我作为记录家族历史的人越发觉得困难了。很久以前的老祖先们过着相对固定的生活,比较容易记录,而他们的后代大都在宇宙中游荡,但还有其他困难之处:在宇宙中一些人类未知的物理现象会作用于血亲问题上。我努力把这些文件按照适当的顺序排列起来——但最终还是绝望地放弃了,所以我就简单地按照它们出现的先后顺序写写吧。那么,接下来在日记上写得乱七八糟的那些都是太空船船长科斯莫·蒂奇的记录。

116303 条:常年生活在没有重力的环境里!沙漏没法用,平衡钟也不能用,主发条也动不了。后来我们就随便撕几页日历意思意思,但是后来这个办法也不好使了。最后我们就用早餐、午餐、晚餐计时,但是很快大家就消化不良,这种不靠谱的计时法也没用了。我就写到这里吧,有人进来了,可能是双胞胎也可能是光波干涉。

116304 条:在船首左舷下方,有一颗地图上没有画的行星。片刻后，大约在下午茶时间，一颗陨石击碎了我们三个隔舱，还好是颗小陨石，但我们的压缩舱、拘留室和冷静室都坏了。我让他们抹些水泥。晚餐的时候——我的表亲帕特里克不见了。我跟阿拉布斯爷爷谈了一下测不准原理。还有什么事情是可以确定的呢？我们从地球出发的时候还是年轻人，我们那艘船叫作"宇宙和谐号"，爷爷奶奶把另外十二对夫妇送上船，结果现在这群人成了一个大家庭，彼此都有血缘关系。我很担心帕特里克——还有一只猫也失踪了。不过没有重力似乎对他的扁平足有好处。

116305 条：奥利方叔叔的第一个孩子视力非常好，他还很小的时候，就能肉眼看到中子。他带人去找帕特里克，没找到。我们加快速度。在巡视期间，我们的船尾传来等时线。晚餐后，奥利方叔叔的小舅子安菲特利库斯来了，他说现在他成了他自己的父亲，因为他的时间线形成了闭环。他让我不要跟其他人说。我问了当物理学家的表兄弟——他们都不在乎。天知道还有多少我们不知道的事情。

116306 条：我发现好几个老叔的下巴和额头都在渐渐消失，父母双方的亲戚都是这样。这是怎么回事？可能是回转仪丢失造成的，也可能是洛伦兹-费兹基拉尔收缩造成的，也可能是因为他们牙都掉了，并在晚餐铃响的时候经常用额头撞横梁造成的吧。我们穿过一大片星云，巴拉贝拉姨妈用非常老派的方式规划了我们未来的行程，是用咖啡渣占卜出来的。我又用计算机重新算了一次路线

——居然差不太远。

116307条:在加里凡特星停留了一小会儿。四个人没有回来。起飞的时候我们左边的喷射器堵了。我让人把它熄灭掉。可怜的帕特里克!在他的"死因"一栏我写道:不小心。不然还能是别的原因吗?

116308条:提摩西叔叔梦见我们被猫抢劫了。还好我们没受到损失也没有什么伤亡。船上越来越挤了。今天有三个新生儿,有四个离开,因为有人离婚了。奥利方的孩子眼睛如同星星。为了重新装修起居室,我让所有的姨妈们都去了冬眠舱。唯一能说服她们的是在这种可以逆转的死亡状态中,她们不会变老。现在飞船里非常安静,非常舒适。

116309条:我们接近光速。有好几百种未知现象。出现了一种全新的基本粒子——超对称性夸克。它不大但是很吵。有时候我的脑袋会出现一些很奇怪的事情。我记得我父亲是巴纳比,但是我又有另一个名叫巴拉顿的父亲。不然就是阿尔巴尼亚有一个湖叫巴拉顿。我查了百科全书。姨妈们都被锁在下面,一个原子都跑不掉,但都还坚持织毛衣。三层甲板上很臭。奥利方的孩子现在不爬了,他会飞了,利用反弹力不停地前后飞行。生物体适应环境的能力真是令人惊讶!

116310条:我和约西亚表兄还有他妻子在实验室里。工作非常多。我那位表亲说气态航天学的终极阶段是家具不光能吃,而且还能活着。那样就不会变质,不用刻意冷藏保存——吃的时候直接用就好了。好吧,但是谁会把沙发送到屠夫手里呢?这种家具现在还不存在,但是约西亚说不久他就会拿果冻椅子腿来招待我们了。在回到控制室的路上,我认真想了想,他说的事情依然在我耳边回荡。他说未来的飞船会活着。会生下小飞船?这可是我最近听过的最奇怪的事情了!

116311条:阿拉布斯爷爷抱怨说他的左腿在自动朝着北极星走,他的右腿则朝着南十字座走。我觉得他在搞事情,他老是四脚着地走着。我最好盯着他。巴尔萨泽失踪了,他是约西亚的兄弟。基本粒子色散?在找巴尔萨泽期间,我发现原子室内全是灰。好多年都没扫过了!负责打扫的人是巴塞洛缪,我把他撤职了,让他小舅子提图斯负责打扫。那天晚上,在客厅里,梅勒妮姨妈在表演的时候,爷爷突然大发雷霆。我让人给他抹上水泥。我这完全是本能反应。不过我还是执行了命令,不然就会影响到船长的权威。我很想念爷爷。这算是愤怒能量转换吧?他总是很易怒。在我值班期间,我突然很想吃肉,于是吃了点冰箱里的小牛肉。昨天我发现记录了我们目的地的那张纸不见了,太遗憾了,我们已经航行了三十六年。那块小牛肉也很奇怪,里头居然全是子弹——为什么需要用霰弹枪去打牛?一颗陨石飞过,有人坐在那上面。巴塞洛缪是第一个发现的。我决定暂时假装没看见。

116312条:表亲之一布鲁诺说那个东西不是冻肉而是一个冬眠

的人,他出于好玩把标志牌换了,而且我吃到的不是子弹,而是眼珠。我一头撞上了天花板,在零重力情况下你一定不能乱发脾气,不能踩脚,不能拍桌子。我开始后悔进行太空航行了。然后我让布鲁诺去做了最麻烦的事情:解开拖网。

116313条:宇宙一点点地击溃我们。昨天船尾楼甲板垮掉了,所有的厕所都没了。拉尔夫叔叔当时正在上厕所,所以我只能无助地看着他消失在黑暗中,卷纸在太空中可怜地飘荡。他成了群星之间的拉奥孔。太不幸了!他坐在马桶上飞着。太奇怪了。有传闻说一些人偷偷跑下了船。船上确实看起来空多了。真的吗?

116314条:表亲之一罗兰德负责管理我们的图书,他两手不空。昨天他在我的柜子里,用爱因斯坦理论一样的做法让我们的女仆失去童贞,让她增重了。他在写字的时候突然抬起头,看着我说:"人类,这声响!"这个想法让我深受打击。奥利方叔叔完成了自己的机器人神学体系,现在他建立了一个新体系——其中包括特殊的禁食环节,"饥饿打击"(为指明时间)。阿拉比乌斯爷爷一直来烦我。他不停地说冷笑话。他说:"有人被枪指着去偷别人的冷笑话,这叫偷枪,又叫偷冷,偷冷其实是磁铁生下的雄性后代。"小希瓦背着喷气推进器到处飞,说话的时候p和f不分("飞行"说成"呸行","法兰绒内衣"说成"啪兰绒内衣"),他把一只猫扔进了一罐腐蚀性的苏打水里,那罐水吸收了我们的二氧化碳。那只可怜的猫分解成了猫化钠。

116315条：今天我在自己门口发现了一个婴儿，还附带一张卡片别在尿布上："是你的。"我不懂这是怎么回事，是事故吗？我腾出一个抽屉当摇篮，里头铺了些旧文件。

116316条：到现在为止，已经有无数的袜子和手帕遗失在宇宙中，时间已经彻底崩坏了，早餐的时候我发现祖父和祖母比我还年轻。还有些叔父消失了。我让人把家庭资产负债表拿出来，那群冬眠的人也醒了，我把他们全部解冻了。不少姨妈都感冒了，冻得鼻子发青，耳朵红肿，不停地咳嗽，一些人还抽搐。我无助地站着。最奇怪的是，那群解冻的人中还有一头小牛。而玛蒂尔达姑妈失踪了——布鲁诺说的会不会是真的——他当时说的换标志牌那个事？

116317条：在通往原子室的走廊上有个小隔间。我坐在那屋里，忽然冒出一个非常有趣的想法：也许我们从来就没有起飞过，我们一直都在地球上！但这是不可能的，因为没有重力。真的。我又看了一下我手里拿的东西—— 一个锤子。也许我的真名叫耶利米。我敲了几下管子，觉得非常诡异。不过人肯定是最了解自己的。泡利不相容原理表明，一个人每次只能被一个人个占据，但这个定律已经不适用于我们了。家族中似乎形成了某种循环状态，在宇宙中，好几个女性轮流生下同一个小孩的情况并不罕见——父亲这边也一样——因为航行速度实在太快。小希瓦最近一直都很小，不过昨天在餐厅的时候，我们同时去拿柠檬水，结果头撞到一起了，他直接把我扔到天花板上！时间在这里非常纠结、扭曲、混乱，但确实过得飞快。

116318条：今天阿拉比乌斯告诉我，他一直暗地里希望星星和飞船只有一面就好了，只有面对着我们的一面，而且背面全是布满灰尘的绳子和架子就好了。这也是他进行太空航行的原因。他还告诉我说，有些女人不光在洗衣篮里装衣服，还装她们的蛋。这可是个退化的标志，进化意义上的退化。他伸长了脖子看着我，那样子肯定很不舒服。最麻烦的是他弟弟。他整整八年伸着手指头站在我的门口。这是出现了紧张症吗？我一直把我的帽子和外套挂在他身上，一开始是无意的，后来就成了习惯。至少他让自己成了一个有用的人。

116319条：这个地方在逐渐消失。衍射，升华？或者也许只是由于多普勒效应而变成红外线了？今天我在主舱室上上下下吆喝了一番，除了克洛蒂尔达姑妈以外没有一个人出来，只有她拿着毛衣针和织了一半的手套跑出来。我去了实验室——马默杜克和阿拉里克两位表亲为了追踪夸克的路径，在扯老鼠尾巴并踩小鸡。阿拉里克说，遇到这种情况，用茶叶算卦比去云室①研究可靠得多。但是在计算了一番之后，他为什么开始跳求雨舞了呢？我不懂，但是不敢问。曾叔祖赫尔曼不见了。

116320条：曾叔祖赫尔曼又出现了。他每过两分钟就在左舷出现一次，非常有规律，也不知道是因为什么正当理由，借着光亮你可

①云室是用来侦测游离辐射的粒子侦测器，由英国物理学家查尔斯·威尔逊发明。

以看到他升到了顶点，然后就从右舷落下去了。在这永恒的轨道中，没有半点变化！但是是谁在什么时间把他推出去的呢？光想想就觉得可怕。

116321条：赫尔曼叔祖实在太有规律了，你可以掐着秒表计算他升起落下的时间。更奇怪的是，他开始报时了。我很惊讶。

116322条：报时的原因其实很简单，在最低点的时候他的脚尖会接触到飞船外壳，鞋尖（或后跟）会撞到外壳的铆钉。今天早餐之后，他响了十三声——也不知道是巧合还是预兆。骑在流星上的陌生人离远了些。他还是跟着我们。我坐在我的桌边写东西，椅子对我说："真是个奇怪的世界啊！"我起初还以为约西亚叔叔终于成功了，但是其实只是阿拉比乌斯爷爷在说话。他对我说他是个不变量，也就是不受一切影响的人，所以我继续坐着。我今天在舷梯和上层甲板吆喝了整整一个小时。鬼都没见到一个。几个毛线球和毛衣针在空中飞，此外还有几张玩蜘蛛纸牌用的卡片。

116323条：有种特别的办法可以让人保持精神上的平衡——创造虚构的角色。有没有可能我已经下意识地这样做了？我坐在沉默僵硬的阿拉比乌斯上，抽屉里装着一个哭泣的婴儿，我把这孩子命名为伊翁，用瓶子喂他吃东西——我实在是不知道该从哪里去给他找个奶妈，我觉得应该还有时间吧，但是在这种环境下什么都说不准。我坐在这里继续飞行……

这些就是我父亲在日记里写的最后一番话——别的内容都不见了。我也坐在飞船里,看别人写的东西——也就是他写的,自己坐在飞船里飞行的事情。他坐在飞船里飞行,我也坐在飞船里飞行。那么到底是谁在坐着,谁在飞行?会不会我根本就不在这里?不过航行日志不可能自己阅读自己。所以我确实存在,因为我读了日记。但是也许整件事情都是虚构的,是我想象出来的。真是奇怪的想法……我们假设他没有坐着也没有飞行,但是我却依然在这里坐着并且在飞行,或者应该说是在飞行途中坐着。所以这是确定无疑的,对吧?可以确定的就是我读到了某些文字,写某人在坐着飞行。而我自己的飞行和目前的静止状态,我怎么能够确定呢?房间很小,家具也很少,与其说是房间不如说是个小柜子,而且位于两层甲板中间,所以我想,我们的小阁楼也没什么不同。当然,我只需要走出去,就可以知道是不是幻觉了。但如果真的是幻觉,我出去之后只看到幻觉的延伸怎么办?没有任何事情是能确定的,这又该怎么办?不,不可能!如果是那样的话,我就不可能在飞行,也不可能在坐着,而不是在这里阅读另一个人一边飞行一边坐着的故事,如果他也没有在飞行,那就意味着,我在我自己的幻觉中意识到了他处于幻觉中,换而言之,我所见的情况和他所见的情况一样。又或者,我所见的情况在我看来似乎和他所见的情况一样?幻觉中的幻觉?我们假设这是真的——除了有人骑在流星上那部分。那就出现了一个问题。你看,在我看来,他似乎是觉得有人骑在流星上,但是如果万一其他人也觉得是这样的,那就没别的可能性了! 我又开始头疼了,昨天也头疼,前天也头疼,我发现我在考虑主教和蓝鼻子的事情,眼睛像矢车菊、蓝色多瑙河和小牛肉。为什么呢? 我意识到在夜里我加快了加速度,我接着就会考虑炒蛋的事情——不,是煎蛋,还有巨大的牛轭、胡萝卜、蜂蜜以及玛丽姑妈的脚——就在午夜的这个时候……啊! 当然! 这肯定是思想极移引起的,有时候接近紫外线,有时候——透过黄色标志——朝着红外线的方向去了,换而言之这是精神上的多普勒效应! 非常重要! 这就证明了我在飞行! 运动证明,示范性活动,学者们是这么说的。所以我确实是在飞行……对。但是任何人都能想到蛋、脚和主教。这根本不是证据,只是假设。剩下还有什么呢? 唯我论? 我独自存在,正向着不知何处的地方飞行……但是那就意味着无名氏·蒂奇不存在,耶利米、伊格尔、埃斯特班、科斯莫全都不存在,巴纳比、尤泽比乌斯、太空美食业都不存在,我从未在父亲的书桌抽屉里躺过,而他也从未坐在阿拉比乌斯爷爷身上,从未飞行过——这是不可能的! 难道是我凭空虚构了所有这些人,凭空虚构了整个家族历史? 但是显然这是不可能的! 所以家族肯定存在,是家族让我对世界产生信任,我这次航行的结论未定! 感谢你们,感谢所有的祖先,你们挽救了一切! 再过一小会儿,我就把这些纸张放进空氧气瓶里,扔出舱外,扔进太空深处,然后它们就会飘向无尽的黑暗,一切都是为了航行需要,我已经不停地飞了很多年……

英译者手记

斯坦尼斯瓦夫·莱姆写《星际旅行日记》(*Dzienniki gwiazdowe*)历时二十年,在每个新版本中新增了一些短篇。但每次航行的编号掩盖了其真实的时间顺序:第七次航行出版于1964年,第十四次航行出版于1957年,第十八次航行出版于1971年,第二十二次航行出版于1954年,以此类推。莱姆并不打算让读者按照伊翁·蒂奇的这些冒险故事的写作顺序来阅读。不过这个顺序——22、23、25、11、12、13、14、7、8、28、20、21——确实反映了他作为一个作家的发展。因为尽管整个日记的主题有很大的一致性(取笑人类在宇宙中的至高无上地位,模仿历史和时间旅行),但读者按时间顺序看,会发现从俏皮的轶事到尖锐的讽刺再到直截了当的哲学的明确转变。

当莱姆在二十世纪五十年代初开始他的写作生涯时,除了有哲学随笔与其他体裁的作品外,还有非常"直接"的科幻小说,漫画故事和寓言故事。但渐渐地，小说和非小说之间的界限模糊了，所以到了七十年代，莱姆创作的作品不容易被归类为任何一种。例如，《想象的幅度》(Wielkość urojona)是关于一本不存在的书的介绍，其内容相当丰富。他的粉丝和批评家恳求他"请写更多像《索拉里斯星》那样的作品"，但是他们全都未能如愿，因为莱姆并不满足于重复他以前的成功；他继续追随自己的艰苦写作之路。《星际旅行日记》只是这种顽固和永远不安的个性的一个例子。

我的翻译是根据1971年的波兰语第四版完成的。它不包括《伊翁·蒂奇回忆录》(《未来学大会》，海布里出版社，1974年)，其中的行动发生在地球上，也不包括《第十八次航行》(其中蒂奇负责——或者说，都怪他——创造世界)，以及《第二十四次航行》，这篇可以在达科·苏文的《其他世界，其他海洋》中找到(兰登书屋，1970年)。也有一个《第二十六次航行》，是一篇冷战讽刺小说，作者后来放弃了，更多的是出于审美而不是政治原因。另外，《第二十二次航行》的最后几页也被省略了。

"蒂奇"这个名字的波兰语发音类似Tee-khee，来自波兰语中"安静"这个词(cichy，发音类似Chee-khee)，也许有些读者会觉得这确实与主角的性格相吻合。